Ni aquí ni allí

Tommy Orange

NI AQUÍ NI ALLÍ

Traducido del inglés por Julia Osuna Aguilar

 Alianza de Novelas

Título original: *There, There*

Diseño de colección: Estudio Pep Carrió

Copyright © 2018 by Tommy Orange. All rights reserved
© de la traducción: Julia Osuna Aguilar, 2018
© AdN Alianza de Novelas (Alianza Editorial, S. A.)
Madrid, 2018
Calle Juan Ignacio Luca de Tena, 15
28027 Madrid
www.AdNovelas.com

ISBN: 978-84-9181-258-6
Depósito legal: M. 23.767-2018
Printed in Spain

Para Kateri y Felix

Prólogo

En los tiempos oscuros
¿se cantará también entonces?
—También entonces se ha de cantar.
Sobre los tiempos de tiniebla.

BERTOLT BRECHT[1]

CABEZA INDIA

Había una cabeza india, la cabeza de un indio, el dibujo de la cabeza de un indio con el pelo largo y un penacho de plumas que dibujó un artista desconocido en 1939 y que estuvo apareciendo hasta finales de la década de 1970 en los televisores de todo el país cuando se quedaban sin programas. Se llamaba la carta de ajuste de la cabeza india. Si dejabas la tele encendida, oías un tono a 440 hercios —el que se utiliza para afinar instrumentos— y veías a ese indio, rodeado de círculos que parecían las miras de una escopeta. En medio de la pantalla había algo parecido a una diana, con números que podían ser coordenadas. La cabeza del indio estaba justo encima de la diana, como si lo único que tuvieras que hacer fuera asentir alzando la barbilla para apuntar la mira al blanco. Era solo una cuestión de ajuste.

En 1621 los colonos invitaron a un banquete a Massasoit, el jefe de los wampanoags, para celebrar el tratado al que ha-

---

[1] De "Poemas de Svendborg" en traducción de José de la Calle. *Cuadernos hispanoamericanos*, núm. 203 (noviembre 1966), pp. 354-369.

bían llegado sobre unas tierras. Massasoit acudió con noventa de sus hombres. Esa comida y no otra es la razón por la que aún hoy nos juntamos para comer en noviembre, para celebrarlo como una nación. Pero aquello no fue una comida de acción de gracias, fue una comida para cerrar un tratado. Dos años más tarde hubo otra comida similar que pretendía simbolizar la amistad eterna. Esa noche doscientos indios cayeron fulminados por culpa de un veneno desconocido.

Para cuando el hijo de Massasoit, Metacomet, se convirtió en jefe, los indios y los Peregrinos ya no se reunían para comer. Metacomet, conocido también como Rey Felipe, se vio obligado a firmar un tratado de paz por el que entregaba todas las armas indias. Ahorcaron a tres de sus hombres. Es muy probable, por decirlo suavemente, que su hermano Wamsutta fuera envenenado después de que la corte de Plymouth lo convocara y lo apresara. La suma de todo esto llevó a la primera guerra india oficial, la primera guerra contra los indios, la guerra del Rey Felipe. Al cabo de tres años, la contienda había acabado y Metacomet había huido. Hasta que lo capturaron Benjamin Church, el capitán de los *rangers* primigenios, y un indio que se hacía llamar John Alderman. Metacomet fue decapitado y desmembrado; descuartizado, para ser más exactos. Colgaron las cuatro partes de su cuerpo en árboles de las inmediaciones para que los pájaros las picotearan libremente. Alderman fue obsequiado con la mano de Metacomet, que guardó en un bote con ron y llevó con él durante años (cobrando a la gente por verla). La cabeza de Metacomet se vendió en la colonia de Plymouth por treinta chelines (el precio vigente por cabeza de indio en aquella época). La ensartaron en una pica y la procesionaron por las calles de Plymouth, para más tarde quedar expuesta en el fuerte de la colonia durante veinticinco años.

En 1673 entre cuatrocientos y setecientos pequots se reunieron para el baile anual del Maíz Verde. Los colonos rodearon su poblado, le prendieron fuego y dispararon a todo pequot que intentó huir. Al día siguiente la colonia de la bahía de Massachusetts lo celebró con un banquete, y el gobernador lo declaró día de acción de gracias. Se celebraron acciones de gracias de este tipo por doquier, siempre que se daba lo que es de justicia llamar «matanzas triunfales». Al parecer, en una de estas celebraciones en Manhattan la gente lo festejó pateando cabezas de pequots por las calles como si fueran balones de fútbol.

La primera novela de un nativo, y la primera escrita en California, en 1854, es obra de un cheroqui llamado John Rollin Ridge. Su *Vida y aventuras de Joaquín Murrieta* está basada en un bandido mexicano que era conocido por ese nombre y que, al parecer, vivió realmente en California, hasta que en 1853 fue asesinado por un grupo de *rangers* de Texas. Para demostrar que lo habían matado y poder cobrar la recompensa de cinco mil dólares por su cabeza, se la cortaron. La conservaron en un bote con whisky. También se quedaron con la mano de su compinche, Jack *Tres Dedos*. Los *rangers* se llevaron la cabeza de Murrieta y la mano de Jack de gira por California y fueron cobrando un dólar de entrada por el espectáculo.

La cabeza india en el bote, la cabeza india en una pica, eran como banderas izadas, para ser vistas y proyectadas a lo largo y ancho. Al igual que la cabeza india de la carta de ajuste que nos proyectaban a los estadounidenses dormidos mientras zarpábamos desde nuestros salones, a través de las resplandecientes ondas hercianas color mar azul verdoso, hasta las orillas, las pantallas del Nuevo Mundo.

CABEZA RODANTE

Existe un viejo cuento cheyene sobre una cabeza rodante. Oímos contar que hubo una familia que se mudó del campamento donde vivía para ir a instalarse al lado de un lago, padre, madre, hija e hijo. Por la mañana, cuando acababa su danza, el padre le cepillaba el pelo a su mujer y le pintaba la cara de rojo antes de irse a cazar. Cuando volvía, ella tenía la cara limpia. Después de que esto ocurriera varias veces, decidió seguirla y esconderse, ver qué hacía mientras él no estaba. Se la encontró en el lago, con un monstruo acuático, una especie de serpiente, enroscado en un abrazo a su alrededor. El hombre cortó en pedazos al monstruo y mató a su mujer. Luego les llevó la carne a sus hijos, que notaron que sabía distinta. El hijo, que seguía tomando pecho, dijo: «Sabe igual que mi madre». Su hermana mayor le dijo que no era más que carne de ciervo. Mientras comían, entró rodando una cabeza. Salieron corriendo y la cabeza los siguió. La hermana se acordó del sitio donde jugaban, lo gruesos que eran allí los espinos y, con sus palabras, hizo que los arbustos cobraran vida tras ellos. Pero la cabeza se abrió paso y siguió avanzando. La niña recordó entonces un sitio donde había rocas apiladas en montones intrincados. Las rocas aparecieron cuando habló de ellas, pero, como no consiguieron detener la cabeza, tuvo que marcar una línea muy profunda en el suelo, originando una honda grieta que la cabeza no pudo saltar. Sin embargo, después de que la lluvia arreciara durante días, la grieta se llenó de agua. La cabeza la vadeó y, al llegar al otro lado, se dio la vuelta y se bebió toda el agua. La cabeza rodante se sumió en una gran confusión y se emborrachó. Quería más. Más de cualquier cosa. Más de todo. Y siguió rodando sin más.

Pasando a otra cosa, algo que debemos tener presente es que nadie hizo rodar cabezas por escaleras de templos. Eso se lo inventó Mel Gibson. Pero los que vimos la película seguimos viendo esas cabezas rodando por escaleras de templos en un mundo que pretendía recrear la verdadera realidad amerindia del México del siglo XVI. A los mexicanos antes de ser mexicanos, antes de que llegaran los españoles.

Todo el que ha querido nos ha definido a su manera, y seguimos padeciendo difamaciones a pesar de lo fácil que resulta consultar por internet datos sobre la realidad de nuestras Historias y sobre nuestra realidad actual como pueblo. Está la típica silueta del indio derrotado y triste, están las cabezas rodando por escaleras de templos, está todo en nuestra cabeza, Kevin Costner salvándonos, John Wayne matándonos a tiros con su Peacemaker, un italiano llamado Iron Eyes Cody haciendo de nosotros en el cine. Tenemos al indio con la cara surcada de lágrimas de la campaña de Keep America Beautiful (también Iron Eyes Cody), y al indio loco estrellalavabos que era el narrador de *Alguien voló sobre el nido del cuco*, la voz de la novela. Tenemos todos esos logos y distintivos de los equipos. La copia de una copia de la imagen de un indio en un libro de texto. Desde la punta norte de Canadá, la punta de Alaska, hasta el extremo más meridional de Sudamérica, a los indios nos quitaron de en medio y luego nos redujeron a una imagen con plumas. Nuestras cabezas están en banderas, sudaderas y monedas. Estuvimos primero en los peniques —cómo no, el céntimo indio— y luego en el níquel del búfalo, ambos antes incluso de que nos reconocieran el derecho a votar como pueblo. Ahora, como la propia verdad de todo lo ocurrido en la Historia mundial, y toda la sangre derramada en matanzas, están fuera de circulación.

Algunos crecimos con relatos de matanzas; relatos sobre qué le pasó a nuestro pueblo no hace tanto, sobre cómo logramos recuperarnos de eso. Oímos contar que en Sand Creek nos segaron con sus obuses. Una milicia de voluntarios al mando del coronel John Chivington vino decidida a matarnos: éramos sobre todo mujeres, niños y ancianos. Los hombres estaban cazando. Nos dijeron que izáramos la bandera americana. La izamos e izamos también una bandera blanca. Rendición, decía en su ondear la bandera blanca. Los esperamos bajo ambas banderas mientras venían hacia nosotros. Hicieron mucho más que matarnos: nos desgarraron, nos mutilaron, nos partieron los dedos para quitarnos los anillos, nos cortaron las orejas para quedarse con nuestra plata, nos arrancaron la cabellera. Nos escondimos en los huecos de los troncos, nos enterramos en la arena de la orilla de los ríos. La sangre corrió por esa misma arena. Nos arrancaron a bebés nonatos de nuestras barrigas, nos quitaron lo que pretendíamos ser, nuestros hijos antes de ser hijos, nuestros bebés antes de ser bebés, nos los arrancaron de las entrañas. Partieron blandas cabezas de bebé contra árboles. Después se llevaron partes de nuestros cuerpos como trofeos y los expusieron en un escenario en el centro de Denver. El coronel Chivington bailó con extremidades nuestras en sus manos, con vello púbico de mujeres, borracho, bailó, y el gentío que se congregó ante él tenía si cabe más delito, por jalearlo y reír con él. Era una fiesta.

Duro, rápido

En teoría, llevarnos a las ciudades iba a ser el último paso necesario en nuestra asimilación, absorción, borrado, la culminación de una campaña genocida de quinientos años. Pero la ciudad nos renovó y nosotros la hicimos nuestra. No nos perdimos entre el desbarajuste de edificios altos, la corriente de caras anónimas, el incesante ruido del tráfico. Nos encontramos los unos a los otros, fundamos nuestros centros indios, hicimos florecer nuestras familias y nuestros *powwows**, nuestras danzas, nuestras canciones, nuestras labores de abalorios. Compramos y alquilamos casas, dormimos en las calles, bajo los puentes de las autovías; estudiamos, nos enrolamos en las fuerzas armadas, poblamos los bares indios del Fruitvale en Oakland y de The Mission en San Francisco. Vivimos en poblados de vagones en Richmond. Hicimos arte e hicimos hijos e hicimos sitio para que nuestro pueblo fuera y viniera entre la reserva y la ciudad. No nos mudamos a las ciudades para morir. Las aceras y las calzadas, el cemento, absorbieron nuestra opresión. El cristal, el metal, el caucho y los cables, la velocidad, las avalanchas de gente: la ciudad nos acogió. Por entonces no éramos indios urbanos. Fue parte de la Ley de Recolocación de Indios*, que formaba parte a su vez de la política de Terminación de Indios*, que era y es justo lo que su propio nombre indica: hacerlos parecer y actuar como nosotros, que se conviertan en nosotros y desaparezcan del todo. Pero no todo fue de esa manera. Muchos fuimos por elección propia, para empezar de cero, para ganar dinero o para vivir una experiencia nueva. Algunos fuimos a las ciudades para escapar de las reservas. Nos quedamos después de luchar en la Segunda Guerra Mundial, y también en Vietnam.

---

* Los lectores encontrarán al final del libro «Algunas pocas palabras clave y unas claves en pocas palabras» con una breve relación de términos, marcados en el texto mediante asteriscos, que pretenden aclarar algunos conceptos con los que los lectores del original podrían estar más familiarizados que los de la traducción española *(N. de la T.)*.

Nos quedamos porque la ciudad suena igual que una guerra y, una vez que has estado en una, ya no puedes irte de la guerra, solo puedes mantenerla a cierta distancia; y eso es más fácil cuando la tienes cerca, para verla y oírla, el metal rápido, los tiroteos constantes a tu alrededor, los coches yendo y viniendo como balas por calles y circunvalaciones. La tranquilidad de la reserva, los poblados a los lados de la carretera, las comunidades rurales, esa clase de silencio solo hace que el sonido de tu cerebro encendido resuene mucho más.

Ahora muchos somos urbanos. Si no porque vivimos en ciudades, porque vivimos en internet. Dentro de la torre rascacielos con infinidad de ventanas de navegador. Solían llamarnos indios de acera. Nos llamaron urbanitas, superficiales, falsos, refugiados sin cultura, manzanas. Las manzanas son rojas por fuera y blancas por dentro. Pero lo que somos es lo que nuestros antepasados hicieron, cómo sobrevivieron. Somos los recuerdos que no recordamos, que viven en nosotros, que sentimos, que nos hacen cantar, bailar y rezar como lo hacemos, sentimientos derivados de recuerdos que llamean y florecen inesperadamente en nuestras vidas, como la sangre que atraviesa una manta desde una herida provocada por una bala descargada por un hombre que nos dispara por detrás para arrancarnos la cabellera, la cabeza, por una recompensa o simplemente para librarse de nosotros.

La primera vez que vinieron a por nosotros con sus balas, no paramos de movernos a pesar de que la velocidad de esas balas doblaba la de nuestros gritos, ni siquiera cuando nos partieron la piel con su calor y su velocidad, cuando nos hicieron añicos los huesos, los cráneos, nos agujerearon los corazones, ni siquiera entonces paramos nosotros de seguir adelante, incluso después de ver cómo las balas hacían ondear nuestros cuerpos en el aire como banderas, como las muchas banderas y edificios que se levantaron en lugar de todo por lo que antes reconocíamos esta tierra como tierra. Las balas fueron premoniciones, espectros de sueños de un futuro duro, rápido. Las balas siguieron avanzando después de avanzar a través de nosotros, se convirtieron en la promesa de lo que estaba por venir, la velocidad y la matanza, las líneas duras, rápidas, de fronteras y edificios. Lo cogieron todo y lo desmenuzaron hasta convertirlo en un polvo más fino que la pólvora, pegaron tiros al aire para celebrar sus victorias y esas balas perdidas salieron volando hasta la nada de las Historias mal escritas y pensadas para ser olvidadas. Las balas perdidas y sus consecuencias aún siguen aterrizando sobre nuestros cuerpos ingenuos.

URBANIDAD

Los indios urbanos han sido la generación nacida en la ciudad. Hemos estado desplazándonos durante mucho tiempo, pero la tierra se desplaza contigo como la memoria. Un indio urbano pertenece a la ciudad, y las ciudades pertenecen a la tierra. En este mundo todo se conforma en relación con el resto de seres vivientes y no vivientes de la tierra; todas nuestras relaciones. El proceso que da a toda cosa su forma actual —químico, sintético, tecnológico o de otro tipo— no impide que el resultado siga siendo un producto de la tierra viva. Edificios, circunvalaciones, coches: ¿no son de la tierra? ¿Los han traído desde Marte, desde la luna? ¿Es porque han sido procesados, manufacturados, o porque los manipulamos? ¿Tan distintos somos nosotros? ¿Acaso no fuimos en otro tiempo algo completamente diferente, *Homo sapiens,* organismos unicelulares, polvo espacial, teoría cuántica indeterminada previa al Big Bang? Las ciudades se forman de la misma manera que las galaxias. Los indios urbanos se sienten como en casa cuando caminan a la sombra de un edificio del centro. Hemos acabado conociendo el perfil del centro de Oakland mejor que cualquier cordillera sagrada, los bosques de secuoyas rojas de las colinas de Oakland mejor que cualquier otro bosque más salvaje y frondoso. Conocemos el sonido de las autovías mejor que el de los ríos, el aullido de los trenes lejanos mejor que los aullidos de los lobos, conocemos el olor a la gasolina y al cemento recién echado o la goma quemada mejor que el de las tuyas gigantes, la salvia o incluso el pan frito con manteca, que nada tiene de tradicional, de la misma manera que las reservas no son tradición. Pero nada es original, todo viene de algo que vino antes, que una vez no era nada. Todo es nuevo y está condenado. Cabalgamos en autobuses, trenes y coches por, sobre y bajo llanuras de cemento. Ser indio nunca ha tenido que ver con regresar a la tierra. La tierra está en todas partes y en ninguna.

Primera parte
Remanente

¿Cómo puedo no conocer hoy tu rostro mañana, el que ya está o se fragua bajo la cara que enseñas o bajo la careta que llevas, y que me mostrarás tan solo cuando no lo espere?

JAVIER MARÍAS[1]

---

[1] De *Tu rostro mañana. 1. Fiebre y lanza,* Madrid, Alfaguara, 2002 *(N. de la T.).*

Tony Loneman

El Sindro se me apareció por primera vez en el espejo cuando tenía seis años. Ese mismo día mi amigo Mario, colgado de las barras del columpio que había en el patio, me había dicho: «¿Por qué tienes esa cara?».

No recuerdo qué hice, y sigo sin saberlo. Me acuerdo de los manchurrones de sangre en el metal y el sabor a metal en la boca. Recuerdo a mi abuela Maxine zarandeándome por los hombros en el pasillo delante del despacho del director, yo con los ojos cerrados y ella con el *pss* ese suyo que me suelta siempre que intento explicarme cuando es mejor que me calle. Recuerdo que iba tirándome del brazo como nunca me había tirado, y luego el silencio en el coche, de vuelta a casa.

Cuando llegamos, delante del televisor, antes de encenderlo, vi mi cara en el reflejo negro. Era la primera vez que la veía, mi propia cara, como la veían todos los demás. Cuando le pregunté a Maxine, me contó que mi madre se había dado a la bebida mientras me tenía dentro, me contó muy pero que muy lentamente que yo tenía Síndrome Alcohólico Fetal. Lo único que le oí decir fue «Sindro», y luego volví a plantarme delante del televisor apagado y me quedé mirándola, a mi cara ocupando toda la pantalla. El Sindro. Intenté recuperar aquella cara que había descubierto allí, que volviera a ser mía, pero no lo conseguí.

La mayoría de la gente no tiene que pensar qué significa o deja de significar su cara como tengo que hacer yo. La cara que te devuelve el espejo, el reflejo, la gente ya no sabe ni cómo la tiene. Esa cosa por delante de la cabeza, eso, eso no lo verás nunca, igual que nunca vas a ver tu propio globo ocular con tu propio globo ocular, igual que nunca olerás qué olor tienes... Yo sí, yo sé qué cara tengo. Sé lo que significa. Tengo los ojos caídos como si fuera puesto, como si estuviera ciego, y la boca me cuelga medio abierta todo el tiempo. Hay demasiado espacio entre cada parte de mi cara: ojos, nariz, boca, desperdigados como si un borracho los hubiera derramado allí al ir a coger otra copa. La gente se me queda mirando y luego aparta la vista cuando ve que estoy viendo que me miran. Eso también es por el Sindro. Mi fuerza y mi maldición. El Sindro es mi madre y por qué bebía, es la forma en que la Historia va a parar a una cara, y todas las formas en que he sobrevivido hasta ahora a pesar de la mierda de vida que he tenido desde el día en que la descubrí ahí en el televisor, sosteniéndome la mirada como un puto villano, un malo de película.

Ya he cumplido los veintiuno, o sea, que si quiero, puedo beber. Pero paso. Yo lo veo así, ya bastante tomé cuando era un crío en la barriga de mi madre. Emborracharse ahí metido, un puto bebé borracho, o ni eso, un renacuajo de mierda, atado a un cordón, flotando en una barriga.

Me dijeron que soy medio tonto. No así, no me dijeron eso, pero el caso es que no aprobé el test de inteligencia. El percentil más bajo. El último peldaño. Mi amiga Karen me contó que hay muchas clases de inteligencia. Es la terapeuta a la que todavía sigo viendo una vez por semana en el Centro Indio (al principio iba obligado, me mandaron después del incidente con Mario en la guardería). Karen me dijo que no le dé importancia a lo que intentan decirme sobre mi inteligencia. Me explicó que los que tenemos SAF estamos en un espectro con muchos grados de inteligencia, que los test de inteligencia son tendenciosos, y que yo tengo una intuición muy potente y mucha sabiduría callejera, que soy listo para lo que importa, cosa que yo ya sabía, aunque es verdad que me gustó que me lo dijera, como si realmente no lo supiera hasta que ella lo dijo con esas palabras.

Soy listo, más o menos: sé lo que está pensando la gente. Lo que quieren decir cuando dicen que se refieren a otra cosa. El Sindro me ha enseñado a mirar más allá de la primera mirada que te echa la gente, a buscar la otra, la que hay justo detrás. Lo único que tienes que hacer es esperar un segundo más de lo normal y la puedes pillar, ves lo que están pensando ahí detrás. Sé cuando alguien está vendiendo cerca de mí. Me conozco bien Oakland. Sé distinguir cuándo va a venir alguien a vacilarme, en plan cuándo es mejor cruzar la calle y mirar al suelo y seguir andando. También sé distinguir a un cagado. Eso es fácil, lo llevan encima como si tuvieran un cartel en las manos diciendo: «Ven a por mí». Me miran como si ya hubiera hecho alguna movida, así que, ya puestos, podría hacer esa movida por la que me están mirando de esa manera.

Maxine me dijo que soy un hombre-medicina*. Me contó que no hay mucha gente así, y que cuando llegamos, a la gente más le vale saber que parecemos distintos porque lo somos. Que tienen que respetarlo. Aunque yo no me he sentido respetado por nadie, la verdad, salvo por Maxine. Dice que nosotros somos cheyenes. Que los indios somos tan viejos como esta tierra. Que antes todo esto era nuestro. ¡Todo esto! Joder, pues sí que tenían poca sabiduría callejera en aquellos tiempos. Mira que dejar que llegara el hombre blanco y se lo quitara todo de esa manera... Lo triste es que seguramente todos esos indios lo sabían, pero no pudieron hacer nada. No tenían armas de fuego. Por no hablar de las enfermedades. Me lo contó Maxine. Nos mataron con su mugre y sus enfermedades de hombres blancos, nos echaron de nuestra tierra, nos metieron en otras tierras cutres donde no se puede cultivar una puta mierda. Me jodería mucho que me echaran de Oakland porque me la conozco de puta madre, del Oeste al Este, del Este Profundo y vuelta, en bici, en autobús o en el cercanías, en el BART. Es mi único hogar. No sobreviviría en otra parte.

A veces me doy vueltas por toda Oakland con la bici solo para verla, a la gente, las distintas barriadas. Puedo pasarme el día dando vueltas con los cascos puestos, escuchando a MF Doom. La MF es por Metal Face, Cara de Metal. Es mi rapero favorito. Lleva una careta metálica y dice sin problemas que es un villano, de los malos. Antes de eso solo oía lo que ponían por la radio. Pero alguien se dejó el iPod en el asiento de enfrente en el autobús, y lo único que había era Doom. Supe que me gustaba cuando oí la frase: «Tengo más suelo que un calcetín con un tomate». Lo que me gustó es que comprendí lo que quería decir del tirón, como al momento. Lo del suelo, que tener un agujero en un calcetín le da personalidad al calcetín, que está raído, ha visto mucho suelo, mucha vida, y también que como que se te ve el pie por debajo, hasta la suela del pie. Es un detalle pequeño, pero me hizo sentir que no era tonto y eso. Que no era lento. No del peldaño inferior. Y me ayudó porque el Sindro es lo que me ha dado suelo, vida, y el Sindro es una cara raída.

Mi madre está en la cárcel. A veces hablamos por teléfono, pero siempre tiene que soltar alguna mierda que me da ganas de dejar de hablar con ella. Me dijo que mi padre vive por Nuevo México. Que ni siquiera sabe que existo.

—Pues dile a ese hijoputa que existo —le dije yo.

—Tony, la cosa no es tan simple.

—A mí no me llames simple. No me llames simple en tu puta vida. Esta mierda es culpa tuya.

A veces me cabreo. Es lo que tiene a veces mi cabeza. Da igual las veces que Maxine me cambie de instituto, que siguen expulsándome de todos por meterme en peleas, siempre me pasa lo mismo. Me cabreo y de pronto ya no sé nada. Noto que se me acalora la cara y se me endurece, se me pone como metálica, y luego, laguna mental. Soy un tío grande. Y fuerte. Demasiado, me dice Maxine. Pero yo lo veo así, me tocó este cuerpo grande para compensarme por lo mal parada que había salido mi cara. Por lo menos así saco algo en limpio de parecer un monstruo. El Sindro. Y cuando me incorporo, cuando me pongo recto que te cagas, todo lo alto que puedo, nadie me viene con mierdas. Salen todos corriendo como si hubieran visto un fantasma. A lo mejor soy un fantasma. A lo mejor Maxine ni siquiera sabe quién soy. Lo mismo soy lo contrario de un hombre-medicina. Lo mismo cojo un día y hago algo, a ver si así se enteran todos de quién soy yo. Lo mismo ese día vuelvo a nacer. Y así me verán de una vez por todas, porque no les quedará otra.

Todo el mundo creerá que lo hago por dinero. Pero ¿quién es el listo que no quiere dinero? El tema es para qué lo quieres, cómo lo consigues y qué haces luego con él, eso es lo que cuenta. El dinero nunca le ha hecho ninguna putada a nadie. Es la gente. Llevo pasando maría desde los trece. Conocí a unos compadres por el barrio solo de estar todo el día tirado en la calle. Seguramente creían que ya pasaba por eso de estar siempre en la calle, por las esquinas y toda esa mierda. Aunque no sé, lo mismo no. Si hubieran creído que pasaba, seguramente me habrían dado de hostias. Seguramente les di pena. Ropa de mierda, cara de mierda. Casi todo lo que me saco vendiendo se lo doy a Maxine. Intento ayudarla en todo lo que puedo porque me deja vivir con ella, en Oakland Oeste, al final de la Catorce, en una casa que compró hace tiempo, cuando trabajaba de enfermera en San Francisco. Ahora es ella la que necesita una enfermera, pero no se la puede permitir con la paga que le ha quedado de la seguridad social. Me necesita para que le haga todo tipo de movidas, que si ir a comprar, que si acompañarla en el autobús cuando va a por sus medicinas. Ahora también la ayudo a bajar las escaleras. Es increíble que un hueso pueda ponerse tan viejo que llegue a partirse en pedazos, que se te rompa en trocitos enanos por dentro del cuerpo como si fuera cristal. Desde que se rompió la cadera arrimo más el hombro.

Maxine me obliga a leerle antes de acostarse. No me gusta porque leo muy lento. A veces se me mueven las letras, como bichillos. Así, de repente, cuando les da la gana, se cambian unas por otras. Aunque hay veces que las palabras no se mueven. Cuando se quedan así quietas, tengo que esperar para asegurarme de que no van a moverse, así que al final tardo más en leerlas que cuando puedo recomponerlas después de mezclarse. Maxine me obliga a leerle movidas indias que no siempre pillo. Aunque me gustan porque cuando lo pillo, lo pillo muy dentro, ahí donde duele, pero te sientes mejor porque sientes eso, algo que no sentías antes de leerlo, que te hace sentirte menos solo y como que ya no te va a doler tanto. Una vez utilizó la palabra «demoledor» cuando terminé de leerle un pasaje de su escritora favorita, Louise Erdrich. Decía algo de que la vida acaba partiéndote el alma, y que para eso estamos aquí, y que vayamos a sentarnos debajo de un manzano y escuchemos cómo caen las manzanas y se amontonan a nuestro alrededor, desperdiciando todo ese dulzor. En su momento no lo entendí, y ella se dio cuenta. Tampoco me lo explicó. Pero luego leímos otra vez el pasaje, y el libro entero, y lo pillé.

Maxine siempre me ha conocido bien y ha sabido leerme como un libro abierto, mejor que nadie, incluso que yo mismo, como si no supiera todo lo que estoy mostrándole al mundo, como si también mi propia realidad la leyera lentamente, por cómo cambian las cosas a mi alrededor, cómo me mira y me trata la gente, y lo mucho que me cuesta enterarme cuando tengo que volver a recomponerlo todo.

Si ha pasado todo lo que ha pasado, la movida en la que estoy metido, ha sido porque un día, en el aparcamiento de una licorería en Oakland Oeste, se me acercaron unos chavales blancos de los chalés de los montes, vinieron directos a mí, como si yo no les diera miedo. Se notaba que estaban cagados de estar allí, en aquel barrio, porque tenían la cabeza como una veleta, mirando de aquí para allá, pero yo no les daba miedo. No sé, como que pensaron que, con esta cara, no tenía pinta de hacerles ninguna movida. Como si fuera demasiado lento para hacer cualquier movida.

—¿Tienes nieve? —me preguntó uno con una Kangol que era igual de alto que yo.

Me entraron ganas de reírme. Solo un puto niñato blanco llamaría «nieve» a la coca.

—Puedo conseguir —respondí, aunque tampoco estaba seguro de poder—. Volved dentro de una semana, a la misma hora. —Le preguntaría a Carlos.

Carlos es lo peor, no te puedes fiar de él. La noche que se supone que iba a pillármela me llamó y me dijo que no podía, y que fuera a ver a Octavio y la pillara yo mismo.

Me bajé en la parada de Coliseum del BART y desde allí fui en bici hasta la casa de Octavio, en el Este Profundo, por la Setenta y Tres, a la altura de donde estaba el centro comercial Eastmont, antes de que las cosas se pusieran chungas y tuvieran que convertirlo en una comisaría.

Justo cuando llegué, estaba saliendo un montón de peña de la casa, como si acabara de haber una pelea. Me quedé un rato acoplado en la bici, a una manzana, mientras veía a los borrachos venga a dar vueltas a la luz de las farolas, parecían tontos, como polillas borrachas de luz.

Cuando encontré a Octavio, estaba ciego perdido. Siempre que veo a la peña así me acuerdo de mi madre. ¿Cómo era cuando se emborrachaba conmigo dentro? ¿Se lo pasaba bien? ¿Me lo pasaba bien?

De todas formas, Octavio tenía la cabeza bastante bien, aunque arrastraba las palabras cantidad. Me pasó el brazo por los hombros y me llevó al jardín, donde tenía un banco de pesas montado bajo un árbol. Me quedé mirando mientras se ponía a hacer varias series con una barra sin pesas. Para mí que no se dio ni cuenta de que no tenía las pesas. Esperé a ver cuándo me preguntaba por mi cara. Pero no me dijo nada. Me estuvo hablando de su abuela, de que le había salvado la vida después de perder a toda su familia. Me dijo que le había quitado una maldición con piel de tejón, y que llamaba «gachupines» a todos los que no eran mexicanos o indios, por la enfermedad que les pegaron los españoles a los nativos cuando llegaron (y decía también que los españoles eran la propia enfermedad que habían traído). Me dijo que nunca había querido convertirse en lo que era, y yo no supe bien a qué se refería, si a ser un borracho, un camello borracho, ambas cosas o nada que ver.

—Yo por ella daría hasta la sangre de mi corazón —dijo Octavio.

La sangre de su corazón. Es lo mismo que siento yo por Maxine. Me dijo que no pretendía ponerse en plan sensiblero ni mierdas, pero que lo que pasaba es que en realidad nadie le hacía nunca caso. Yo sabía que era porque estaba ciego. Y que luego no se acordaría de una mierda. Pero después de eso, cada vez que necesitaba algo, iba directamente a pedírselo a él.

Resultó que los pringaos aquellos, los niñatos blancos de los montes, tenían amigos. Nos sacamos un buen dinero aquel verano. Hasta que un día que fui a reponer, Octavio me dijo que pasara y me sentara.

—Tú eres nativo, ¿verdad?

—Sí —le dije, preguntándome cómo lo sabría—. Cheyene.

—Cuéntame en qué consiste un *powwow*.

—¿Para qué?

—Tú cuéntame.

Maxine había estado llevándome a los powwows de toda la zona de la bahía desde que era pequeño. Ya no, pero yo antes bailaba.

—Nos vestimos de indios, con plumas, abalorios y esas movidas. Bailamos. Cantamos y tocamos un tambor así muy grande, compramos y vendemos movidas indias, rollo joyas, ropas y cuadros.

—Ya, pero ¿para qué lo hacéis? —quiso saber Octavio.

—Por dinero.

—No, fuera de coñas, ¿por qué lo hacen?

—No lo sé.

—¿Cómo que no lo sabes? ¿De qué vas?

—Que no sé, para sacar pasta te he dicho, coño ya.

Octavio me miró con la cabeza ladeada, en plan: «Recuerda con quién estás hablando».

—Pues para eso mismo vamos a ir nosotros también al powwow.

—¿Al que van a hacer en el estadio?

—Exacto.

—¿Para sacar pasta? —Octavio asintió y luego se volvió y cogió lo que al principio no entendí que era una pistola, una pequeña y blanca blanca—. ¿Qué coño es eso?

—Plástico.

—¿Funciona?

—Está hecha con una impresora 3D. ¿Quieres verlo?

—¿Verlo?

Salimos al patio y apunté la pistola contra una lata de Pepsi que había colgada de un cordel, con las dos manos, la lengua fuera y un ojo cerrado.

—¿Has disparado alguna vez un arma?

—No.

—Te van a petar los oídos.

—¿Puedo? —pregunté.

Pero antes de que me respondiera sentí que mi dedo apretaba solo y luego, bum, la detonación que me atravesó. Por un momento me quedé sin saber ni lo que estaba pasando. Fue apretar y salir el sonido del estallido, y todo mi cuerpo se convirtió en estallido y caída. Me agaché sin querer. Hubo un pitido, por dentro y por fuera, un único tono que se fue poco a poco, como alejándose, o metiéndose hacia dentro. Miré a Octavio y vi que estaba diciéndome algo.

—¿Cómo? —dije, pero no me oía ni a mí mismo.

—Así es como vamos a atracar ese powwow —oí por fin que decía Octavio.

Me acordé de los detectores de metal que hay a la entrada del estadio. El andador de Maxine, el que usa desde que se partió la cadera, pitó al pasar. Fuimos los dos un miércoles —en noche especial de entrada a dólar— a un partido de los Athletics contra los Texas Rangers, que es el equipo del que Maxine era hincha cuando vivía de pequeña en Oklahoma porque allí no tenían equipo propio.

Cuando ya me iba, Octavio me pasó un folleto del powwow con la lista de los premios y el dinero que daban en cada categoría de danza. Cuatro de cinco mil. Tres de diez mil.

—Es bastante pasta.

—No me hace gracia meterme en una movida así, pero le debo dinero a uno.

—¿A quién?

—Y tú qué tienes que saber...

—¿Te has cabreado?

—Vete a casa.

La noche antes del powwow Octavio me llamó y me dijo que iba a tener que esconder yo las balas.

—¿En los arbustos? ¿Estás de coña?

—No.

—¿Y se supone que tengo que tirar balas entre los arbustos de la entrada?

—MétVelas en un calcetín.

—¿Que meta balas en un calcetín y las tire en los arbustos?

—¿Qué te he dicho?

—No sé, es que...

—¿Qué?

—Nada.

—¿Te has enterado?

—¿Y dónde pillo balas, de qué tipo?

—En el Walmart, del 22 corto.

—¿No podéis imprimirlas también?

—Eso todavía no lo saben hacer.

—Vale.

—Ah, y otra cosa.

—Dime.

—¿Sigues teniendo movidas indias para ponerte?

—¿Movidas indias? ¿De qué me hablas?

—No sé, lo que se pone la peña, las plumas y esas mierdas.

—Ah, vale, tengo.

—Pues te las pones.

—Ya no creo ni que me quepan del todo.

—Pero ¿te cabrían?

—Sí.

—Póntelas para el powwow.

—Vale —dije, y colgué.

Saqué el traje ceremonial y me lo puse. Fui al salón y me paré delante del televisor. Es el único sitio de la casa donde puedo verme de cuerpo entero. Meneé un pie y lo levanté. Vi el aleteo de las plumas en la pantalla. Extendí los brazos, hundí los hombros hacia abajo y luego me acerqué al televisor. Me ajusté la correa a la barbilla. Me miré la cara. El Sindro. No lo vi. Vi a un indio. Vi a un bailarín.

Dene Oxendene

Dene Oxendene sube de dos en dos las escaleras mecánicas inertes de la parada de Fruitvale. Cuando llega al andén, el cercanías que creía que iba a perder se para en el sentido opuesto. Una única gota de sudor le baja por una sien desde el gorro de lana. Se la enjuga con el dedo y luego se quita el gorro y lo sacude, enfadado con él como si fuera el gorro el que sudara y no su cabeza. Mira hacia el fondo de las vías y suelta una bocanada de vaho que ve elevarse y luego desaparecer. Le viene olor a tabaco y le entran ganas de fumar, aunque siempre que fuma se cansa. Quiere un cigarro que le dé fuerzas, una droga que funcione. Se niega a beber. Fuma demasiada maría. Nada funciona.

Dene mira los grafitis que hay garabateados en la pared de la pequeña cámara de ventilación de debajo del andén. Lleva años viendo esa misma firma por todo Oakland. El nombre se le ocurrió cuando entró en secundaria, pero pasó mucho tiempo hasta que lo usó: Lens, lente.

La primera vez que vio a alguien firmar iba en el autobús. Estaba lloviendo. El chaval iba detrás del todo. Dene se dio cuenta de que el chaval se había dado cuenta de que Dene estaba mirándolo. Una de las primeras cosas que había aprendido cuando empezó a coger el autobús en Oakland fue a no quedarse mirando, a no mirar ni de reojo, aunque tampoco es que no mires nada de nada. Una especie de saludo por respeto. Miras y no miras. Todo con tal de evitar la pregunta «¿Y tú qué miras?». No hay respuesta buena para esa pregunta. Si te la hacen es que ya la has cagado. Aquella vez esperó el momento oportuno y vio que el chaval escribía tres letras en el vaho de la ventanilla del autobús: «vco». Pilló al instante que significaba 'vacío'. Y le gustó que el chaval estuviera escribiéndolo en el vaho de la ventanilla, en el vacío entre las gotas, y también que no fuera a durar, como las firmas y los grafitis.

La cabeza del tren aparece seguida de su cuerpo y toma la curva de entrada en la estación. A veces el desprecio por ti mismo te llega de golpe. Por un segundo no sabe si saltar, bajar a las vías y esperar a que aquel peso rápido le quite de en medio para siempre. Seguramente saltaría demasiado tarde, rebotaría contra el lateral del tren y solo conseguiría reventarse la cara.

Ya en el tren, va pensando en el comité de selección que se le viene encima. No para de imaginarse a los jueces como tipos de seis metros de altura, mirándolo desde arriba, con caras alargadas y desencajadas, como dibujos de Ralph Steadman, un plantel de viejos y blancos, todo narices y togas. Lo sabrán todo sobre él. Lo odiarán en su fuero interno, con todos los posibles conocimientos sobre su vida que tengan a su alcance. Se darán cuenta enseguida de que no cumple los requisitos ni por asomo. Pensarán que es blanco —cosa que es solo medio cierta— y, por tanto, al último al que le concederían una subvención cultural. Uno no ve a Dene y sabe que es nativo. Es un no blanco ambiguo. A lo largo de su vida lo han tomado por mexicano con frecuencia, le han preguntado en más de una ocasión si era chino, coreano, japonés, una vez salvadoreño, aunque la mayoría de las veces la pregunta le llega así: «¿Tú qué eres?».

El tren entero va mirando el móvil. Dentro del móvil. Le viene olor a meado y lo primero que piensa es que es él. Siempre ha temido descubrir que en realidad lleva toda la vida oliendo a meado y a mierda sin saberlo, que nadie se ha atrevido a decírselo, como Kevin Farley desde que estaban en quinto y que acabó suicidándose el verano después del primer curso de instituto, cuando se enteró. Mira a la izquierda y ve a un hombre mayor hundido en su asiento. El tipo vuelve en sí y se incorpora en el sitio y luego remueve los brazos como para comprobar que sigue teniéndolo todo, aunque en realidad seguramente no tenga nada. Dene se cambia de vagón y se queda al lado de las puertas, mirando por la ventanilla. El tren levita en paralelo a la autovía, a la altura de los coches. Cada velocidad es distinta: los coches van a una velocidad corta, inconexa, intermitente. Dene y el tren se deslizan sobre las vías como un único movimiento y velocidad. Estas velocidades variables tienen un rollo cinematográfico, como cuando en una película hay un momento que te hace sentir algo por razones que no puedes explicar. Algo demasiado grande para sentirlo, por debajo, y por dentro, demasiado familiar para ponerle nombre, ahí delante de tu cara todo el tiempo. Dene se pone los cascos, le da al modo aleatorio en el móvil, salta varias canciones y se queda con el *There, there* de Radiohead. La frase que más se pega es «Que lo sientas no significa que esté ahí». Antes de que el tren se meta bajo tierra entre las paradas de Fruitvale y Lake Merritt, Dene mira al otro lado del cristal y ve la palabra, otra vez ese nombre, Lens, allí en el muro justo antes de bajar.

Se le ocurrió lo de firmar como Lens volviendo a casa en el autobús, el día que su tío Lucas llegó de visita. Poco antes de llegar a su parada, miró por la ventanilla y vio un *flash*. Alguien le había echado una foto a él, o al autobús, y del fogonazo, de las luces azul, verde, morado, rosa, le vino el nombre. Escribió Lens con permanente detrás del respaldo del autobús, justo antes de su parada. Al bajarse del autobús por la puerta de atrás, vio que el conductor achicaba los ojos en el retrovisor grande de delante.

Cuando llegó a casa, su madre, Norma, le dijo que iba a venir a verlos su tío Lucas, el de Los Ángeles, y que la ayudara a ordenar y a poner la mesa. Lo único que recordaba de su tío era cuando lo levantaba en volandas y lo lanzaba en el aire y no lo cogía hasta que casi había tocado el suelo. No era algo ni que le gustara ni que le desagradara especialmente. Pero era un recuerdo visceral: ese cosquilleo en la barriga, esa mezcla de miedo y diversión, ese estallido involuntario de risa a media caída.

—¿Dónde ha estado metido? —le preguntó a su madre mientras ponía la mesa.

Norma no respondió. Luego, cuando durante la cena le preguntó directamente a su tío dónde había estado metido, había sido su madre la que había respondido por él.

—Ha estado liado haciendo películas... —le dijo antes de mirar a Dene con las cejas arqueadas y terminar la frase—, por lo que parece.

Comieron el clásico de la casa: puré de patatas con carne picada y judías verdes de lata.

—Yo no sé si «parecerá» que he estado liado haciendo películas, pero lo que sí parece claramente es que tu madre cree que le he estado mintiendo todo este tiempo —dijo Lucas.

—Perdona, Dene, si te he dado la impresión de que pensaba que mi hermano ha estado «haciendo el indio».

—Dene, ¿quieres que te cuente la película en la que estoy trabajando ahora? —le preguntó su tío.

—Cuando dice «trabajando», se refiere en su cabeza —apuntó su madre—, que ha estado «pensando» una película, vamos, te lo digo para que tú lo sepas.

—Cuéntamela —respondió Dene mirando a su tío.

—Pasará en un futuro no muy lejano. La idea es que una tecnología alienígena colonice Estados Unidos. Pero creeremos que nos la hemos inventado nosotros mismos, que es nuestra. Al final acabaremos fundiéndonos con la tecnología y nos convertiremos en una especie de androides y perderemos la capacidad de reconocernos entre nosotros, cómo éramos antes, cómo nos comportábamos en el pasado. En realidad ni siquiera nos veremos como una raza cruzada, medio extraterrestre, porque creeremos que es nuestra tecnología. Pero luego la idea es que aparezca un héroe cruzado e inspire a lo que queda de los humanos a volver a la naturaleza. A huir de la tecnología y recuperar nuestro antiguo estilo de vida, a volver a ser los humanos que éramos antes. La idea es acabar con una secuencia a cámara lenta que le dé la vuelta a la de *2001* de Kubrick, en plan un humano reventando un hueso. ¿Has visto *2001*?

—No.

—*¿La chaqueta metálica?*

—Eh... ¿no?

—La próxima vez que venga te traigo todo mi Kubrick.

—¿Qué pasa al final?

—¿Dónde, en la peli? Está claro: ganan los colonizadores alienígenas. Aunque pensaremos que hemos ganado al volver a la naturaleza, de vuelta a la Edad de Piedra. Lo que pasa es que ya hace tiempo que no lo «pienso» —dijo entrecomillando la última palabra con los dedos a la vez que miraba hacia la cocina, donde se había ido su madre cuando su tío se había puesto a hablarle de la película.

—Pero ¿has hecho alguna vez alguna de verdad?

—Yo hago películas en cuanto que las pienso, y a veces las escribo. ¿O de dónde te crees que salen las películas? Pero no, yo no hago pelis, sobrino mío. Es probable que nunca llegue a hacer una. Lo que sí hago es ayudar a la gente a hacer algunas cosillas en series y películas, sujeto la jirafa con el micro por encima de las escenas, cantidad de rato sin moverla. Mira qué antebrazos tengo. —Lucas levantó un brazo, flexionó la muñeca y se miró su propio antebrazo—. No me fijo mucho en dónde ruedan cuando estoy trabajando. No me acuerdo de mucho. Bebo demasiado. ¿No te lo ha dicho tu madre? —Por toda respuesta Dene terminó de comerse lo que le quedaba en el plato y luego volvió a mirar a su tío, como para pedirle que siguiera hablando—. De hecho, ahora mismo estoy currando en una historia que en realidad no cuesta nada hacer. El verano pasado subí a hacer entrevistas por aquí. Llegué a montar unas cuantas y ahora he vuelto para intentar hacer más. El tema son los indios que han ido viniendo a vivir a Oakland, a vivir aquí. Lo único que hago es hacerle preguntas a esa gente india que conocí a través de una amiga que conoce a muchos indios y que creo que en realidad es medio tía tuya, en el sentido indio. Aunque no sé si has llegado a conocerla. ¿Conoces a Opal, Opal Bear Shield?

—Me suena.

—Bueno, el caso es que le pregunté a algunos indios que llevan un tiempo viviendo en Oakland, y a otros que no hace mucho que han llegado, una pregunta en dos partes, bueno, en realidad más que una pregunta lo que intenté fue que me contaran un relato. Les pedí que me contaran una historia de cómo habían acabado aquí en Oakland, o si habían nacido aquí, y luego les preguntaba cómo era vivir en Oakland. Les dije que lo suyo era que respondieran en forma de relato, significara lo que significase eso para ellos, me valía, y luego salí del cuarto. Decidí hacerlo a lo confesionario para que sea como si estuvieran contándose el relato a sí mismos, o a nadie y a todo el mundo tras la cámara..., yo ahí no me meto. Lo puedo montar todo yo solo. Solo necesito presupuesto para tener yo un sueldo, y eso no es prácticamente nada.

Después de contarle todo eso, respiró bien hondo y medio tosió, se aclaró la garganta y luego sacó una petaca del bolsillo interior de la chaqueta. Miró hacia fuera por la ventana del salón, a la calle, o más lejos, por donde se había puesto el sol, o más allá, quizá a su vida pasada, y luego se quedó con esa mirada en la cara, la misma que Dene había visto a veces en los ojos de su madre y que parecía a la vez nostálgica y temerosa. Su tío se levantó entonces para salir a fumarse un cigarro en el porche y, de camino, le dijo:

—Será mejor que te pongas con tus tareas, sobrino mío. Tu madre y yo tenemos cosas de que hablar.

Hasta que no lleva diez minutos atrapado bajo tierra entre dos paradas no se da cuenta de que lleva diez minutos atrapado bajo tierra entre dos paradas. Empieza a sudarle la frente solo de pensar que va a llegar tarde y no va a poder defender su propuesta ante el comité. Al final no mandó una muestra de trabajo, así que va a tener que desperdiciar el poco tiempo que le dan dando explicaciones, que si en un principio fue idea de su tío, que en realidad era un proyecto de él, y hasta qué punto lo que está proponiendo está basado en lo que su tío le contó durante el poco tiempo que pasaron juntos. Y luego la parte más rara, la que no sabe cómo explicar, porque en realidad no la entiende del todo, que las entrevistas, las que su tío dejó grabadas, venían con guiones. No trascripciones, guiones. ¿Escribió su tío los guiones para que los interpretaran? ¿O trascribió las entrevistas reales y luego les dio forma de guion? ¿O entrevistó a alguien y luego, basándose en esa entrevista, escribió un guion que luego él mismo adaptó para que después otra persona interpretara ese guion adaptado? No tiene forma de saberlo. El tren arranca de nuevo, avanza un poco y vuelve a parar. Desde arriba llega el zumbido de una voz entrecortada por la estática, totalmente incomprensible.

En el instituto se pasaba el rato escribiendo Lens por donde pillaba. Cada sitio que firmaba era como un sitio desde el que podía mirar, imaginarse a la gente mirando su firma; los veía mirar, por encima de las taquillas, por dentro de las puertas de los aseos, en los tableros de las mesas. Un día que estaba firmando por dentro la puerta de un aseo, pensó que era muy penoso querer que todo el mundo viera un nombre que no era el suyo, un nombre escrito para nadie y todos, e imaginar que la gente lo miraba como si mirase la lente de una cámara. No le extrañaba que no hubiera hecho ni un amigo desde que había entrado en secundaria.

Cuando volvió a casa, no vio a su tío. Su madre estaba en la cocina.

—¿Dónde está Lucas? —le preguntó.

—Va a pasar allí la noche.

—¿A pasar la noche dónde?

—En el hospital.

—¿Para qué?

—Tu tío se está muriendo.

—¿Cómo?

—Lo siento, cariño, quería habértelo dicho. No creía que fuera a pasar así. Pensaba que sería una visita agradable y que luego se iría y...

—¿Muriendo de qué?

—Lleva mucho tiempo pasándose con la bebida. Su cuerpo, su hígado no da para más.

—¿Que no dan para más? Pero si acaba de llegar —dijo Dene, que se dio cuenta de que la había hecho llorar, aunque solo por un segundo.

Su madre se enjugó los ojos con el dorso de la mano y le dijo:

—A estas alturas ya no podemos hacer nada, cariño.

—¿Y por qué no se hizo nada cuando todavía podía hacerse?

—En esta vida hay cosas que no podemos controlar, gente a la que no podemos ayudar.

—Es tu hermano.

—¿Y qué querías que hiciera, Dene? No había nada que pudiera hacer. Lleva así casi toda la vida.

—¿Por qué?

—No lo sé.

—¿Cómo?

—Que no lo sé, que no lo sé, joder. Por favor —dijo Norma.

El plato que estaba secando se le escurrió entonces de las manos y los dos se quedaron mirando los añicos en el suelo, entre ambos.

Ya en la parada de la calle Doce, Dene sube corriendo las escaleras, hasta que mira el móvil y ve que en realidad no va tarde. Cuando llega a pie de calle, empieza a andar más tranquilamente. Levanta la vista y ve la torre del *Tribune*. Es un resplandor rosa desvaído que parece que antes fuera rojo y hubiese perdido fuerza con los años. Aparte del complejo Ronald V. Dellums, unos bloques gemelos, sosos, cuadriculados y de altura normal donde tiene su sede el gobierno federal, poco antes de la I-980, que sube hacia Oakland Oeste, el perfil de la ciudad carece de personalidad y está muy desperdigado; de ahí que, aunque el periódico se mudó a la Diecinueve, y en realidad ya ni siquiera existe, sigan encendiendo el letrero del *Tribune*.

Cruza la calle, en dirección al ayuntamiento. Atraviesa una nube de humo de maría que sale de un grupito reunido tras la marquesina de la parada de la Catorce con Broadway. Nunca le ha gustado el olor salvo cuando se la está fumando él. No tendría que haber fumado anoche. La cabeza le funciona mejor cuando no fuma. Lo que pasa es que, como tenga, se la fuma. Y como sigue pillándole al colega de la clase de enfrente, pues es lo que hay.

Cuando regresó a casa al día siguiente, se encontró con su tío de vuelta en el sofá. Se sentó a su lado y se echó hacia delante, con los codos apoyados en las rodillas, mirando al suelo y esperando a que su tío dijera algo.

—Pensarás que soy de lo más rastrero viniendo aquí a convertirme en un muerto viviente en vuestro sofá, matándome a beber... ¿Es eso lo que te ha dicho tu madre?

—No me ha contado prácticamente nada. A ver..., sé por qué estás enfermo.

—No es que esté enfermo, es que me estoy muriendo.

—Sí, ya, pero estás enfermo.

—Morirme me pone enfermo.

—¿Cuánto tiempo te...?

—Nadie tiene tiempo, sobrino mío, es el tiempo el que nos tiene a nosotros. Nos atrapa en su boca como una lechuza a un ratón de campo. Nos estremecemos. Forcejeamos para soltarnos, y entonces nos picotea los ojos y las entrañas para alimentarse de nosotros y morimos la muerte de un ratón de campo.

Dene tragó algo de flema y sintió que se le aceleraba el corazón como si estuviera discutiendo, por mucho que aquella conversación no tuviera el tono ni diera la impresión de ser una discusión.

—Madre mía, tío... —Era la primera vez que llamaba «tío» a su tío. No lo había hecho a conciencia, le había salido sin más. Lucas no reaccionó—. ¿Hace cuánto que lo sabes? —quiso saber.

Lucas encendió la lámpara que había entre ambos, y a Dene se le encogió el estómago, entre la tristeza y la náusea, al ver que la parte de los ojos de su tío que tendría que ser blanca estaba amarilla. Le dio otra punzada cuando vio que sacaba la petaca y le daba un trago.

—Siento que tengas que ver esto, sobrino mío, es lo único que me pone un poco mejor. Llevo mucho tiempo bebiendo. Me ayuda. Hay gente que toma pastillas para sentirse bien. Las pastillas también acaban matándote. Hay medicamentos que son veneno.

—Es una forma de verlo —dijo Dene, y sintió en la barriga lo mismo que cuando su tío lo lanzaba al aire de pequeño.

—Todavía estaré por aquí un tiempo, tú no te preocupes. Esta historia tarda años en matarte. En fin, voy a echarme ahora un rato, pero ¿por qué cuando vuelvas mañana de clase no hablamos tú y yo de hacer una peli juntos? Tengo una cámara que se coge como una pistola. —Lucas formó una pistola con las manos y la apuntó contra Dene—. Ya se nos ocurrirá algún concepto sencillo, algo que podamos ventilarnos en unos días.

—Claro, vale, pero ¿mañana ya estarás bien? Mamá dice que...

—Estaré bien —lo cortó su tío, que levantó la palma de la mano al frente y luego se la pasó por el pecho.

Cuando entra en el edificio, vuelve a mirar el horario en el móvil y ve que le quedan diez minutos. Se quita la camiseta interior sin quitarse la de encima para utilizarla a modo de trapo y enjugarse con ella todo el sudor que pueda antes de plantarse ante el comité. Hay un tío delante de la sala donde le han dicho que vaya. Dene detesta a la clase de persona que el tipo cree que es, quien se ve obligado a ser. Es de esos calvos que tienen que afeitarse todos los días; quiere hacer ver que controla su pelo, como si ser calvo fuera algo que él hubiera elegido, pero por las sienes le asoma una mínima pelusa mientras que por la coronilla no hay ni rastro. Tiene una barba castaño claro de tamaño considerable pero cuidada, en lo que supone una clara compensación por la falta de pelo arriba, aparte de que está de moda, con todos esos modernitos blancos intentando parecer confiados, cuando en realidad están ocultando toda su cara tras un gran matorral de barba y gafas de pasta negras. Se pregunta si habrá que ser de color para que te den la subvención. Seguro que el tío ese está trabajando con niños en un proyecto de arte hecho con basura. Dene saca el móvil en un intento por rehuir toda conversación.

—¿Vienes por lo de la subvención? —le pregunta el tipo.

Dene asiente y le tiende la mano.

—Dene.

—Rob.

—¿De dónde eres? —se interesa Dene.

—En realidad ahora mismo estoy sin casa, pero el mes que viene me mudo con unos amigos a una queli en Oakland Oeste. Allí los alquileres son de risa —dice Rob.

Dene aprieta la mandíbula y parpadea muy lentamente ante eso último: «son de risa».

—¿Te has criado aquí?

—Hombre, verás, es que de aquí en realidad no es nadie, ¿no?

—¿Cómo?

—Ya sabes a lo que me refiero.

—Sé a lo que te refieres.

—¿Sabes lo que dijo Gertrude Stein sobre Oakland? —le pregunta Rob.

Dene sacude la cabeza, aunque en realidad sí que lo sabe, porque de hecho estuvo buscando citas sobre Oakland en Google para documentar su proyecto. Sabe perfectamente lo que está a punto de decir el otro.

—No hay ningún aquí aquí —dice como en un susurro, con una sonrisa de oreja a oreja tan bobalicona que a Dene le entran ganas de pegarle.

Le entran ganas de decirle que él se molestó en buscar la cita en su contexto original, que está en su libro *Autobiografía de todo el mundo,* y que descubrió que hablaba de lo mucho que había cambiado el barrio de Oakland donde se había criado, del desarrollo urbanístico que había habido, hasta el punto de que el «aquí» de su infancia, el aquí aquí, ya no existía, ya no había ningún aquí allí. Le gustaría decirle que eso es lo que les pasó a los nativos, explicarle que no son los mismos, que él es un nativo, nacido y criado en Oakland, «de» Oakland. Seguramente Rob no había investigado nada más sobre la cita porque ya había conseguido de ella lo que quería; seguramente la utilizaba en cenas con gente y hacía que la peña como él se sintiera bien apoderándose de barrios por los que hacía diez años no habrían tenido valor de pasar ni en coche.

Para Dene es una cita importante. Ese aquí aquí. No ha leído nada de Gertrude Stein aparte de la cita. Pero para los nativos de este país, de toda América, quedó arrollado por el desarrollo, tierra ancestral enterrada, vidrio, cemento, cable y acero, memoria tapada sin devolución. Aquí no hay aquí que valga.

El tipo dice que le toca y entra. Dene vuelve a secarse la cabeza con la camiseta interior y luego la guarda en la mochila.

El comité de selección resulta ser un cuadrado de cuatro mesas. Cuando se sienta, se da cuenta de que están hablando de su proyecto. Dene no tiene ni idea de qué dijo que iba a hacer. La cabeza no para de petardearle, sin llegar a arrancar. Mencionan que no hay muestra de trabajo. Nadie lo mira a la cara. ¿Les tienen prohibido mirarlo? La composición del grupo es un descaro: la ancianita blanca, dos negros de mediana edad, dos blancas de mediana edad, un tipo con pinta de hispano, una india —de la India— que podría tener veinticinco, treinta y cinco o cuarenta y cinco, y un tipo mayor que es claramente nativo, con melena larga y plumas de plata y turquesa colgando de ambas orejas. Ahora vuelven todos la cabeza hacia Dene. Tiene tres minutos para contarles lo que cree que deberían saber y que no dijo en la solicitud. Un último momento para convencerlos de que merece la pena financiar su proyecto.

—Hola. Me llamo Dene Oxendene. Soy miembro registrado de las tribus cheyene y arapajó de Oklahoma. Buenos días y gracias por su tiempo y su interés. Perdón por adelantado si me voy por las ramas. Muchas gracias por darme esta oportunidad. Sé que no tenemos mucho tiempo, así que, si les parece bien, iré al grano. Todo empezó cuando tenía trece años. Mi tío murió ese año y digamos que heredé el trabajo que él había empezado. Lo que él hacía, y ahora quiero hacer, es documentar historias o relatos vitales de indios de Oakland. Quiero ponerles una cámara delante, grabarlos, imágenes, audio, mientras yo voy trascribiendo lo que digan, si quieren hablar, o si no, que lo escriban, relatos de todos los tipos que pueda reunir, la cosa es dejarlos que narren sus historias sin nadie más al lado, sin directrices, manipulación o intereses velados. Quiero que se vean libres de decir lo que quieran decir. Que el contenido dirija la visión. Hay tantas historias aquí... Sé que esto supone mucho trabajo de montaje, mucho visionado y mucho que escuchar, pero eso es justo lo que necesita nuestra comunidad si tenemos en cuenta el tiempo que lleva siendo ignorada, que ha permanecido invisible. Mi idea es montar una sala en el Centro Indio. Y me gustaría pagar a los «relatadores» por sus relatos*. Estas historias no tienen precio, pero pagar es apreciar. Y no estoy hablando solo de recoger datos cualitativos. Quiero aportar algo nuevo a la visión de la experiencia nativa y su plasmación en la pantalla. No hemos visto la Historia del indio urbano. Lo que hemos visto está tan lleno de unos estereotipos que son justo los que hacen que a nadie le interese la Historia nativa en general, y es muy triste, pero que muy triste que ni siquiera pueda ser entretenida. Aunque lo más importante es la forma en que se ha retratado, con ese patetismo, que nosotros mismos perpetuamos, pero no, a la mierda..., perdón, pero es que me cabrea porque, en general, no tiene nada de patético, y los individuos y las historias con las que te encuentras no son ni patéticas, ni débiles ni dignas de compasión, y hay mucha pasión real, y rabia, y eso es en parte lo que me gustaría aportar con mi proyecto, porque yo también me siento así, le pondría esa misma energía..., en fin, si lo aprueban y todo eso... y puedo conseguir más dinero, que en realidad no hace falta tanto, puede que incluso llegue con esta subvención, y yo me encargaría de hacer casi todo el trabajo. Siento si me he pasado de tiempo. Gracias.

Dene respira hondo y contiene la respiración. Los miembros del comité no levantan la vista ni de reojo. Suelta el aire, se arrepiente de todo lo que ha dicho. Miran fijamente sus portátiles y escriben como mecanógrafas. Ahora es el tiempo destinado a hacer preguntas. Pero no a Dene, ahora es cuando se hacen preguntas entre ellos. Discuten la viabilidad del proyecto. Joder, ni siquiera sabe lo que acaba de decir. El nativo tamborilea sobre la pila de folios que forman la solicitud de Dene y se aclara la garganta antes de decir:

—La idea en sí es interesante, aunque a mí me está costando entender bien qué tiene el candidato en mente, y me pregunto, y corríjanme si me he perdido algo, me pregunto si en realidad hay una visión real en todo esto o si simplemente va a ir inventándosela sobre la marcha. No sé, es que ni siquiera ha traído una muestra de trabajo.

Dene sabía que sería el nativo. Seguramente ni siquiera crea que él es nativo. Joder, la muestra de trabajo. No puede decir nada. Se supone que tiene que estar como una mosca en la pared. Pero el colega acaba de aplastarlo de un manotazo. Que alguien diga algo, que alguien diga algo. El mayor de los dos negros, el que va mejor vestido, con barba blanca y gafas, interviene entonces:

—A mí sí me parece interesante si va a hacer lo que creo que ha dicho que va a hacer, que es, básicamente, dejar de lado la presunción de documentación. Quiere quitarse de en medio para dejarles sitio, como quien dice. Si lo hace bien, parecerá como si ni siquiera estuviera tras la cámara, parecerá casi como si no hubiera ningún cámara. Lo que me pregunto más que nada es si será capaz de conseguir que la gente se preste a contar sus historias, a confiarlas en sus manos. Si lo consigue, creo que podría llegar a ser algo importante, independientemente de si logra o no darle un estilo propio, hacer algo tangible, con visión o sin ella. A veces los directores pecan de poner demasiado de su propia visión en las historias. A mí me gusta la idea de dejar que el contenido dirija la visión. De todas formas, lo que está claro es que son relatos de vidas que es importante documentar, y punto.

Dene ve que el nativo se remueve incómodo en su silla, vuelve a ordenar el montoncito de su solicitud y luego lo pone detrás de otro más grande. La mujer blanca mayor que se parece a Tilda Swinton dice:

—A mí me parece que si es capaz de recaudar el dinero y de hacer una película que cuente algo nuevo, es estupendo, y no sé si hay mucho más que decir al respecto. Tenemos veintitantas solicitudes que evaluar y estoy segura de que habrá más de una que habrá que examinar y discutir seriamente.

De vuelta en el cercanías, camino de casa, Dene ve su cara en el reflejo negro de la ventanilla del tren. Está radiante. Borra la sonrisa de la cara cuando la ve. Se la han dado. Estaba bastante claro que se la iban a dar. Cinco mil dólares. Nunca ha tenido tanto dinero, nunca en su vida. Se acuerda de su tío y se le empañan los ojos. Los cierra con fuerza y los deja cerrados, echa la cabeza hacia atrás, pone la mente en blanco y deja que el tren lo lleve de vuelta a casa.

Cuando aquel día volvió a la casa y se la encontró vacía, vio una cámara con pinta de antigua encima de la mesa de centro, delante del sofá. La cogió y se sentó a trastear con ella. Era la cámara-pistola de la que le había hablado su tío. La que se cogía como una pistola. Se quedó así, con la cámara en el regazo, y esperó a que su madre volviera sola con la noticia.

Cuando su madre entró, su cara se lo dijo todo. No tuvo que contárselo. Pero, como si no se lo esperara, Dene se levantó, cámara en mano, y salió corriendo por la puerta de la calle dejando atrás a su madre. Siguió corriendo, cuesta abajo hasta el parque Dimond. Había un túnel que lo atravesaba por debajo. Tenía unos tres metros de altura y medía unos doscientos y, hacia la mitad, durante unos cincuenta metros, no veías nada allí metido. Su madre le había contado que era un antiguo canal subterráneo que llegaba hasta la bahía. No sabía por qué había ido allí ni por qué se había llevado la cámara. Ni siquiera sabía usarla. El viento aullaba en el túnel, contra él. Parecía respirar. Era una boca y una garganta. Probó sin éxito a encender la cámara y luego, aun así, la apuntó hacia el túnel. Se preguntó si él acabaría como su tío. Luego pensó en su madre, que se había quedado allí en la casa. Ella no había hecho nada malo. No había nadie con quien enfadarse. Dene creyó oír pisadas desde el interior del túnel. Trepó como pudo por el terraplén y estaba a punto de volver por la cuesta, a su casa, cuando algo lo detuvo. Vio un interruptor en el lateral de la cámara, al lado de las palabras Bolex Paillard. La dirigió hacia la farola, al cabo de la calle. Siguió andando y la apuntó hacia la boca del túnel. La dejó grabando todo el camino de vuelta a casa. Quería creer que cuando encendía la cámara su tío estaba con él, mirando a través de ella. Al acercarse a la casa vio a su madre en el umbral, esperándolo. Estaba llorando. Fue a esconderse detrás de un poste de la luz. Pensó en lo que debía de haber supuesto para ella, perder a un hermano, y que había sido un golpe bajo haberse ido así, como si solo lo hubiera perdido él. Norma se agachó y hundió la cara entre las manos. La cámara seguía grabando. La levantó, empuñándola como una pistola, la apuntó hacia su madre y apartó la vista.

Opal Viola Victoria Bear Shield

Mi hermana Jacquie y yo estábamos haciendo las tareas en el salón, con la tele puesta, cuando mi madre volvió a casa y nos anunció que nos mudábamos a Alcatraz.

—Haced las maletas que nos vamos para allá. Hoy mismo —nos dijo mi madre.

Y supimos de qué hablaba. Ya habíamos estado en la isla celebrando que no celebrábamos Acción de Gracias.

Eso fue cuando vivíamos en Oakland Este, en una casa amarilla. Era la más colorida de la manzana, aunque también la más pequeña; dos habitaciones con una cocinita enana en la que no cabía ni una mesa. Tampoco es que fuera ninguna maravilla, la moqueta era muy fina y olía a polvo y a humo. Al principio ni siquiera teníamos sofá ni televisor, pero era claramente mejor que donde vivíamos antes de eso.

Nuestra madre nos levantó una mañana a toda prisa, con la cara partida. Se había echado por los hombros un chaquetón de cuero marrón que le quedaba enorme y tenía los dos labios hinchados. Verle los labios así de grandes me dejó tocada. No podía hablar bien. Aquella vez también nos había dicho que hiciéramos las maletas.

Jacquie es Red Feather de apellido mientras que yo soy Bear Shield. Nuestros padres dejaron los dos a nuestra madre. La mañana esa en que apareció en casa con la cara partida, fuimos en autobús a una casa nueva, la amarilla. No sé cómo la consiguió. En el autobús me acurruqué contra ella y le metí la mano en el bolsillo del chaquetón.

—¿Por qué tenemos los apellidos que tenemos? —le pregunté.

—Vienen de antiguos nombres indios. Antes teníamos nuestra propia forma de llamar a las cosas, antes de que llegaran los blancos y desperdigaran todos esos nombres de padres por ahí para que los padres siguieran teniendo el poder.

No entendí aquella explicación sobre padres. Y tampoco sabía si Bear Shield era un refugio que los osos utilizaban para resguardarse o un refugio de los que la gente hacía para resguardarse de los osos, ¿o era que el refugio en sí estaba hecho de osos? En cualquier caso, era bastante complicado explicarlo en el colegio, que yo era un Refugio de Osos, y eso no era lo peor de todo, lo peor era mi primer nombre de pila, que son dos: Opal Viola. Lo que me convierte en Opal Viola Victoria Bear Shield. Victoria era como se llamaba mi madre, aunque todo el mundo le decía Vicky, y Opal Viola me lo pusieron por mi abuela, a la que no llegamos a conocer. Mi madre nos contó que era una mujer-medicina y una célebre cantante de cantos espirituales, así que en teoría yo debía llevar ese gran nombre antiguo con la cabeza bien alta. Lo bueno era que los niños no tenían que hacer nada con mi nombre para reírse de mí, ni rimas ni variaciones. Solo tenían que decirlo todo seguido para hacer la gracia.

Nos subimos en un autobús en una fría mañana gris de finales de enero de 1970. Jacquie y yo teníamos las mismas viejas bolsas de deporte, las dos rojas e igual de maltrechas y en las que no cabía gran cosa, pero tampoco era que tuviésemos mucho. Eché dos mudas y me metí a mi osito de peluche, Dos

Papes, bajo el brazo. Le puse ese nombre por mi hermana, porque su oso de cuando era pequeña solo tenía un zapato cuando se lo regalaron. El suyo no se llamaba Un Pape, pero puede que me sintiera afortunada por tener un oso con dos zapatos en vez de uno, aunque en realidad los osos no llevan zapatos, así que a lo mejor tampoco era afortunada, sino otra cosa.

Ya en la acera mi madre se volvió para mirar la casa.

—Despedíos, niñas.

Yo me había acostumbrado a estar pendiente de la puerta de la calle. Había visto más de un aviso de desahucio. Y, cómo no, ahí lo teníamos. Mi madre siempre lo dejaba colgado para poder decir que no lo había visto y ganar tiempo así.

Jacquie y yo levantamos la vista para mirarla. Había estado bien la casa amarilla. Por lo que había sido: la primera en la que habíamos vivido sin ninguno de nuestros padres, así que había sido tranquila, incluso entrañable, como la primera noche que dormimos allí, que mamá nos hizo la tarta de plátano y nata, cuando el gas funcionaba pero todavía no habían dado de alta la luz, y comimos de pie en la cocina, a la luz de una vela.

Aún estábamos pensando qué decir cuando mamá gritó «El autobús» y tuvimos que echar a correr detrás de ella, arrastrando con nosotras nuestras bolsas de deporte rojas.

Como era en mitad del día, apenas había gente en el autobús. Jacquie se sentó a varias filas de nosotras, como si fuera sola. Yo quería preguntarle más cosas a mi madre sobre la isla, pero sabía que no le gustaba hablar cuando iba en el autobús. Se quedó igual que Jacquie, como si no nos conociéramos.

«¿Por qué vamos a hablar de nuestras cosas delante de gente que ni siquiera nos conoce?», solía decir.

Al rato no pude aguantarme más.

—Mamá, ¿qué estamos haciendo?

—Nos vamos a vivir con nuestros parientes, con indios de todas las tribus. Vamos a ir donde construyeron aquella cárcel. Vamos a empezar desde dentro de una celda, que es donde estamos ahora mismo, los indios, ahí nos tienen metidos, aunque hagan como si no fueran ellos los que nos han metido allí. Vamos a conseguir salir desde dentro con una cuchara. Ten, mira esto.

Me tendió una tarjeta plastificada que sacó del bolso, tenía el tamaño de un naipe. Era el dibujo que se ve por todas partes, la silueta del indio triste a caballo, y, por el otro lado, ponía «Profecía de Caballo Loco». La leí:

Después de un sufrimiento tras otro, la Nación Roja volverá a levantarse y será una bendición para este mundo enfermo. Un mundo lleno de promesas rotas, egoísmo y divisiones. Un mundo que ansía volver a la luz. Veo una época de siete generaciones, cuando todos los colores de la humanidad se reunirán bajo el sagrado Árbol de la Vida y toda la tierra volverá a convertirse en un único círculo.

Yo no entendí qué intentaba decirme con aquella tarjeta ni con lo de la cuchara. Pero mamá era así. Hablaba su propio idioma. Le pregunté si habría monos. No sé por qué, pero tenía la idea de que había monos en todas las islas. No me respondió a la pregunta y se limitó a sonreír y a quedarse mirando las largas calles grises de Oakland, que pasaban de largo por la ventanilla del autobús como si fuese una vieja película que le gustaba, pero que había visto demasiadas veces para echarle cuentas.

Llegamos a la isla en una lancha motora. Me pasé el trayecto con la cabeza apoyada en el regazo de mi madre. Los tipos que nos llevaron hasta allí iban vestidos con uniformes militares. No sabía dónde nos estábamos metiendo.

Comimos un estofado de ternera aguado en unos cuencos de poliestireno alrededor de una hoguera que algunos de los más jóvenes mantenían bien viva con trozos de palés. Mi madre fumaba algo más apartada del fuego con dos mujeres indias mayores y grandotas que reían a carcajada limpia. Había montañas de Wonder Bread y de mantequilla sobre mesas con ollas de estofado. Cuando empezó a hacer demasiado calor al lado de la hoguera, nos alejamos y nos sentamos.

—Yo no sé tú —me dijo Jacquie con la boca llena de pan y mantequilla—, pero yo podría vivir así.

Nos reímos, y mi hermana se echó hacia mí y nos chocamos sin querer la cabeza, lo que hizo que nos riéramos aún más. Se hizo tarde y yo estaba que me caía cuando mi madre volvió con nosotras.

—Todo el mundo va a dormir en las celdas. Hace menos frío —nos dijo.

Jacquie y yo dormimos en una celda enfrente de mamá. Siempre había estado chiflada, cogiendo y dejando trabajos, mudándonos por todo Oakland, metiéndonos y sacándonos de la vida de nuestros padres, de un colegio tras otro, de un centro de acogida tras otro, pero aquello era distinto, siempre habíamos acabado por lo menos en una casa, en un cuarto, en una cama. Aquella noche mi hermana y yo dormimos muy pegadas, sobre mantas indias, en aquella vieja celda frente a mamá.

Allí cualquier ruido se multiplicaba por cien. Mi madre nos cantó la nana cheyene que nos canturreaba para dormirnos cuando éramos pequeñas. Llevaba tanto sin oírla que casi se me había olvidado, y aunque era una locura lo que retumbaba por todas las paredes, era el eco de la voz de mamá. No tardamos en quedarnos profundamente dormidas.

Jacquie se integró mucho mejor que yo. Hizo migas con un grupo de adolescentes que se pasaban el día correteando por toda la isla. Los adultos estaban tan atareados que no tenían forma de tenerlos controlados. Yo no me despegaba de mi madre. Dábamos vueltas hablando con gente, asistiendo a asambleas oficiales en las que intentaban ponerse de acuerdo sobre qué hacer, qué pedir, qué cosas debíamos exigir. Los indios que parecían más importantes solían ser los que se enfadaban con más facilidad. Eso eran los hombres. Y a las mujeres no se les hacía el caso que a mi madre le habría gustado. Esos primeros días pasaron como si fueran semanas. Daba la impresión de que nos quedaríamos allí para siempre, de que conseguiríamos que el gobierno federal nos construyera un colegio y un ambulatorio, un centro cultural.

En algún momento, sin embargo, mi madre me dijo que fuera a ver qué andaba tramando Jacquie. Yo no quería salir sola. Pero al final acabé aburriéndome y fui a ver qué descubría. Me llevé a Dos Papes conmigo. Sé que soy muy mayor para andar con él, ya casi tengo doce. Pero aun así me lo llevé. Bajé hasta el otro lado del faro, por donde tenía pinta de ser territorio prohibido.

Los encontré en la orilla más cercana al Golden Gate. Estaban desperdigados por las rocas, señalándose entre sí y riendo de esa manera desmesurada y cruel típica de los adolescentes. Le dije a Dos Papes que no había sido buena idea y que era mejor que volviéramos.

—Hermana, no te preocupes. Toda esta gente, incluso estos jóvenes, son todos parientes nuestros. Así que no te asustes. Además, si alguien te molesta, le saltaré encima y le morderé los tobillos, los pillaré desprevenidos. Utilizaré mi medicina de oso sagrada contra ellos y se quedarán durmiendo. Será como una hibernación instantánea. Eso es lo que pienso hacer, hermana, así que no te preocupes. El Creador me hizo fuerte para protegerte —me dijo Dos Papes.

Le dije que dejara de hablar como un indio.

—No sé a qué te refieres con eso de hablar como un indio.

—A que tú no eres indio, De Pe, eres un oso de peluche.

—Pues que sepas que no somos tan distintos. A los dos nos viene el nombre de hombres cerebro de mosquito.

—¿Cerebro de mosquito?

—Hombres con mosquitos en vez de cerebros.

—Ah. ¿Y eso qué significa?

—Que Colón os llamó a vosotros indios, y a los de mi especie fue por culpa de Teddy Roosevelt.

—¿Y eso?

—Resulta que una vez estaba cazando osos y se encontró con un oso de carne y hueso muy flacucho y muerto de hambre, y se negó a dispararle. Luego en el periódico sacaron una tira cómica sobre la anécdota de la cacería en la que Roosevelt quedaba como un auténtico amante de la naturaleza, todo piedad y esas cosas. Y después fabricaron los ositos de peluche y les pusieron de nombre *Teddy bears,* «osos de Teddy», y al final acabaron llamándonos así a todos los osos de peluche. Lo que no se cuenta es que al final le cortó el pescuezo a aquel viejo oso. Esa es la clase de piedad que ellos no quieren que conozcas.

—¿Y tú cómo sabes todo eso?

—Uno tiene que conocer la historia de su pueblo. Cómo has llegado a estar donde estás ahora, y lo mucho que depende todo de lo que hizo la gente para que estés aquí. Nosotros los osos y vosotros los indios hemos pasado muchas penalidades. Intentaron exterminarnos. Pero luego, cuando se lo oyes contar a ellos, hacen que la historia parezca una gran aventura heroica por un bosque vacío. Estaba todo lleno de osos y de indios. Hermana, nos cortaron a todos el pescuezo.

—¿Por qué tengo la sensación de que mamá ya nos ha contado todo eso?

—Roosevelt dijo: «No me atrevería a decir que los únicos indios buenos son los indios muertos, pero sí nueve de cada diez, y preferiría no tener que investigar muy detenidamente el décimo caso».

—Jo, De Pe, qué mal. Yo solo había oído lo de la vara grande.

—Lo de la vara grande es la mentira sobre la piedad. Habla bajo y lleva contigo una vara grande, eso es lo que decía sobre la política exterior. Y eso es lo que utilizaron con nosotros, con los osos y los indios. Extranjeros en nuestra propia tierra. Y con sus grandes varas nos hicieron marchar tan al oeste que casi desaparecemos.

Dos Papes se quedó callado entonces. Siempre hacía lo mismo. O tenía algo que decir o no decía nada. Y yo sabía por el brillo de sus ojos negros si era una cosa o la otra. Dejé a Dos Papes escondido detrás de unas rocas y bajé hasta donde estaba mi hermana.

Se habían juntado todos en una cala de arena húmeda llena de rocas que iban a menos o ya no se veían por donde el agua cubría más. Conforme me acerqué a ellos, me fui dando cuenta de lo raro que se comportaba mi hermana, hablando a voces y como con el cuerpo retorcido. Me trató bien..., demasiado. Me llamó, me dio un abrazo muy fuerte y luego, alzando mucho la voz, me presentó al grupo como su hermanita pequeña. Mentí diciendo que tenía doce años, pero ni siquiera me escucharon. Vi que estaban pasándose una botella de unos a otros. Acababa de llegar a manos de Jacquie, que le dio un buen trago largo.

—Este es Harvey —me dijo Jacquie cuando le tocó el brazo con la botella para pasársela.

El chico la cogió y no pareció ni darse cuenta de que mi hermana había hablado. Me aparté de ellos y vi que había un niño alejado de los demás que tenía pinta de ser más o menos de mi edad. Estaba tirando piedras. Le pregunté qué hacía.

—¿A ti qué te parece?

—Que estás intentando deshacerte de la isla piedra a piedra.

—Ojalá pudiera lanzar esta isla de pacotilla al mar.

—Ya está en el mar.

—Me refiero al fondo.

—¿Y eso por qué?

—Porque mi padre nos quiere obligar a quedarnos aquí a mi hermano y a mí. Nos ha sacado del colegio. Ni tele, ni comida rica, todo el mundo corriendo de aquí para allá, bebiendo, hablando de que todo va a cambiar. Sí, ha cambiado, pero cuando vivíamos en casa era mejor.

—¿No te parece bien que protestemos por algo?, ¿que intentemos hacer justicia por lo que nos han hecho durante cientos de años, desde que llegaron aquí?

—Sí, sí, mi padre no habla de otra cosa. De lo que nos han hecho y del gobierno de Estados Unidos. Pero yo no sé nada de todo eso, yo solo quiero irme a mi casa.

—Yo creo que nosotras ni siquiera tenemos ya casa.

—¿Qué sentido tiene ocupar un sitio de pacotilla donde nadie quiere estar, un sitio del que la gente ha intentado escapar desde que lo construyeron?

—No lo sé. A lo mejor sirve de algo, nunca se sabe.

—Ya —dijo, y luego lanzó una piedra bastante grande hacia donde estaban los mayores.

Los salpicó y nos insultaron con palabrotas que ni conocía.

—¿Cómo te llamas?

—Rocky.

—Ah, conque Rocky tirando rocas...

—Déjalo, anda. ¿Cómo te llamas tú?

Me arrepentí de haber sacado el tema de los nombres, e intenté pensar en algo que preguntar o decir, pero no me salía nada.

—Opal Viola Victoria Bear Shield —dije todo lo rápido que pude.

Rocky se limitó a tirar otra piedra. No sabía si no me había escuchado o si no le parecía gracioso como a la mayoría de críos. No llegué a averiguarlo porque justo en ese momento, de la nada, apareció una lancha rugiendo. La habían robado del otro lado de la isla algunos de los mayores. Todo el mundo fue a verla conforme se acercó a la orilla. Rocky y yo los seguimos.

—¿Quieres montarte? —le pregunté.

—Sí, seguramente me monte.

Fui a preguntarle a mi hermana si ella pensaba montarse.

—¡Descarado que sí! —dijo, totalmente borracha, y supe entonces que yo también debía ir.

El mar se picó enseguida. Rocky me preguntó si me podía coger de la mano. La pregunta hizo que el corazón me latiera con más fuerza de lo que ya lo hacía por estar en aquella lancha, a esa velocidad y con todos esos críos mayores que seguramente no habían conducido una lancha en su vida. Le agarré la mano cuando la barca se encaramó a una ola bien alta, y así nos quedamos, con las manos cogidas, hasta que vimos aparecer otra lancha que venía hacia nosotros, y las separamos corriendo, como si estuvieran viniendo a por nosotros por habernos cogido las manos. Al principio pensé que era la policía, pero pronto comprendí que no eran más que dos de los hombres mayores que conducían la lancha de las provisiones entre la isla y tierra firme. Estaban diciéndonos algo a gritos. Nos obligaron a volver hacia la orilla.

Hasta que los hombres no atracaron no escuché bien los gritos. Nos estaban chillando. Todos los chicos mayores estaban bastante borrachos. Jacquie y Harvey echaron a correr nada más bajarse, lo que sirvió de inspiración al resto para hacer lo mismo. Rocky y yo nos quedamos en la lancha viendo como los hombres mayores se las veían y se las deseaban para intentar poner orden porque estaban cayéndose, corriendo y riendo con esa risa floja, tonta, de borrachos. Cuando los dos hombres se dieron cuenta de que no iban a pillar a nadie ni iban a hacerles caso, se fueron, bien porque se rindieron o para ir en busca de ayuda. El sol estaba poniéndose y empezaba a soplar un viento fresco. Rocky bajó de la lancha y la amarró. Yo me pregunté dónde habría aprendido a hacer eso. Me bajé entonces y sentí que la lancha se tambaleaba al quitar mi peso. La bruma estaba entrando desde el mar, arrastrándose muy lentamente, como si fuera reptando, hasta subirnos por encima de las rodillas. Me quedé mirando la bruma durante lo que me parecieron varios minutos y luego me acerqué a Rocky por detrás y le cogí de la mano. Siguió dándome la espalda, pero me dejó que se la cogiera.

—A mí todavía me da miedo la oscuridad —dijo, y me dio la sensación de que estaba contándome algo.

Pero, antes de entender de qué me estaba hablando, oí un chillido. Era Jacquie. Solté la mano de Rocky y fui hacia el grito. Escuché las palabras «capullo de mierda», me detuve entonces y miré hacia Rocky como diciéndole: «¿A qué estás esperando?». Pero él se dio media vuelta y fue hacia la lancha.

Cuando los encontré, Jacquie estaba alejándose de Harvey y, cada pocos pasos, se agachaba para coger piedras y se las tiraba. El chico estaba en el suelo con una botella en el regazo y la cabeza colgándole, descompensada. Fue entonces cuando vi el parecido, y no entendí cómo no me había dado cuenta antes: Harvey era el hermano mayor de Rocky.

—Vamos —me dijo mi hermana—. Será mierda... —añadió, y escupió al suelo hacia donde estaba Harvey.

Subimos como pudimos por el terraplén que llevaba a las escaleras de entrada de la cárcel.

—¿Qué ha pasado?

—Nada.

—¿Qué te ha hecho?

—Le dije que no. Y él, venga. Le dije que parara. —Jacquie se restregó con fuerza un ojo—. Bueno, a la mierda. Vamos —añadió, y apretó el paso.

Dejé que se adelantara. Yo me paré y me agarré a la barandilla de lo alto de las escaleras, al lado del faro. Pensé en mirar atrás, para buscar a Rocky, pero entonces oí que mi hermana me gritaba para que aligerase.

Cuando regresamos al pabellón donde estaba nuestra celda, mi madre dormía ya. Pero la forma en que estaba tendida no parecía normal: de espaldas, cuando ella siempre dormía bocabajo, y como durmiendo demasiado profundo. Por su postura se diría que no hubiera querido quedarse dormida así. Y roncaba. Jacquie se fue a dormir a la celda de enfrente y yo me metí con mi madre bajo las mantas.

Fuera el viento arreciaba con fuerza. Estaba asustada y no tenía nada claro qué acababa de pasar. Porque ¿qué estábamos haciendo todavía en la isla, si podía saberse? Pero me quedé dormida casi en cuanto cerré los ojos.

Me desperté con Jacquie pegada a mi lado; en algún momento de la noche se había metido en el hueco de mi madre. El sol entraba por la ventana y arrojaba sombras con forma de barrotes sobre nuestros cuerpos.

Después de eso nos pasamos los días sin hacer nada aparte de averiguar qué había de comer y cuándo servían la comida. Nos quedamos en la isla porque no teníamos otra opción, no teníamos ni hogar ni vida a la que volver, ni esperanzas de que fuéramos a conseguir lo que estábamos exigiendo, de que el gobierno fuera a compadecerse de nosotros, a ahorrarnos los gritos y mandarnos barcas con comida, electricistas, albañiles y constructores para arreglar la isla. Los días pasaban sin pena ni gloria y no ocurría nada. Las lanchas iban y venían con cada vez menos provisiones. Hubo un incendio no sé qué día, y recuerdo ver a la gente sacando el hilo de cobre de las paredes de los edificios y cargándolo luego en rollos en las lanchas. Los hombres parecían cada vez más cansados y más borrachos más a menudo, y a cada día que pasaba se veían menos mujeres y niños.

—Saldremos de aquí, vosotras no os preocupéis —nos dijo mamá una noche desde la celda de enfrente.

Pero yo ya no me fiaba de ella. No tenía nada claro de qué lado estaba, o si tan siquiera había ya lados. A lo mejor los únicos lados que había eran como los que formaban las rocas en ambas puntas de la isla.

En una de nuestras últimas noches allí, subí con mi madre al faro. Me dijo que quería ver la ciudad, que tenía que contarme algo. Había gente corriendo de aquí para allá, en esos últimos días siempre andaban igual, parecía que fuera a acabarse el mundo, pero mi madre y yo nos sentamos en la hierba como si no estuviera pasando nada.

—Opal Viola, mi chiquitina —dijo mi madre mientras me remetía un mechón de pelo por la oreja. En su vida, ni una sola vez, me había llamado «mi chiquitina»—. Tienes que saber qué está pasando aquí. Ya tienes edad para saberlo, y siento no habértelo dicho antes. Opal, tienes que saber que nunca debemos no contar nuestros relatos y nuestros cuentos, y que no hay nadie demasiado pequeño para oírlos. Si estamos todos aquí es por culpa de una mentira. Llevan mintiéndonos desde que llegaron. ¡Y nos siguen mintiendo!

Me asustó la forma en que dijo «Y nos siguen mintiendo». Como si tuviera dos significados distintos y yo no comprendiera ni el uno ni el otro. Le pregunté a mi madre qué mentira era esa, pero se limitó a quedarse mirando hacia el sol, con toda su cara hecha un guiño. Yo no sabía qué hacer aparte de quedarme allí y esperar a ver qué decía. Un viento frío arremetió contra nuestras caras y nos hizo cerrar los ojos. Así, con los ojos cerrados, le pregunté a mi madre qué íbamos a hacer. Me dijo que solo podíamos hacer hasta donde podíamos hacer, y que el monstruo que era la máquina que era el gobierno no tenía ninguna intención de bajar la marcha el tiempo suficiente para mirar realmente atrás y ver qué había pasado, para hacer justicia. Y que entonces lo que podíamos hacer dependía totalmente de ser capaces de entender de dónde veníamos, qué le había pasado a nuestro pueblo, y cómo honrarlos viviendo justamente, contando nuestras historias. Me dijo que el mundo estaba lleno de historias, no había nada más, solo historias, e historias sobre historias. Y luego, como si todo aquello fuera un preámbulo a lo siguiente que quería decir, mi madre hizo una pausa larga, se quedó mirando la ciudad y luego me dijo que tenía cáncer. La isla entera desapareció entonces. Todo. Me levanté y me alejé sin saber adónde iba. Me acordé de Dos Papes y de que lo había dejado allí tirado en las rocas, hacía mucho tiempo.

Cuando lo encontré estaba tumbado de costado y maltrecho, como si algo lo hubiera mordisqueado, o el viento y el salitre lo hubieran consumido. Lo recogí del suelo y lo miré a la cara. Ya no se le veía el brillo de los ojos. Volví a ponerlo como estaba. Lo abandoné.

Cuando regresamos a tierra firme, un día soleado varios meses después de habernos trasladado a la isla, cogimos un autobús y volvimos cerca del barrio donde vivíamos antes de la casa amarilla, al lado del centro de Oakland, en Telegraph. Nos quedamos con el hermano adoptado de mi madre, Ronald, al que no habíamos visto en nuestra vida, hasta el día que nos fuimos a vivir a su casa. A Jacquie y a mí no nos gustaba un pelo. Pero según mi madre era la leche. Un hombre-medicina. Ella se negaba a hacer caso a lo que le aconsejaban los médicos. Estuvimos un tiempo yendo al norte cada dos por tres, donde Ronald organizaba baños de sudor. Hacía demasiado calor para mí dentro de las tiendas donde los hacía, pero Jacquie entraba con mamá. Nosotras dos le decíamos que le hiciera caso a los médicos. Pero ella decía que no podía, que solo podía irse como había vivido. Y así murió: replegándose lentamente en el pasado como todas esas cosas hermosas, sagradas y perdidas para siempre. Llegó el día en que se hizo un hueco en el sofá del salón de Ronald y se quedó allí, empequeñeciendo día tras día.

Después de Alcatraz, de que mamá muriera, hinqué los codos y me centré en los estudios. Mi madre siempre nos había dicho que lo más importante que podíamos hacer era recibir una educación, que, de lo contrario, la gente no te hace caso. Al final tampoco estuvimos tanto tiempo viviendo con Ronald. Las cosas se pusieron feas enseguida. Pero eso no viene a cuento ahora. Cuando mi madre estaba todavía en la casa, e incluso después de que muriera, mi tío se iba y nos dejaba solas por temporadas. El tiempo que no pasábamos en el colegio, siempre estábamos las dos juntas. Íbamos a visitar la tumba de mamá tan a menudo como podíamos. Un día, de vuelta a casa del cementerio, Jacquie se paró y se volvió para mirarme.

—¿Qué estamos haciendo?

—Volver a casa.

—¿Qué casa es esa?

—No sé.

—¿Qué vamos a hacer?

—No sé.

—Venga, tú siempre tienes alguna respuesta de listilla.

—Pues no sé, seguir adelante, digo yo...

—Estoy embarazada.

—¿Cómo?

—Del puto cerdo de Harvey, ¿te acuerdas?

—¿Cómo?

—Da igual. Puedo librarme de él y ya está.

—No, no puedes librarte de él y ya está...

—Conozco a alguien, un amigo del hermano de Adriana conoce a uno en Oakland Oeste.

—Jacquie, pero no puedes...

—Entonces ¿qué, lo criamos las dos juntas con Ronald? No —dijo Jacquie, que se echó a llorar como no había llorado el día del funeral.

Se paró, se apoyó encima del parquímetro y apartó la vista. Se pasó el brazo por la cara, una sola vez, con fuerza, y luego siguió andando. Caminamos así un rato, con el sol pegándonos en la espalda y pisándoles los talones a nuestras sombras inclinadas y estiradas.

—Una de las últimas cosas que me dijo mamá cuando estábamos allí fue que no debíamos no contar nuestros cuentos.

—¿Y qué mierda significa eso?

—Pues que hay que tener al crío.

—Opal, esto no es ningún cuento, es real.

—Puede ser las dos cosas.

—La vida no funciona como en los cuentos. Mamá está muerta y no va a volver, y nosotras estamos solas, viviendo con un hombre al que ni siquiera conocemos y al que tenemos que llamar «tío». ¿Cuento? Un cuento bastante chungo...

—Ya sé que mamá está muerta, vale. Y sí, estamos solas, pero no muertas. No se ha acabado. No podemos rendirnos y ya está, ¿no, Jacquie?

Al principio mi hermana no respondió. Seguimos andando, pasando por delante de todos los escaparates de la avenida Piedmont. Escuchamos el chapaleteo constante de los coches al pasar, como el sonido de las olas contra las rocas de la orilla de nuestros futuros inciertos, en un Oakland que ya no sería el mismo que era, antes de que nuestra madre levantara el vuelo y se fuera en un viento racheado.

Llegamos a un semáforo en rojo. En cuanto se puso en verde, Jacquie alargó la mano para cogerme la mía. Cuando llegamos a la acera de enfrente, no me la soltó.

Edwin Black

Estoy en el váter. Pero no está pasando nada. Estoy aquí. Intentar hay que intentarlo. Tienes que hacer el esfuerzo, y no solo decírtelo por dentro, sino sentarte ahí de verdad y creértelo. Han pasado ya seis días desde mi último movimiento. Uno de los síntomas de la lista que vi en WebMD es el siguiente: la sensación de que no ha salido todo. Podría decirse eso mismo sobre mi vida en modos que aún no me veo capaz de expresar. O tal vez titule así la colección de relatos que escribiré algún día, cuando por fin salga todo.

Lo que pasa con lo de creer es que tienes que creer que creer funciona, tienes que creer en creer. Yo he rebañado un poco del pequeño cuenco de fe que dejo al lado de la ventana abierta en que se ha convertido mi mente desde que se le metió dentro internet, desde que me hizo parte de la red. No es broma, tengo la sensación de estar con el mono. He leído que existen residencias para desintoxicarse de internet en Pensilvania. En el desierto de Arizona tienen hasta retiros de rehabilitación digital y complejos subterráneos. Mi problema no viene solo de los juegos o las apuestas, de estar todo el día bajando la página infinita y actualizando mis redes sociales, ni de buscar sin parar música nueva de calidad. Es todo junto. Estuve un tiempo muy metido en *Second Life*. Creo que estuve conectado dos años seguidos. Y conforme iba creciendo, engordando en la vida real, al Edwin Black que tenía allí metido iba haciéndolo más delgado, y conforme menos cosas hacía yo, más hacía él. El Edwin Black de allí dentro trabajaba y tenía novia y su madre había muerto trágicamente al darle a luz. Ese Edwin Black se crio en la reserva con su padre. El Edwin Black de mi *Second Life* era un tipo digno. Tenía esperanza.

Este Edwin Black, el que está sentado aquí en el váter, no puede entrar, en internet, porque ayer se le cayó el móvil en el váter y le petó el ordenador, justo el mismo puto día tuvo que quedarse pillado, no se movía ni el cursor del ratón, y ni rastro de la rueda dando vueltas y prometiendo cargas. Nada de reiniciar después de pegarle el tirón al enchufe, solo una repentina pantalla negra muda, con mi cara reflejada, primero horrorizada ante la muerte del ordenador y luego mi cara reaccionando al ver mi cara reaccionando a la muerte del ordenador. También una parte de mí murió entonces, al verme la cara, pensando en esta adicción enfermiza, en todo el tiempo que paso haciendo prácticamente nada. Cuatro años ahí sentado, metido en internet en el ordenador. Bueno, si no cuento las horas que duermo, son tres, quitando los sueños, aunque en realidad sueño con internet, con palabras clave de búsqueda que en el sueño tienen todo el sentido del mundo, que son la «clave» del significado del sueño, pero que al día siguiente no tienen ningún sentido, como todos los sueños que he tenido en mi vida.

Una vez soñé que conseguía ser escritor. Todo hay que decir que tengo hecho un máster en literatura comparada especializado en literatura nativo-americana. Seguramente, en su momento, pudo incluso parecer que llegaría a ser alguien. Con el título en la mano, en la última foto que puse en el Facébook. Salgo yo con mi gorra y mi traje, unos cuarenta kilos más delgado, y mi madre al lado con una sonrisa exagerada, mirándome con adoración infinita porque seguramente estaba mirando a Bill, a su novio, al mismo que yo le había dicho que no invitara y que insistió en hacernos fotos a pesar de que le dije expresamente que no quería. De todas formas, al final esa me acabó gustando. Es la foto mía que más he mirado. Hasta hace poco la tenía de foto de perfil, porque a ver, unos meses, incluso un año, vale, no es raro, pero después de cuatro años daba ya mucha pena, era socialmente inaceptable.

Cuando volví a vivir con mi madre, la puerta de mi antiguo cuarto, de mi antigua vida en ese cuarto, se abrió como una boca y me engulló.

Ahora ya no tengo sueños, y si sueño, son formas geométricas oscuras que vagan ruidosamente por un croma pixelado de color rosa, negro y morado. Sueños de salvapantallas.

Tengo que rendirme. No sale nada. Me levanto, me subo los pantalones y salgo derrotado del baño. Mi barriga es una bola de bolos. No me lo creo, tengo que mirar dos veces. El ordenador. Casi pego un brinco al verlo volver a la vida, casi me pongo a aplaudir. Mi emoción es bochornosa. Estaba convencido de que había sido un virus. Le di a un enlace para descargarme *El llanero solitario*. Todo el mundo la puso fatal, por un montón de razones, pero yo tenía ganas de verla. Como que me da fuerzas ver a Johnny Deep cagándola de esa manera.

Me siento y espero a que el ordenador resucite del todo. Me doy cuenta de que estoy frotándome las manos y me obligo a parar y a ponerlas en el regazo. Me quedo mirando un dibujo que colgué en la pared. Es de Homer Simpson delante de un microondas preguntándose: «¿Puede Jesús calentar en el microondas un burrito tan picante que ni siquiera él pueda comérselo?». Pienso en la paradoja de la fuerza imparable, en que no puede existir al mismo tiempo una fuerza imparable y un objeto inamovible. Pero ¿qué está pasando en mis tripas obturadas, enroscadas y posiblemente anudadas? ¿Podría ser la evolución de una antigua paradoja? Si de pronto el cagar se detiene misteriosamente, entonces, ¿no podrían a su vez hacer lo mismo el ver, el oír, el respirar? No. La culpa es de la comida basura. Las paradojas no se formulan, se anulan entre sí. Estoy dándole demasiadas vueltas. Tengo tantas ganas...

A veces internet puede pensar contigo, o incluso por ti, llevarte a la información que necesitas por caminos misteriosos que a ti nunca se te habría ocurrido pensar o investigar por tu cuenta. Fue así como descubrí lo de los bezoares. Un bezoar es una masa que se queda atrapada en el aparato gastrointestinal, vale, pero cuando tú buscas «bezoar» acabas en el *Libro de Picatrix*. El *Picatrix* es un libro de magia y astrología del siglo XII escrito originariamente en árabe y titulado *Gayat al-hakim*, que significa 'El objetivo del sabio'. Los bezoares tienen todo tipo de usos en el *Picatrix,* entre otros, hacer talismanes que favorecen ciertos tipos de magia. Conseguí bajarme la versión inglesa del *Picatrix* en PDF. Mientras iba hojeando al azar el documento, me llamó la atención la palabra 'laxante' y leí el siguiente pasaje: «Los indios hacen notar que, cuando la luna está en esta posición, viajan y utilizan remedios laxantes. Puedes, por tanto, utilizarlo como principio para elaborar un talismán que garantice la seguridad del viajero. Es posible también, cuando la luna está en esa misma posición, elaborar un talismán para sembrar la discordia y la animosidad entre cónyuges». Si creyera siquiera remotamente en algún tipo de magia más allá de la que me llevó a esta entrada, y si pudiera de algún modo extraer quirúrgicamente el bezoar, fabricaría con él un talismán —siempre y cuando la luna estuviera en la posición adecuada— y podría así tratar mi estreñimiento y, a la vez, destruir la relación entre mi madre y Bill.

Bill no es un capullo, más bien se esfuerza por ser amable, por darme conversación. El problema está en lo forzado que resulta todo. En tener que decidir si tratarlo bien o no, a ese extraño. Se conocieron en un bar del centro de Oakland. Mi madre se lo trajo a casa, le dejó volver, y ha seguido dejándole una y otra vez durante los dos últimos años, y yo me he visto obligado a pensar en si me cae bien o no, si debería o no, si lo mejor es intentar conocerlo o deshacerme de él. Pero en realidad también hago un esfuerzo por aguantarlo porque no quiero parecer un mimado inquietante, de esos que se ponen celosos del novio de su madre porque la quieren toda para ellos. Bill es un lakota que ha vivido toda la vida en Oakland. Se queda a dormir casi todas las noches. Cuando está en casa no salgo del cuarto. Y no puedo ni cagar ni no cagar. Así que me aprovisiono de comida, me meto en el cuarto y me pongo a leer sobre qué puedo hacer con esta nueva posible fase de estreñimiento, lo que acabo de descubrir en un hilo de un foro de estreñidos que podría ser obstreñimiento, un estreñimiento obstinado o total. El fin.

La forera DefeKate Moss cuenta que no cagar puede llegar a matarte, y que una vez tuvieron que meterle un tubo por la nariz para que se lo absorbieran. Dice que si empiezas a sentir náuseas y dolor abdominal, te vayas a urgencias. A mí lo que me da náuseas es pensar en cagar por un tubo en la nariz.

Tecleo «el cerebro y estreñimiento» y pulso ENTER. Le doy a varios enlaces y leo algunas páginas por encima. Leo un montón de cosas y no saco nada en claro. Así es como se me va el tiempo. Enlaces que te llevan sin más a otros enlaces que te hacen retroceder en el tiempo hasta el siglo XII. Así es como de pronto, sin darte cuenta, pueden ser las seis de la mañana, con mi madre llamando a la puerta antes de irse a trabajar al Centro Indio (donde está empeñada en que intente hacer una entrevista de trabajo).

—Sé que sigues despierto, te oigo teclear.

Últimamente me estoy obsesionando un poco con el cerebro. Con intentar buscar explicaciones para todo lo relacionado con el cerebro y sus partes. Hay casi demasiada información ahí metida. Internet es como un cerebro que intenta desentrañar otro cerebro. Ahora dependo de internet para recordar. Ya no hay necesidad de recordar cuando está todo ahí siempre metido, como eso de que antes la gente se sabía los números de teléfono de memoria y ahora no se acuerdan ni del suyo. Recordar está pasando de moda.

El hipocampo es la parte del cerebro conectada con la memoria, pero no recuerdo exactamente qué supone eso. ¿Que se almacenan allí los recuerdos o que el hipocampo es como las extremidades de la memoria, que se alargan hasta otras partes del cerebro, donde están realmente almacenados los recuerdos, en pequeños nódulos, pliegues o reservas? Pero ¿no está siempre alargando esas manos?, ¿desenterrando recuerdos, el pasado, sin que se lo pidan? Tecleando en la barra de búsqueda antes incluso de haber pensado en hacerlo. Antes incluso de pensar que estoy pensando con él.

Descubro que, en teoría, los mismos neurotransmisores vinculados con la felicidad y el bienestar están también relacionados con el aparato gastrointestinal. Mis niveles de serotonina no están bien. Leo sobre los inhibidores selectivos de la recaptación de serotonina, que se usan como antidepresivos. ¿Tendré que tomar antidepresivos? ¿Captarlos? ¿O tendré que recaptarlos?

Me levanto y me aparto del ordenador, y echo la cabeza hacia atrás del todo para estirar el cuello. Intento calcular cuánto tiempo llevo en el ordenador, pero, cuando me meto en la boca un trozo de pizza de hace dos días, mis pensamientos derivan en qué está ocurriéndome en el cerebro mientras como. Mastico y le doy a otro enlace. Leo que el bulbo raquídeo es la base de la conciencia, y que la lengua está vinculada con él casi directamente, por eso comer es el camino más directo a sentir que estás vivo. Esa sensación o idea se ve interrumpida por unas ganas tremendas de Pepsi.

Mientras bebo Pepsi directamente de la botella, me miro en el espejo que ha puesto mi madre en la puerta del frigo. ¿Lo ha hecho para obligarme a verme antes de meter la mano en el frigo? ¿Estaba queriendo decir, al poner allí el espejo: «Mírate, Ed, mira en qué te has convertido. Eres un monstruo»? Aunque es verdad, estoy hinchado. Me veo las mejillas todo el tiempo, igual que los que tienen nariz grande se la ven más o menos siempre.

Escupo la Pepsi en el fregadero que tengo detrás. Me toco las mejillas con ambas manos. Palpo el reflejo de mis mejillas con ambas manos y luego las succiono hacia dentro, las muerdo para tener una vista previa de cómo podría ser si perdiera quince kilos.

De pequeño no era gordo. Nada de sobrepeso, obeso, talla grande o como se le pueda llamar hoy en día sin ser políticamente incorrecto, insensible o poco científico. Pero siempre me he sentido gordo. ¿Significa eso que, de algún modo, estaba destinado a ser gordo algún día, o mi obsesión por estar gordo cuando no lo estaba me ha llevado a acabar siéndolo? ¿Acaso lo que más intentamos evitar nos persigue porque le hemos prestado demasiada atención con nuestra inquietud?

Escucho el *pop-ding* del Facebook desde mi ordenador y vuelvo al cuarto. Sé lo que puede significar. Sigo logueado con la cuenta de mi madre.

Lo único que ella recuerda sobre mi padre es su nombre de pila —Harvey—, que vivía en Phoenix y que era indio nativo americano. Siempre me ha dado mucha rabia cuando la oigo decir «indio nativo americano», ese cajón de sastre políticamente correcto tan raro, y que además solo usan los blancos que no han conocido en su vida a un nativo de verdad. Y me recuerda lo desarraigado que estoy por culpa de ella. No solo porque ella sea blanca y eso me haga a mí medio blanco, sino porque nunca hizo ni lo más mínimo por intentar ponerme en contacto con mi padre.

Yo digo «nativo», que es lo que usan otros nativos en el Facebook. Tengo seiscientos sesenta amigos. Sigo a un montón de nativos. Aunque la mayoría de mis amigos son gente a la que no conozco, pero que no tuvo problema en agregarme cuando le solicité amistad.

Después de conseguir el permiso de mi madre, envié mensajes por privado a diez Harveys distintos de su perfil que parecían «claramente» nativos y vivían en Phoenix. Esto es lo que escribí:

Es posible que no te acuerdes de mí.
Pasamos una noche muy especial

hace años. No me la puedo quitar de la cabeza. Nunca ha habido nadie igual, ni antes ni después. Ahora vivo en Oakland, en California. ¿Sigues en Phoenix? ¿Podemos hablar o vernos en algún momento? ¿Sueles conectarte? Puedo ir yo a verte.

Nunca superaré del todo la sensación de intentar escribir como si fuera mi madre para intentar engatusar a mi posible padre. Pero ahí lo tengo. Una respuesta de mi posible padre.

Muy buenas, Karen, claro que me acuerdo de aquella noche loca.

Leo con horror y con la esperanza de que haya cero detalles sobre por qué fue loca la noche. Sigue el mensaje:

Tengo que ir a Oakland dentro de un par de meses, para el Gran Powwow. Soy el animador.

Con el corazón a cien por hora, y una sensación de caída y náusea en el estómago, le respondo:

Siento mucho haber hecho esto... de esta manera. Creo que soy tu hijo.

Espero. Tamborileo nervioso con el pie, miro fijamente la pantalla, me aclaro la garganta sin necesidad alguna. Intento imaginar lo que debe de estar sintiendo, de pasar de tontear con un antiguo ligue a sacarte un hijo de la manga. No tendría que haberlo hecho así. Tendría que haber obligado a mi madre a quedar con él. Podría haberle dicho que nos hiciera una foto para él.

Salta en la ventana de la conversación:

¿Cómo?

Que no soy Karen.

No entiendo.

Soy el hijo de Karen.

Ah.

Ya.

¿Estás diciéndome que tengo un hijo
y eres tú?

Sí.

¿Estás seguro?

Mi madre dice que es casi seguro.
Como un 99 por ciento.

¿No estuvo con más hombres en esa
época?

Yo no lo sé.

Perdón. ¿Está ella por ahí?

No.

¿Pareces indio?

Tengo la piel oscura. Más o menos.

¿Me escribes por dinero?

No.

No tienes foto de perfil.

Ni tú.

Veo el icono de un clip con extensión .jpeg. Hago doble clic. Aparece de pie con un micrófono en la mano y bailarines de powwow al fondo. Me veo en la cara de este hombre. Es más corpulento que yo, más alto y gordo, y lleva el pelo largo y gorra de béisbol, pero no cabe duda: es mi padre. Tecleo:

Te pareces a mí.

Mándame una foto.

No tengo.

Hazte una.

Vale. Espera.

Tecleo y luego me hago un selfi con la cámara del ordenador y se lo mando. Escribe Harvey:

Ostras.

«Ostras», pienso para mis adentros. Escribo:

¿De qué tribu eres/somos?

> Cheyene. Del sur. Originarios de
> Oklahoma. Miembro registrado de las
> tribus cheyene y arapajó de
> Oklahoma. Pero arapajós no somos.

Gracias.

Tecleo y luego:

> ¡Tengo que irme!

No me lo creo ni yo. De pronto todo esto me supera.

Me salgo del Facebook y voy al salón a ver la tele mientras espero a que vuelva mi madre. Se me olvida encender el televisor. Me quedo mirando la pantalla negra en blanco, pensando en la conversación.

¿Cuántos años llevo muriendo de ganas de saber qué era la otra parte de mí? ¿Cuántas tribus me he inventado entre tanto cada vez que me preguntaban? Hice una licenciatura de cuatro años en estudios nativo-americanos, diseccionando historias de tribus, buscando señales, algo que se me pareciera, algo que sintiera como familiar. Hice un máster de dos años en literatura comparada con especial énfasis en literatura nativo-americana. Escribí mi tesis sobre la inevitable influencia de la política del porcentaje de sangre* en la identidad nativa moderna y sobre la literatura escrita por autores nativos mestizos y su influencia en la identidad de las culturas nativas. Todo sin saber de qué tribu era. Siempre a la defensiva, como si no fuera lo suficientemente nativo. Soy tan nativo como Obama negro. Aunque no es lo mismo, para los nativos. Lo sé. No sé cómo ser. No me convence ninguna de las formas de cómo creo que quedo cuando digo que soy nativo.

—Hombre, Ed, ¿qué haces tú aquí fuera? —pregunta mi madre cuando entra por la puerta de la calle—. Creía que a estas alturas ya te habrías fusionado con las máquinas —dice levantando las manos y removiendo los dedos, como de cachondeo, cuando dice «fusionado con las máquinas».

No hace mucho cometí el error de hablarle de la singularidad, de que era una eventualidad, algo inevitable, que acabaremos fusionándonos con la inteligencia artificial. En cuanto reconozcamos que es superior, cuando la propia singularidad se proclame superior, tendremos que adaptarnos, que fusionarnos para no ser engullidos, conquistados. «Sí, bueno, es una teoría muy oportuna para alguien que se pasa veinte horas al día delante del ordenador como si esperara que le diera un beso», fue su respuesta.

Ahora tira las llaves sobre la mesa, deja abierta la puerta de la calle, se enciende un cigarro y fuma desde el umbral, apuntando la boca y el humo hacia fuera.

—Ven aquí un momento, que quiero que hablemos.

—Mamá —digo en un tono que sé que suena lastimero.

—Edwin —dice ella remedando mi soniquete—. Ya lo hemos hablado. Quiero que me tengas al corriente. Quedamos en que me irías contando. Si no, van a pasar otros cuatro años y voy a tener que pedirle a Bill que tire un tabique para que quepas ahí dentro.

—Tú y tu puto Bill. Te dije que no quería oírte hablar de mi peso. Soy consciente. ¿Te crees que no lo sé? Soy muy consciente de que estoy enorme. Yo lo llevo encima, voy tirando cosas al pasar, la mayoría de la ropa no me cabe. Y con lo que me cabe tengo una pinta ridícula. —Sin querer, estoy haciendo aspavientos con los brazos en el aire como si intentara meterlos en una de mis camisas que ya no me caben; los bajo y hundo las manos al fondo de los bolsillos—. Llevo seis días sin cagar. ¿Sabes lo que es eso para una persona que ya es grande de por sí? Cuando eres grande, piensas todo el rato en eso, lo sientes. ¿Tú crees que no me han dejado tocado todos los años que me he tirado haciendo dieta? Nos pasamos la vida pensando en el peso. ¿Estamos demasiado gordos? Pues, con lo que tengo encima la respuesta está bastante clara, y más cuando me veo reflejado en el espejo del frigorífico, que, por cierto, sé que lo has puesto ahí «por mi bien». ¿Y sabes lo que te digo? Que cuando intentas bromear con el tema, lo único que consigues es que quiera estar más gordo, explotar, seguir comiendo hasta quedarme atrapado en alguna parte y morirme allí, no ser más que una mole enorme y muerta. Tendrán que sacarme con una grúa y todo el mundo te dirá «¿Qué ha pasado?», «Pobrecillo» y «¿Cómo has podido permitirlo?», y tú estarás ahí fumando como una posesa, embobada, con Bill detrás masajeándote los hombros, y te acordarás de todas las veces que te reíste de mí, y no sabrás qué contarles a los vecinos, que estarán mirando horrorizados mi mole, la grúa temblando, haciendo lo que puede. —Imito una grúa temblorosa con la mano para que le quede claro.

—Madre mía, Ed, ya está bien. Ven aquí, que hablemos un momento.

Cojo una manzana verde de la cesta de la fruta y me echo un vaso de agua.

—Mira —casi grito, con la manzana en alto para enseñársela—. Yo lo intento. Aquí tienes tu actualización, emitiendo en directo para ti, mira: intento comer mejor. Acabo de escupir Pepsi en el fregadero. Esto es un vaso de agua.

—Me gustaría que te tranquilizaras un poco —me dice—. Que te va a dar un infarto. Relájate, anda, y trátame como si fuera tu madre, que se preocupa por ti, que te quiere, trátame como si hubiera tenido un parto de veintiséis horas para darte a luz, veintiséis horas y luego, para colmo, cesárea. Tuvieron que rajarme, Ed, porque no querías salir, llevabas dos semanas más de la cuenta, ¿te lo he contado alguna vez? Me vas a hablar tú a mí de sentirse lleno...

—Pues a mí me gustaría que dejaras de restregarme por la cara las horas que te tiraste de parto para que yo esté aquí ahora. Yo no te pedí venir a este mundo.

—¿Restregártelo por la cara? ¿A eso lo llamas tú restregar por la cara? Hay que ser desagradecido...

Viene hacia mí corriendo y me hace cosquillas en el cuello. Para mi horror, se me escapa la risa.

—Para. Vale, vale, no, ahora tranquilízate tú. ¿Qué quieres que te cuente? —le digo, y me subo la camisa por encima de la barriga—. No tengo novedades. No hay trabajo para alguien prácticamente sin experiencia laboral, con un máster en literatura comparada. Yo busco, rastreo, me frustro y, sí, claro, me distraigo. Hay tantas cosas que mirar..., y luego cuando se te ocurre algo nuevo, cuando descubres algo nuevo, es como si pensaras con otra mente, como si tuvieras acceso a un cerebro superior, colectivo. Estamos muy cerca de algo —digo sabiendo a lo que puede sonar.

—Sí, estás muy cerca de algo, desde luego. ¿Cerebro colectivo? ¿Rastrear? Tal y como lo cuentas, parece que estuvieras haciendo algo más que darle a enlaces y leer. Pero, venga, vale, dime, ¿qué clase de trabajos buscas? A ver, ¿en qué categorías haces las búsquedas?

—Busco en movidas de escribir, pero casi siempre son timos pensados para aspirantes a escritor ingenuos que buscan trabajar gratis o ganar concursos. Busco por organizaciones artísticas..., y ahí ya me pierdo en la burocracia de las ONG. Y luego cosas de becas para escritores y, ya sabes, en la mayoría de sitios te piden experiencia o...

—¿Becas para escritores? A eso podrías presentarte, ¿no?

—Yo no sé nada de echar becas.

—Pues aprende. Investiga. Seguro que hay tutoriales en YouTube y esas cosas, ¿o no?

—Esas son mis novedades —digo, y siento un tirón de una extremidad que se me ha soltado: mientras hablaba, algo en mi interior ha alargado la mano para desempolvar todo lo que una vez deseé ser y lo ha colocado junto a la sensación de ser quien soy ahora—. Siento ser la peste. Y yo no quiero, pero es lo que realmente pienso.

—No digas esas cosas. No eres ningún fracasado, Ed.

—Yo no he dicho eso. Eso es lo que dice Bill, su palabra favorita para mí —digo, y si había sentido cierta tristeza verdadera, ya se me ha pasado.

Me doy media vuelta para volver a mi cuarto.

—Por favor..., espera. No te metas otra vez ahí, haz el favor. Espera un segundo, siéntate que hablemos. Esto no es hablar.

—Llevo todo el día sentado.

—¿Y quién tiene la culpa de eso? —pregunta, y echo a andar hacia mi cuarto—. Vale, pues quédate de pie, pero quédate. No tenemos que hablar de Bill. Cuéntame, ¿cómo van esos relatos, corazón?

—¿Los relatos? Venga, mamá...

—¿Qué pasa?

—Cada vez que hablamos de lo que escribo, siento que intentas hacerme sentir mejor por el simple hecho de estar escribiendo.

—Ed, a todos nos viene bien que nos den ánimos. A todos.

—Eso es verdad, sí, es verdad, mamá, a ti tampoco te vendría mal, pero ¿tú me escuchas a mí cuando te digo que deberías dejar de fumar y beber de esa manera, que tendrías que buscar alternativas más saludables a perder el conocimiento delante de la tele todas las noches, sobre todo teniendo en cuenta en lo que trabajas... que, si no me equivoco, se llama «terapeuta de personas toxicodependientes»? No, porque no te lo digo, porque no sirve de nada. ¿Y ahora puedo irme?

—¿Sabes lo que te digo? Que te sigues comportando como si tuvieras catorce años, como si estuvieras deseando volver con tus videojuegos. Yo no voy a estar aquí siempre, Ed. Un día te vas a dar la vuelta y me habré muerto, y desearás haber apreciado el tiempo que pasamos juntos.

—Madre mía...

—A ver, no es por nada. Internet tiene mucho que ofrecer, pero nunca podrán hacer una página web que sustituya la compañía de tu madre.

—¿Puedo irme ya?

—Otra cosa.

—¿Qué?

—He sabido de una vacante.

—En el Centro Indio.

—Sí.

—Vale, ¿de qué es?

—Son unas prácticas remuneradas. Básicamente tendrías que ayudar con cualquier cosa relacionada con el powwow.

—¿Unas prácticas?

—Remuneradas.

—Mándame la información.

—¿De verdad?

—¿Puedo irme ya?

—Vete.

Pero entonces me acerco por detrás a mi madre y le doy un beso en la mejilla.

De vuelta en mi cuarto me pongo los A Tribe Called Red en los cascos. Son un grupo de DJ y productores de las Naciones Originarias de Canadá radicados en Ottawa. Hacen electrónica con *samples* de grupos de percusión de powwows. Es la forma de música indígena más moderna, o posmoderna, que he oído que es a la vez tradicional y aporta un sonido nuevo. En general el problema con el arte indígena es que está estancado en el pasado. La trampa, o el círculo vicioso, del tema es el siguiente: si no está recurriendo a la tradición, ¿cómo va a ser indígena? Y si está estancado en la tradición, en el pasado, ¿cómo puede ser relevante para otros indígenas que viven en la actualidad, cómo puede ser moderno? Así que acercarse a la tradición pero al mismo tiempo mantenerse a suficiente distancia de ella, para ser reconocidos como nativos y a la vez como un sonido moderno, es un pequeño milagro que estos tres productores de las Naciones Originarias consiguen con su álbum homónimo, especialmente accesible, que ellos mismos, en el espíritu de la época de las cintas de varios, colgaron gratis en internet.

Me echo al suelo e intento hacer unas flexiones sin mucha convicción. Me pongo bocarriba y amago un abdominal. Mi tronco se niega a moverse. Pienso en mis años de universidad; en lo mucho que hace de eso y en la de ilusiones que tenía. En lo imposible que mi vida actual me habría parecido entonces.

No estoy acostumbrado a obligar a mi cuerpo a hacer nada. A lo mejor es demasiado tarde para recuperarme de lo que me he hecho a mí mismo. No. Estar acabado sería volver delante del ordenador. Yo no estoy acabado. Soy un indio cheyene, un guerrero. No, eso es un puto cliché. Joder. Me enfado ante la idea, por el mero hecho de que se me haya pasado por la cabeza algo así. Utilizo la rabia para tirar de mí, para hacer un abdominal. Aprieto con todas mis fuerzas y subo y me incorporo en el sitio. Pero con la euforia de haber completado mi primer abdominal viene una explosión, un acuoso y maloliente bulto de alivio en el fondillo del chándal. Estoy jadeando, sudando, sentado en mi propia mierda. Me tiendo, extiendo ambos brazos a los lados, con las palmas hacia arriba. Me veo diciendo «gracias» en voz alta, a nadie en concreto. Siento algo que no dista mucho de la esperanza.

Segunda parte
Reclamo

Se recortan las plumas, la luz las recorta y las recorta un bicho y el correo, con discreta inclinación se las recorta y con reservas alambicadas de toda suerte y también con volúmenes elevados. Su coherencia es indudable.

GERTRUDE STEIN[1]

---

[1] De *Botones blandos* en traducción de Esteban Pujals, Abada, 2011 *(N. de la T.)*.

Bill Davis

Bill se mueve entre las gradas con esa meticulosidad lenta de quien lleva demasiado tiempo trabajando en lo mismo. Le cuesta andar, como si le pesara el cuerpo, pero no le falta dignidad. Se concentra en su trabajo. Le gusta tener algo que hacer, sentirse útil, incluso aunque ahora sus funciones, el puesto que le han dado, sea de mantenimiento. Está recogiendo la basura que se le ha pasado a la primera cuadrilla de limpieza después del partido. Es una tarea para el viejo al que no pueden echar porque lleva demasiado tiempo. Lo sabe, pero también es consciente de que significa algo más para ellos. Porque ¿acaso no cuentan con él para suplir turnos? ¿No ha estado siempre disponible todos los días de la semana para cualquier turno? ¿No conocía él los entresijos del estadio mejor que nadie? ¿No había pasado por casi todos los puestos que había durante los muchos años que llevaba trabajando allí? Desde vigilante de seguridad, que fue donde empezó, hasta vendedor de cacahuetes (eso lo había hecho solo una vez y le había parecido un horror). Se dice que significa más que eso, se dice que puede decírselo y creérselo. Pero no es verdad. Ya no hay sitio allí para un viejo como Bill. En ninguna parte.

Arquea la mano a modo de visera de gorra y se la lleva a la frente para protegerse del sol. Lleva unos guantes finos de látex azul y va con la pinza recogebasura en una mano y una bolsa de basura gris claro en la otra.

Para un momento lo que está haciendo. Le parece ver algo que llega por el borde superior del estadio. Algo pequeño. Un movimiento poco natural. Una gaviota, imposible.

Sacude la cabeza, escupe en el suelo y luego pisa el escupitajo, se gira en redondo y achica los ojos para intentar distinguir qué hay ahí arriba. Le vibra el móvil en el bolsillo. Lo saca y ve que es su pareja, Karen; seguro que es por algo de su niñito de mamá, Edwin. Últimamente siempre lo llama para algo relacionado con su hijo, sobre todo cuando necesita que lo lleve o lo recoja del trabajo. No soporta lo malcriado que lo tiene, no soporta al niño de treinta y pico años que es. No soporta en lo que les permiten convertirse a los jóvenes hoy en día, en unos niños mimados que no aceptan una crítica y no aguantan nada. A él no le parece normal. Ese resplandor constante del móvil en sus caras o esa forma exagerada de escribir en los teléfonos, esas elecciones de vestuario de género fluido, esa manera de comportarse tan educada y políticamente correcta a la vez que carecen totalmente de habilidades sociales y de la cortesía y los modales de toda la vida. Edwin es también así. Sí, mucho saber tecnológico, pero en lo que respecta al mundo duro, frío y descarnado de aquí fuera, del otro lado de la pantalla, sin su pantalla, no es más que un crío.

Está claro que las cosas no pintan bien hoy en día. Encima todo el mundo habla de que están mejorando, y lo único que consiguen es que sea aún peor porque en realidad siguen estando feas. A él le pasa lo mismo con su propia vida. Karen le dice que no pierda el optimismo; pero para no perderlo primero tendría que tenerlo. Pero él la quiere, a rabiar. Así que lo intenta, intenta de veras creer que las cosas están bien. Lo que pasa es que parece que los jóvenes se hayan apoderado de todo. Hasta los encargados más veteranos se comportan como críos. Ya no hay objetivos, visión, profundidad. Lo queremos ya y queremos que sea nuevo, sea lo que sea. El mundo es una cruel bola con efecto lanzada por un lanzador jovenzuelo, sobreestimulado y puesto de esteroides, al que la honradez del deporte al que juega le interesa tan poco como los costarricenses que con tanto esmero cosen a mano las pelotas.

El campo está configurado para béisbol. La hierba está tan corta que ni se mueve. Es la quietud de corcho del centro de una pelota de béisbol. La hierba está pintada con líneas rectas que separan el *foul* del *fair*, que llegan hasta la tribuna y vuelven hacia el cuadro interior, la parte donde se juega el partido, donde lanzan, batean, roban y reciben, donde hacen señas, golpean, *strike, ball,* ganan carreras, donde sudan y esperan en la sombra del banquillo, sin otra cosa que hacer que mascar y escupir hasta que se agotan las nueve entradas. Vuelve a sonarle el teléfono. Esta vez responde.

—Karen, ¿qué pasa? Estoy trabajando.

—Perdona que te moleste en el trabajo, cielo, pero es que Edwin necesita que lo recojan luego. Es que no puede..., ya sabes..., después de lo que le pasó en el autobús...

—Ya sabes lo que opino de...

—Bill, por favor, hazlo por mí esta vez. Hablaré con él luego. Ya le diré que no cuente más contigo —dice Karen.

«Que no cuente más contigo»: Bill odia la habilidad con la que lo vuelve en su contra con un par de palabras bien escogidas.

—Dicho así suena fatal. Es cosa suya. Ahora tiene que poder apañárselas solo, no es ningún...

—Por lo menos ahora tiene un trabajo. Está trabajando. Todos los días. Ya es mucho, para él. Por favor, no quiero que se desanime. El objetivo es que se valga por sí solo, acuérdate. Y después de eso ya podemos hablar de que te mudes por fin —dice ahora Karen con su voz dulce.

—Vale.

—¿Sí? Gracias, amor. Y si puedes, pilla un tetrabrik de Franzia cuando vengas para casa, del rosado..., se nos ha acabado.

—Tendrás que compensarme esta noche —dice Bill, que cuelga antes de que pueda contestarle.

Se queda mirando el estadio vacío, disfrutando de la tranquilidad. Necesita esa clase de quietud, sin rastro de movimiento. Piensa en el incidente del autobús. Edwin. Todavía le viene la risa solo de pensarlo. Se le dibuja una sonrisa que no puede contener. Edwin la tuvo con un veterano en el autobús el primer día que fue a trabajar. No sabe cómo empezó la cosa, pero, fuera como fuese, el caso es que el conductor acabó echándolos a patadas a los dos. Y luego el colega fue detrás de Edwin por toda la avenida International en su silla de ruedas. Por suerte, lo persiguió en el sentido bueno y por lo menos llegó a trabajar a su hora a pesar de haber conseguido que lo echaran del autobús (seguramente porque el otro lo persiguió corriendo). Bill se ríe en voz alta pensando en Edwin corriendo por International como si le fuera la vida en ello. Llegando puntual al trabajo, pero chorreando a mares. Vale, esa parte no tenía gracia, eso era lo más triste.

Bill camina por una superficie metálica que hay en el muro este. Se ve reflejado. Estabiliza su reflejo vacilante y distorsionado en los paneles metálicos abollados, endereza los hombros, levanta la barbilla. Ese tipo del cortavientos negro, con el pelo encanecido y entradas, y una barriga que cada año que pasa sobresale un poco más, con unos pies y unas rodillas que le duelen cuando se levanta o anda demasiado rato, está bien, sobrevive. Podría perfectamente no estar sobreviviendo. Prácticamente se ha pasado la vida sin sobrevivir.

Este estadio, el equipo, los Oakland Athletics, fueron en otros tiempos la cosa más importante del mundo para Bill, en esa época mágica para Oakland, del 72 al 74, cuando los Athletics ganaron tres series mundiales seguidas. Esas cosas ya no se ven. Ahora ya es más que nada un negocio, no lo permitirían. Fueron unos años extraños para Bill, unos años malos, horribles. Había regresado de Vietnam después de desertar en 1971 y de licenciarse con deshonor. Odiaba al país y el país lo odiaba a él. En aquella época le corrían tantas drogas por las venas que ahora le cuesta creer que todavía se acuerde de algo. Lo que mejor recuerda son los partidos. Era lo único que tenía por entonces. Tenía sus equipos, y ganaban, tres años seguidos, justo cuando más lo necesitaba, tras lo que le parecía una vida llena de derrotas. Fueron los años de Vida Blue, de Catfish Hunter, Reggie Jackson, el cabrón de Charlie Finley. Y luego la temporada de los Raiders del 76, cuando ganó dos competiciones que los equipos de San Francisco no habían logrado nunca, fue una época realmente buena para ser de Oakland, para sentirte parte de eso, de esas victorias.

Lo contrataron en el estadio en 1989, después de cumplir cinco años de condena en San Quintín por apuñalar a un tipo a las puertas de un bar de moteros del Fruitvale, cerca de las vías del tren. El cuchillo ni siquiera era suyo. Había sido un apuñalamiento accidental, en defensa propia. No sabía ni cómo había acabado en su mano aquel cuchillo. A veces uno hace cosas sin más, actúa o reacciona como le pide el momento. El problema había sido no poder contar su versión en condiciones. El otro estaba menos borracho que él. Su versión se sostenía mejor. Así que Bill cargó con la culpa. A fin de cuentas, sin saber cómo, había empuñado el cuchillo y, de los dos, él era el que tenía antecedentes violentos. El desertor de Vietnam que estaba pirado.

Pero la cárcel le había hecho bien. Pasó leyendo casi todo el tiempo que estuvo allí. Se leyó todo lo de Hunter S. Thompson que cayó en sus manos. Leyó al abogado de Hunter, Oscar Zeta Acosta, le encantaron *La autobiografía de un búfalo pardo* y *La revuelta del pueblo cucaracha*. Leyó a Fitzgerald y Hemingway, a Carver y Faulkner. A todos los borrachos. Leyó a Ken Kesey. Le encantó *Alguien voló sobre el nido del cuco*. Le cabreó cuando hicieron la película y el nativo, que es el narrador del libro, solo aparecía haciendo del indio loco, estoico y mudo que tira el lavabo por la ventana al final. Leyó a Richard Brautigan. A Jack London. Leyó libros de historia, biografías, libros sobre el sistema penitenciario. Libros sobre béisbol, fútbol. Historia de la California nativa. Leyó a Stephen King y a Elmore Leonard. Leyó y se esforzó por pasar desapercibido; por que los años se disolvieran como sabían hacer cuando estabas dentro de ellos pero en otra parte, en un libro, en un pabellón, en un sueño.

Otro mal año que fue bueno para Bill fue el de 1989, cuando los Athletics le dieron un repaso a los Gigantes de San Francisco. Cuando, a mitad de las series mundiales, justo al principio del tercer partido, la tierra se deslizó. Se hundió. Tembló. El terremoto de Loma Prieta mató a sesenta y tres personas, o sesenta y tres personas murieron como consecuencia. La autovía de Cypress se desmoronó, y alguien se cayó por en medio del puente de la bahía, del que se había desmoronado una parte del centro. Ese día el béisbol salvó vidas en Oakland y en toda la bahía. Si no se hubiera quedado tanta gente en casa alrededor de la tele, viendo el partido, habrían estado en las autovías, en el mundo exterior, que estaba desmoronándose, cayéndose en pedazos.

Bill se vuelve y mira hacia el *outfield*. Y justo enfrente, flotando a la altura de sus ojos, allí en las gradas con él, hay un avioncito. Pero ¿no le suena de algo? Sí, es un dron, un avión como los que metían hasta las guaridas y las cuevas de los terroristas de Oriente Medio. Bill blande su pinza contra el dron. El chisme se aleja flotando y luego da media vuelta y baja y lo pierde de vista.

—¡Eh! —se sorprende gritándole al dron.

Y luego se vuelve para subir las escaleras, hasta el pasillo que le llevará a los escalones que bajan al campo.

Cuando llega a lo alto de las escaleras del primer piso, a los asientos Plaza Infield, saca sus prismáticos y busca el dron por el terreno de juego hasta que lo encuentra. Baja las escaleras, intentando no perderlo de vista, pero le cuesta, entre que le tiemblan los prismáticos y que el chisme no para de moverse. Bill lo ve dirigirse hacia el *home plate*. Baja los escalones de dos en dos. Lleva años sin correr a esa velocidad. Puede que décadas.

Ahora lo ve con sus propios ojos. Echa a correr con la pinza recogebasura en la mano. Piensa cargárselo. Todavía le corre por las venas sangre, pelea, agallas, todavía puede moverse. Se adentra en la tierra marrón rojiza. El dron está en la *home base,* y está volviéndose hacia Bill, que corre hacia él. Pero el dron lo ve en cuanto entra en su campo de visión. Vuela hacia atrás. Alcanza a darle y consigue que se tambalee por unos momentos. Vuelve a levantar la pinza, la baja con fuerza y no le da ni de refilón. El dron sube en línea recta, a toda prisa, tres metros, cinco metros, seis, en segundos. Vuelve a sacar los prismáticos y ve alejarse el dron por encima de la cubierta del estadio.

Calvin Johnson

Cuando llegué del trabajo me encontré con Sonny y Maggie esperándome en la cocina, con la cena hecha y la mesa puesta. Maggie es mi hermana. Estoy viviendo en su casa solo hasta que consiga ahorrar lo suficiente. Pero me gusta estar con ella y su hija. Es como volver al hogar. Esa clase de hogar que ya no podemos tener, uno que desapareció sin más cuando mi padre nos dejó, y eso que en realidad nunca estuvo muy presente. Pero mi madre siempre se comportó como si no fuera así, como si su partida fuese el acabose. La verdad es que no tenía que ver ni con mi padre ni con ninguno de nosotros. Mi madre estuvo demasiado tiempo sin un diagnóstico. Eso me contó Maggie.

Ser bipolar es como tener un hacha que tienes que afilar con un hacha que necesitas para partir leña y poder entrar en calor en un bosque frío y oscuro del que solo, quizá, acabes dándote cuenta de que jamás saldrás. Así es como lo explica Maggie. Ella lo heredó igual que mi hermano y yo no. Pero está en tratamiento. Controlada. Maggie es como la clave de la historia de nuestras vidas. Mi hermano Charles y yo la odiamos y la queremos, como te acaba pasando con cualquier persona cercana que lo sufra.

Maggie había hecho su plato típico, el pastel de carne con puré de patatas y brócoli. Comimos un rato en silencio, hasta que Sonny me pegó en la espinilla por debajo de la mesa, con fuerza, y después se hizo la sueca y siguió comiendo. Yo también me hice el sueco.

—Está rico, Maggie, sabe igual que el de mamá. ¿No te gusta, Sonny? —pregunté y le sonreí entonces a la cría, que no me devolvió el gesto.

Me eché hacia delante con un bocado en el tenedor, lo sostuve por encima del plato y luego le di un toquecito en la espinilla a Sonny, a la que por fin se le escapó una sonrisa hasta que se echó a reír porque no ha podido contenerse. Me dio otra patada bajo la mesa.

—Ya está bien, Sonny —le regañó Maggie—. ¿Puedes traernos unas servilletas? Te he comprado la limonada esa que te gusta —me dijo a mí.

—Gracias, pero me voy a tomar mejor una birra. Quedan, ¿no?

Me levanté, abrí el frigo, me pensé mejor lo de la cerveza y saqué la limonada. Maggie no se dio cuenta de que no había cogido la cerveza.

—Pero puedes sacar para nosotras la limonada que he pillado.

—¿Desde cuándo me dices lo que puedo o no puedo hacer? —salté, y me arrepentí en el acto.

Sonny se levantó y salió de la cocina. Lo siguiente que oímos fue la puerta mosquitera, abriendo y cerrándose. Los dos nos levantamos y fuimos al salón pensando que la niña había salido corriendo por la puerta de la calle.

Pero en vez de eso nos encontramos con nuestro hermano allí plantado en medio del salón, con su compadre Carlos, su sombra, su gemelo. Nada más verlos, Maggie se dio media vuelta y se fue al cuarto de Sonny, que es lo que tendría que haber hecho yo.

Iba cada uno con una litrona en la mano. Se sentaron en el salón con la indiferencia impasible y cruel de quien es consciente de que le debes algo. Sabía que acabaría apareciendo. Lo llamé hace unas semanas para informarle de que iba a pagarle lo que debía, pero que necesitaba más tiempo. Maggie me dejó quedarme en su casa con la condición de que me mantuviera apartado de nuestro hermano, de Charles. Pero ahí lo tenía.

Charles tiene pinta de matón con su uno noventa de altura, sus ciento diez kilos, esos hombros cuadrados y unas manos la hostia de grandes. Puso sus Chuck encima de la mesa de centro. Carlos también subió los pies y encendió la tele.

—Siéntate, Calvin —me dijo mi hermano.

—Estoy bien así.

—¿Qué vas, de duro? —me preguntó Carlos mientras pasaba los canales.

—Cuánto tiempo, ¿no? —dijo entonces mi hermano—. La hostia de tiempo, diría yo. ¿Dónde te has metido? ¿De vacaciones? Tiene que estar bien, esconderse así. Con tus comidas caseras y una cría correteando de aquí para allá. Jugando a las casitas. Con nuestra puta hermana. ¿Qué mierda está pasando aquí? La verdad es que es para preguntarse adónde va todo el dinero que estás ahorrando viviendo aquí sin pagar alquiler, ¿no te parece?

—Sabes que no estás pagando alquiler —dijo Carlos.

—Pero has conseguido un trabajo, estás sacando pasta. Ese dinero tendría que haber estado ayer en mi puto bolsillo. En el de Octavio. Tienes suerte de ser mi hermano pequeño, ¿lo sabías? Tienes suerte de que no le haya contado a nadie dónde coño te has escondido. Pero todo tiene un límite, me cago en la hostia.

—Ya te dije que te lo iba a pagar. ¿Por qué tienes que plantarte aquí sin avisar y toda esa mierda y seguir haciendo como si tú no tuvieras nada que ver con la movida del powwow?

Me atracaron en el aparcamiento antes incluso de entrar; no tendría que haber ido con la yerba encima. El medio kilo que tenía. Aunque tampoco tenía claro si lo había llevado. ¿O lo había metido Charles en la guantera? En aquella época estaba siempre fumado. Mi memoria era un puto tobogán: las movidas que me pasaban bajaban por él y ya no volvían a subir.

—Vale, me has pillado, has dado en el puto clavo. No tendría que haberme largado, tienes razón. Tendría que haberme partido los cuernos para devolverle a Octavio el dinero de la yerba que me robaron sus propios compadres. Así que gracias. Tu ayuda es supervaliosa, hermano. Pero no puedo dejar de preguntarme por qué me dijiste que fuera a ese powwow en Laney. Que si por qué no iba a saber más de nuestra herencia nativa y no sé qué mierdas. Me dijiste que a mamá le habría gustado que fuéramos. Que nos veríamos allí. Y no dejo de preguntarme si en realidad no sabías lo que me esperaba en ese puto aparcamiento. Lo que no consigo entender es por qué. ¿Qué sacas tú de todo eso? ¿Tenerme atado en corto? ¿Porque estaba hablando de dejar toda esta mierda? ¿O te fumaste toda tu yerba como el puto fumado que eres y necesitabas la mía para que te cuadraran las cuentas?

Charles se levantó y dio un paso hacia mí, pero luego se detuvo y cerró los puños. Yo abrí los míos y levanté las manos en un gesto de «tranquilidad» y luego retrocedí dos pasos. Mi hermano se me acercó un paso más y luego miró a Carlos.

—Vamos a dar un paseo —le dijo a Carlos, que se levantó y apagó la tele.

Pasaron por delante de mí. Miré hacia el pasillo, al cuarto de Sonny. Sentí que me temblaba el ojo derecho.

—Vamos —oí decir a Charles desde el porche.

Mi hermano conducía un Chevy El Camino de cuatro puertas tuneado, color azul oscuro. Estaba tan limpio que parecía que lo hubiera lavado esa misma tarde, cosa que era bastante probable. Los tíos como él se pasan la vida limpiando sus coches, sus zapatos y sus gorras y dejándolos nuevecitos.

Antes de arrancar, se encendió un canuto y se lo pasó a Carlos, que le dio dos caladas antes de pasármelo a mí. Le di una larga y volví a rularlo. Cogimos por el bulevar San Leandro hacia el sur para adentrarnos en lo más profundo del Este Profundo de Oakland. No reconocí el tema que sonaba, un rollo lento con muchos graves, que salía en gran medida de detrás del asiento trasero, del *subwoofer*. Me fijé en que Charles y Carlos estaban moviendo mínimamente la cabeza al compás de la música. Ninguno habría admitido por nada del mundo que estaban bailando, cabeceando de esa manera, pero estaban medio bailando, una cosa mínima, pero bailando, y a mí me pareció que te cagas de gracioso, y a punto estuve de reírme, pero a los pocos minutos me di cuenta de que yo también estaba haciéndolo, y eso ya no me hizo tanta gracia, y me di cuenta de lo fumado que estaba. Tal vez fuera otra yerba, lo que fumaban, o a lo mejor los muy cabrones le habían echado polvo de ángel por encima. Joder, conociéndolos estaba claro que era por eso por lo que no podía parar de cabecear, y por eso las putas farolas brillaban tanto, y daban como mal rollo y en plan superrojas. Me alegré de haberle dado solo una calada.

Acabamos en la cocina de la casa de alguien. Las paredes eran todas amarillo chillón. Desde el patio trasero llegaba un zumbido apagado de música de mariachis. Charles me indicó por señas que me sentara a una mesa por la que tenía que deslizarme, como en el reservado de un bar, con Carlos a mi izquierda tamborileando con los dedos al compás de un ritmo que solo él oía en su cabeza. Mi hermano se sentó enfrente y se me quedó mirando fijamente.

—¿Sabes dónde estamos?

—Pues supongo que en algún sitio donde podría acabar estando Octavio, pero no sé por qué mierda has podido pensar que era buena idea.

Mi hermano soltó una risotada falsa.

—¿Te acuerdas la vez que fuimos al parque Dimond y nos metimos por el conducto ese tan largo? Lo atravesamos y llegó un momento en que no se veía nada, solo se oía el agua correr, y no sabíamos de dónde cojones venía o adónde iba. Tuvimos que saltarla. ¿Te acuerdas que oímos una voz y luego tú creíste que alguien te había cogido de la pierna y chillaste como un puto cochinillo, y poco más y te caes, pero yo tiré de ti hacia atrás y saltamos y salimos corriendo de allí los dos juntos? —me preguntó Charles deslizando de un lado para otro una botella de tequila que había en la mesa—. Estoy intentando que te pongas en situación, que sientas que te están agarrando —siguió mi hermano, que paró entonces de deslizar la botella y la agarró con una mano y la dejó quieta—. Cuando Octavio vea tu cara, va a ser igual, y yo voy a tirar de ti hacia atrás, a salvarte de que te metan en ese largo conducto y te lleven a ninguna parte. No vas a salir de esta movida tú solo, ¿lo pillas?

Carlos me pasó el brazo por los hombros y yo intenté zafarme. Mi hermano se reclinó en el sitio y dejó caer los brazos a lo largo de los costados.

Justo entonces, Octavio entró en la cocina. Sus ojos se convirtieron en balas y disparó por toda la habitación.

—¿Qué carajo está pasando aquí, Charlos?

Así es como llamaba Octavio a Charles y Carlos, por lo mucho que se parecían y porque siempre iban juntos. Era una forma de ponerlos en su sitio, de hacerles saber que estaban los dos igual de por debajo que él, Octavio, que medía casi dos metros, con un pecho cuadrado y unos brazos musculosos que se le notaban incluso bajo la camiseta XXXL negra que siempre llevaba.

—Octavio —intervino mi hermano—, tranquilo, solo estoy intentando recordarle lo que es cada cosa. No te encabrones. Va a pagar. Es mi hermano pequeño, Octavio, desde el respeto, tío. Solo quiero que él lo sepa.

—¿Que sepa qué? ¿Desde el respeto? ¿Qué me estáis contando, Charlos? Creo que no lo sabéis ni vosotros. —Octavio saca una magnum blanca del cinturón y me la apunta a la cara sin dejar de mirar a mi hermano—. ¿A qué carajo te crees que estás jugando? —me pregunta Octavio a mí, pero sin apartar la vista de Charles—. El que se lleva algo, lo paga. Pero tú cogiste y no me pagaste, pierdes la yerba, y me la suda cómo la perdiste, el caso es que desapareció, y luego vas y te pierdes del mapa y te presentas en la puta cocina de mi tío. Estáis como una puta cabra, Charlos. Yo había venido aquí a pasármelo bien. Pero como tú dejaste que robaran mi yerba y tu hermano se fumó su parte, los dos estáis en deuda conmigo, y ahora soy yo el que está enmarronado con la peña a la que le pillo y estoy endeudado, y nos van a dar a todos por culo como no consigamos pasta de verdad y pronto.

Seguía apuntándome con la pistola. ¿Que me fumé toda mi parte? ¿Estaba flipando o qué? Clavé los ojos al fondo del cañón de la pistola. Me metí dentro, directo en su túnel. Me lo vi venir. Octavio iba a darse la vuelta para ponerse una copa en la encimera y Charles iba a saltar de la silla y a hacerle una llave de estrangulamiento. La fusca se caería al suelo en el forcejeo, y Charles lo inmovilizaría, se volvería con él e intentaría de pronto hacerse el hermano mayor bueno y me gritaría:

—¡Vete de aquí cagando leches!

Pero yo no me iría, sabría lo que tenía que hacer. Cogería la pistola del suelo, la empuñaría y la apuntaría a la cabeza de Octavio sin dejar de mirar a mi hermano.

—Dame la fusca, Calvin. Sal de aquí cagando leches.

—No pienso irme —le diría.

—Pues entonces dispárale.

Octavio y yo cruzaríamos una mirada. Me fijaría por primera vez en que tenía los ojos verdes; me quedaría mirándolo a los ojos tanto rato que acabaría perdiendo los nervios y empujaría a Charles hacia atrás, contra los armarios. Después yo les diría a los tres que le dieran de beber a Octavio, que iba a beber hasta que no pudiera tenerse en pie. Les diría que si le obligábamos a beber lo suficiente no se acordaría de una mierda. Que le provocaríamos una laguna mental de la hostia, que pueda ir adelante y atrás en el tiempo, tragarse la noche.

Se me habían cerrado los ojos. Por un segundo me pregunté si no estaba todavía en el coche, soñando esa escena desde el asiento trasero. Era una noche como tantas otras que ya había vivido. Quién sabía si no me despertaría en el asiento trasero, nos iríamos a casa, y podría volver a la vida que estaba intentando construir y en la que no quería mierdas así.

Abrí los ojos. Octavio seguía empuñando la pistola, pero estaba riéndose, y mi hermano empezó a reírse también. Y entonces la dejó en la mesa y se abrazaron, ellos dos, Charles y Octavio. Carlos se levantó también y le chocó la mano a Octavio.

—¿Estas son las fuscas que habéis hecho? —le preguntó mi hermano a Octavio cogiendo la pistola blanca.

—Qué va, esta es especial. ¿Te acuerdas de David? El hermano pequeño de Manny. Las hace en su puto sótano. Las demás son como las 9 milímetros. Venga, anda, cuéntale —le dijo Octavio a Charles, pero mirándome a mí.

—¿Te acuerdas cuando te hablé del powwow de Laney y dijiste que querías ir porque iban a hacer uno pronto en el Coliseum de Oakland y currabas en el comité del powwow? ¿Te acuerdas?

—Sí.

—¿Te acuerdas de qué más me contaste?

—No.

—Lo de la pasta.

—¿Qué pasta?

—Me dijiste que ese día habría como unos cincuenta mil dólares de premios en metálico. Y que sería muy fácil robarlos.

—Estaba de coña, Charles, me cago en todo. ¿Tú te crees que sería tan capullo de robar a la peña con la que trabajo y encima pensar que voy a salir bien parado? Era una puta coña.

—Tiene gracia —dijo Octavio, y Charles levantó la cabeza para mirarlo, en plan: «¿El qué?»—. Que cualquiera pensaría que puede robar a la peña con la que trabaja y salir bien parado. Me hace gracia.

—Así es como nos vamos a arreglar —intervino Charles—. Tú también sacarás tajada y luego todos en paz, ¿no, Octavio?

Este asintió y luego cogió la botella de tequila.

—Bebamos.

Y eso hicimos. Nos bebimos media botella a base de chupitos. Antes de la última ronda hubo una pausa y Octavio me miró y luego alzó el vasito y me hizo señas de que me levantara yo también. Nos tomamos el chupito, solos él y yo, y luego me dio un abrazo que olvidé corresponder. Mientras me abrazaba, vi que Charles miraba a Carlos como si no le gustara lo que estaba pasando. Cuando me soltó, se dio media vuelta y sacó otra botella de tequila del armario de arriba y se rio de yo qué sé qué, dio unos cuantos pasos vacilantes y salió de la cocina.

Mi hermano me hizo un gesto con la barbilla en plan: «Vámonos». De camino al coche vimos a un chaval en bici que estaba mirando a todo el mundo desde lejos. Vi que Charles estaba a punto de decirle algo, hasta que entonces fue Carlos quien fue a vacilarle, haciendo como si fuera a pegarle. El chaval ni se inmutó. Se quedó mirando la casa sin más. Tenía los ojos supercaídos, pero no porque estuviera puesto ni borracho. Me recordó a Sloth, el de *Los Goonies*. Y luego me vino a la cabeza una película que vi un sábado por la mañana cuando tenía como cinco o seis años y que iba de un chaval que se levantaba ciego un buen día. Antes de eso nunca se me había pasado por la cabeza la idea de poder levantarte y encontrarte con alguna movida tremenda, en plan un cambio chungo con respecto a lo que creías que era la vida. Y esa fue la sensación que tuve, entre los chupitos aquellos, el abrazo de Octavio, acceder a un plan que no tenía ningún puto futuro. Quise decirle algo al chaval de la bici. No sé por qué. No había nada que decir. Nos metimos en el coche y regresamos a casa en silencio, el sonido grave del motor y la carretera conduciéndonos hacia una movida de la que nunca conseguiríamos volver.

Jacquie Red Feather

Jacquie Red Feather llegó a Phoenix desde Albuquerque la noche antes de que empezara el congreso, en un vuelo de una hora que aterrizó entre un degradado de esmog del verde al rosa. Cuando el avión redujo la marcha, bajó la cortinilla de la ventana y fijó la vista en el respaldo del asiento de delante: «Librándolos del mal». Ese era el lema del congreso de ese año. Se imaginó que se referían al mal que se hace uno mismo. Pero ¿realmente era el suicidio en sí el problema? No hacía mucho había leído un artículo que decía que la tasa de suicidios en las comunidades nativas era alarmante. ¿Cuántos años llevaban funcionando los programas financiados por el Estado para intentar prevenir el suicidio, con sus vallas publicitarias y sus teléfonos de apoyo? No le extrañaba que la cosa estuviera empeorando. No se puede ir vendiendo por ahí que la vida está bien cuando no es verdad. Aquel era otro congreso más de la Oficina de Toxicodependencia y Servicios de Salud Mental al que le subvencionaban la asistencia como terapeuta de personas toxicodependientes.

La mujer que la atendió al llegar a la recepción del hotel tenía un «Florencia» en la chapita con el nombre. Olía a cerveza, tabaco y colonia. A Jacquie le cayó bien al instante, solo por estar bebiendo en el trabajo o haber ido ya borracha a trabajar. Ella llevaba diez días sobria. La recepcionista le dedicó un cumplido a su pelo, que no hacía mucho se había cortado por encima del hombro y se había teñido de negro para ocultar las canas. Nunca había sabido qué responder cuando le hacían un cumplido.

—Qué rojas —dijo refiriéndose a las flores de Pascua que había tras la recepcionista, una planta que nunca le había gustado porque hasta las de verdad parecen de mentira.

—Las llamamos «flores de Nochebuena», porque florecen por Navidades.

—Pero estamos en marzo.

—Para mí, son las flores más bonitas que hay.

La última recaída de Jacquie no había dejado quemaduras en su vida; no había perdido el trabajo ni se había cargado el coche. Volvía a estar sobria, y diez días eran como un año cuando las ganas de beber eran continuas.

Florencia informó a Jacquie, que estaba visiblemente sudada, de que la piscina abría hasta las diez. Ya se había puesto el sol, pero seguía haciendo treinta y dos grados. De camino a la habitación, vio que estaba vacía.

Mucho tiempo después de que su madre dejara de una vez por todas a su padre, durante una de las muchas ocasiones en que dejaba al padre de su hermana —cuando Opal no era más que una cría y Jacquie tenía unos seis años—, fueron a parar a un hotel al lado del aeropuerto de Oakland. Su madre les contaba historias de mudarse lejos, de volver a casa, a Oklahoma. Pero para Jacquie y su hermana «casa» era una ranchera cerrada por dentro en un aparcamiento vacío. Casa era un trayecto largo en autobús. Casa era ellas tres juntas en cualquier sitio seguro donde pasar la noche. Y aquella noche en el hotel, con la posibilidad de viajar, de escapar de la vida que su madre había llevado con ellas a remolque, esa noche había sido una de las mejores de su vida. Su madre se había quedado dormida. Antes de eso, de camino a la habitación, había visto de pasada la piscina, un rectángulo reluciente de azul intenso. Fuera hacía frío, pero había leído un cartel donde ponía «PISCINA CLIMATIZADA». Se quedó viendo la tele mientras esperaba a que su madre y su hermana se durmieran para escabullirse y bajar a la piscina. No había nadie. Se quitó los zapatos y los calcetines, metió la punta del pie en el agua y volvió a mirar hacia arriba, a la puerta de su habitación. Miró las puertas y las ventanas de todas las habitaciones que daban a la piscina. El aire de la noche era fresco, pero no corría nada de viento. Con la ropa puesta, salvo por los zapatos y los calcetines, bajó las escaleras de la piscina. Era la primera vez que se metía en una. No sabía nadar. Más que otra cosa, lo que quería era estar en el agua; sumergirse y abrir los ojos, mirarse las manos y ver cómo subían las burbujitas en esa luz tan azul.

Una vez en la habitación, tiró las bolsas al suelo, se quitó los zapatos y se echó en la cama. Encendió la tele, le quitó el volumen y luego se tumbó bocarriba y se quedó un rato mirando el techo, disfrutando de la frescura vacía y blanca de la habitación. Pensó en Opal, en los chicos, en lo que andarían haciendo. Después de años de silencio, habían empezado a mensajearse hacía unos meses. Su hermana cuidaba de los tres nietos de Jacquie... a los que aún no conocía en persona.
    Le escribió a Opal:

Q haceis?

    Dejó el móvil en la cama y fue a sacar el bañador de la maleta. Era de rayas blancas y negras. Se lo puso delante del espejo. Cicatrices y tatuajes se extendían y se curvaban por cuello y barriga, brazos y tobillos. Tenía una pluma tatuada en cada brazo, una por su madre y otra por su hermana, y en el dorso de las manos, estrellas (que eran solo eso, estrellas). Las telarañas de los empeines eran los que más le habían dolido.

Se acercó a la ventana para ver si la piscina seguía vacía. El móvil vibró sobre la cama.

El mensaje decía:

> Orvil se ha encontrado patas de
> araña en la pierna.

Respondió:

Queee?!

Pero la frase no llegaba a entrarle. ¿Qué sentido podía tener eso? Más tarde lo consultó en el móvil —«patas araña en pierna»—, pero no encontró nada.

> Ya no se. los chicos creen q significa
> algo ndi.

Jacquie sonrió; nunca había visto «indio» abreviado de esa manera.

A lo mejor le da poderes como a
spiderman.

> Te ha pasado algo parecido alguna
> vez?

Q va. voy a bajar a bañarme.

Jacquie se arrodilló delante del minibar. Oyó a su madre en su cabeza: «La tela de la araña es una casa y una trampa».

Y aunque nunca sabría qué quiso decir su madre, ella, con los años, había dotado de sentido a la frase, probablemente cargándola de más significado de lo que su madre pretendía. En aquel caso Jacquie era la araña y el minibar la tela. Casa era beber. Beber era la trampa. O algo por el estilo. El caso era: «No abras el minibar». Y no lo abrió.

Se quedó en el borde de la piscina mirando las ondas y los destellos de la luz en el agua. Los brazos, que tenía cruzados sobre la barriga, parecían verdes y agrietados. Bajó poco a poco las escaleras y, tras coger un pequeño impulso, buceó hasta el otro extremo y volvió. Salió para tomar aire, se quedó un rato contemplando el movimiento de la superficie del agua y luego volvió a sumergirse y vio cómo se formaban las burbujas, cómo subían y desaparecían.

Mientras se fumaba un cigarro al lado de la piscina, pensó en el taxi que la había traído del aeropuerto y en la licorería que había visto a una manzana del hotel. Podía ir andando. Lo que más le apetecía era el cigarro de después del *pack* de seis latas. Quería que le venciera el sueño tranquilamente, como solo le pasaba cuando estaba borracha. De vuelta a la habitación compró en la máquina una Pepsi y una bolsa de frutos secos. Ya en la cama, estuvo zapeando, viendo esto y aquello, cambiando de canal cada vez que había anuncios, devorando los frutos secos y la Pepsi, y solo entonces, cuando los frutos le abrieron el apetito, se dio cuenta de que no había cenado. Se tiró una hora despierta en la cama, pero con los ojos cerrados, y luego se puso una almohada encima de la cara y se quedó dormida. Cuando se despertó a las cuatro de la madrugada, no sabía lo que tenía en la cabeza. Lanzó la almohada a la otra punta del cuarto y luego se levantó para ir a orinar y se pasó las siguientes dos horas intentando convencerse de que estaba dormida, e incluso, por momentos, durmiendo pero soñando con que no podía dormir.

Encontró un sitio al fondo del salón de celebraciones principal. En el estrado había un hombre indio mayor que llevaba una gorra de béisbol y tenía una mano en alto, como si estuviera rezando, y otro que se dedicaba a salpicar al público con una botella de agua. Nunca había visto nada parecido.

Repasó el salón con la mirada. Estudió la decoración nativa. Era una sala grande, con techos altos y unas lámparas de araña enormes, cada una un arreglo de ocho bombillas con forma de llama, rodeadas de una gran tira de chapa con motivos tribales recortados que arrojaban así por las paredes siluetas con dibujos tribales: kokopellis, zigzags y espirales multiplicados y concentrados en la parte alta de la sala, por donde las paredes estaban pintadas del color rojo pardo de la sangre reseca. Las alfombras estaban llenas de líneas sinuosas y formas geométricas abigarradas (como la típica moqueta de casino o cine).

Miró a su alrededor. Podía haber perfectamente unas doscientas personas, todas en torno a mesas redondas con vasos de agua y platitos de papel llenos de fruta y bollos de crema. Jacquie reconoció el perfil típico de los congresos: la mayoría eran mujeres indias mayores, seguidas en número por las mujeres blancas mayores y, luego, los hombres indios mayores. Los jóvenes brillaban por su ausencia. Todos le parecían o demasiado serios o muy poco serios. Eran profesionales, más preocupados por conservar sus puestos de trabajo, por los inversores y los subsidios, que por la necesidad de ayudar a las familias indias. Jacquie no era una excepción. Lo sabía y detestaba la idea.

El primer ponente, un hombre con pinta de sentirse más a gusto en la esquina de una calle que en un congreso, se acercó al estrado. No era muy habitual ver a hombres como aquel en un escenario. Llevaba unas Jordan y un chándal Adidas. Tenía un tatuaje desvaído e irreconocible que le salía por encima de la oreja izquierda y le llegaba hasta la coronilla pelada (grietas, telarañas o quizá una media corona de espinas). Cada pocos segundos formaba un óvalo con la boca y se pasaba el pulgar y el índice por fuera, como para limpiarse un exceso de saliva, o asegurarse, al quitárselo, de no escupir al hablar y no parecer un baboso.

Se acercó al micro y se quedó inspeccionando al personal durante un minuto que se hizo tan largo como incómodo.

—Veo muchos indios por aquí. Así me gusta. Hace unos veinte años estuve en un congreso parecido y era un campo de caras blancas. Esa vez fui en calidad de joven. Era la primera vez que me subía a un avión y la primera vez que pasaba varios días lejos de Phoenix. Me habían obligado a participar en un programa como parte del acuerdo con la fiscalía para que no me mandaran a un correccional. Resultó que querían presentar a escala nacional el programa en un congreso en Washington, en un acto que sería el broche de oro. Fui seleccionado junto a otros jóvenes no por nuestra capacidad de liderazgo, por nuestro compromiso con la causa o nuestro grado de implicación, sino por ser los que estábamos más amenazados de exclusión. Por supuesto, solo se esperaba de nosotros que subiéramos al escenario y nos quedásemos escuchando historias exitosas de boca de jóvenes y del personal de nuestros servicios sociales que hablarían de lo estupendo que era nuestro programa. Pero, mientras estaba en ese viaje, mi hermano pequeño, Harold, encontró la pistola que yo tenía guardada en mi armario. Se pegó un tiro entre ceja y ceja. Tenía catorce años. —El hombre hizo una pausa para toser fuera de micro. Jacquie se removió en su silla.

»Pero de lo que yo he venido a hablar aquí hoy es de que esta ha sido nuestra forma de enfocarlo desde el minuto uno: hay chavales saltando de ventanas de edificios en llamas, tirándose para morir..., y creemos que el problema es que están saltando. Lo que hemos hecho ha sido esto: intentar encontrar maneras de impedir que se tiren, convencerlos de que arder vivo es mejor que largarse cuando la movida se acalora tanto que no hay por donde cogerla. Hemos tapiado ventanas y fabricado redes más fuertes para detener la caída, hemos encontrado maneras más convincentes de decirles que no se tiren. Ellos deciden que es mejor estar muerto que vivir en el tinglado que tenemos montado, en esta vida, la que hemos hecho para ellos, la que han heredado. Y o bien nos implicamos y tenemos parte en cada una de estas muertes, igual que yo en la de mi hermano, o estamos ausentes, lo que es igualmente una forma de implicarse, del mismo modo que el silencio no es solo silencio, sino no decir esta boca es mía. Ahora trabajo en prevención de suicidios. Sin contar el de mi hermano, he vivido el suicidio de quince familiares míos. En una comunidad en la que estuve trabajando no hace mucho en Dakota del Sur me dijeron que se les había agotado el duelo. Eso fue después de sufrir diecisiete suicidios en solo ocho meses. Pero ¿cómo podemos infundir ganas de vivir a nuestros hijos? Con estos congresos, con nuestras oficinas. Con los correos y las actividades de la comunidad, detrás de todo lo que hacemos tiene que haber un apremio, un espíritu de hacer lo que sea como sea. O mandar a la mierda los programas, a lo mejor lo que tendríamos que hacer es darles el dinero directamente a las familias, que lo necesitan y saben qué hacer con él, puesto que todos sabemos dónde se va el dinero: en sueldos y congresos como este. Lo siento. El dinero de mi sueldo viene de la misma mierda y, en realidad, qué coño, no lo siento, este tema no tendría que tratarse con educación o formalismos. No podemos perdernos en el fomento del empleo y en la promoción de los subsidios, en el trabajo nuestro de todos los días, como si no nos quedara más remedio que hacer lo que hacemos. Elegimos hacer lo que hacemos y, en esa elección, la comunidad va detrás. Estamos eligiendo por ellos, continuamente. Y esa es la sensación que tienen esos críos, de que no tienen el control. ¿Qué control ni qué leches van a tener, si puede saberse? Tenemos que dedicarnos a lo que siempre decimos que nos dedicamos. Y si no podemos, y en realidad solo podemos dedicarnos a nosotros mismos, tenemos que hacernos a un lado y dejar paso a aquellos de la comunidad que realmente se preocupan y quieren hacer algo de verdad, dejarles que ayuden. Y que le den por culo a todo lo demás.

Jacquie ya había salido de la sala cuando el público empezó a aplaudir sin mucho convencimiento, más por compromiso que por otra cosa. En la carrera, la credencial que llevaba al cuello iba tintineando y dándole en la barbilla. Al llegar a su habitación cerró la puerta con la espalda y se deslizó hacia abajo, hasta desmoronarse y ponerse a sollozar pegada a la madera. Se apretó los ojos contra las rodillas y unos manchurrones morados, negros, verdes y rosas estallaron como fuegos artificiales tras sus ojos, hasta que poco a poco fueron formando imágenes y, luego, recuerdos. Lo primero que vio fue aquel agujero enorme, y después el cuerpo consumido de su hija. Tenía los dos brazos llenos de puntitos rojos y rosas. La piel se le había puesto blanca, azul y amarilla, con las venas verdes. Había ido a identificar el cadáver, el cadáver que había sido el cuerpo de su hija, el cuerpecito que había llevado dentro de ella apenas seis meses. Cuando había visto cómo los médicos le habían metido agujas en esos bracitos, dentro de la incubadora, cuando lo único que quería como no había vuelto a querer nada en su vida había sido que su chiquitina sobreviviese. El forense miró a Jacquie, con la carpeta y el boli en la mano. Ella se pasó un rato largo mirando a algún punto entre el cuerpo y la carpeta en un intento por no gritar, en un intento por no mirar arriba y ver la cara de su hija. Aquel agujero enorme. El tiro entre las cejas. Como un tercer ojo o una tercera cuenca ocular vacía. Veho, el *trickster*-araña* del que les hablaba su madre, se pasaba la vida robando ojos para ver mejor. Veho era el hombre blanco que llegó y obligó al antiguo mundo a mirar a través de sus ojos. A que lo viera. Mirad, esto es lo que va a pasar aquí, primero me vais a dar toda vuestra tierra y luego vuestra atención, hasta que olvidéis cómo se presta; hasta que se os sequen los ojos y no podáis ver detrás de vosotros y no haya nada por delante, y la aguja, la botella o la pipa sea lo único con sentido en vuestro campo de visión. Cuando volvió al coche, Jacquie aporreó los puños contra el volante hasta quedarse sin fuerzas. Se rompió el meñique.

De eso habían pasado trece años. Después estuvo seis meses sin probar gota. El periodo más largo desde que había empezado a darle a la bebida. Pero, pasados esos meses, se fue directa a la licorería y se tiró los siguientes seis años metiéndose tres cuartos de whisky entre pecho y espalda por noche. Trabajaba conduciendo un autobús AC Transit de la línea 57, desde y hacia Oakland, seis días a la semana. Y por las noches se emborrachaba hasta conseguir una inconsciencia vivible. Se levantaba a diario para ir a trabajar. Hasta el día que se quedó dormida al volante y empotró el autobús contra un poste de teléfonos. Después de un mes de desintoxicación en una clínica, se fue de Oakland. Sigue sin saber, no tiene claro, cómo acabó en Albuquerque. Más tarde consiguió un trabajo como recepcionista de una clínica de salud financiada por el Servicio de Salud Indio, y al final, sin alcanzar nunca un grado considerable de sobriedad, se sacó el título de terapeuta de toxicodependientes gracias a un curso *online* que le pagaron en el trabajo.

Allí en la habitación del hotel, contra la puerta de la habitación del hotel, se acordó de todas las fotos de los niños que le había mandado Opal por correo durante años y que siempre se había negado a ver. Se levantó y fue al escritorio, donde había dejado el portátil. Buscó el nombre de Opal en su cuenta de Gmail. Fue abriendo todos los correos que tenían el simbolito del clip. Observó a los chicos a lo largo de los años. Cumpleaños, primeras bicis, dibujos que habían hecho. Vio vídeos de ellos peleando en la cocina y durmiendo en las literas, todos en un mismo cuarto. Los tres apiñados frente a un ordenador, con el resplandor de la pantalla en las caras. Una instantánea le partió el alma. Los tres alineados frente a Opal, y su hermana con esa mirada suya estática, sobria, estoica mirándola a ella, a Jacquie, a través de todos los años y todo lo que habían vivido juntas. «Ven a por ellos, son tuyos», decía la cara de Opal. El más pequeño tenía una media sonrisa, como si uno de sus hermanos le hubiera pegado un puñetazo en el brazo pero su hermana les hubiera dicho que más les valía salir sonriendo en la foto. El mediano parecía estar haciendo una señal, inventada o real, de banda callejera, los dedos cruzados sobre el pecho, y una gran sonrisa en la cara; era el que más se parecía a su hija Jamie. El mayor no sonreía. Se parecía a Opal, y a la madre de ambas.

Quería estar con ellos. También quería un trago. Quería beber. Necesitaba ir a una reunión. Antes se había fijado que en el programa había previstas reuniones de Alcohólicos Anónimos todas las tardes a las siete y media en una sala de la segunda planta. Siempre organizaban alguna en los congresos, para algo eran sobre prevención de dependencias y salud mental, llenos de gente como ella, que se habían iniciado en el oficio porque habían pasado por eso mismo y esperaban darle sentido a su vida ayudando a otros a no cometer los mismos errores que ellos. Cuando fue a enjugarse el sudor de la cara con la manga, se dio cuenta de que estaba apagado el aire acondicionado. Se acercó al climatizador y puso el frío al máximo. Se durmió mientras esperaba a que se enfriara el cuarto.

Jacquie entró en la sala a la carrera, creyendo que llegaba tarde. Había tres hombres sentados en un pequeño círculo formado por ocho sillas plegables; detrás, una mesa con aperitivos que nadie había tocado aún. El zumbido de los fluorescentes acaparaba toda la habitación, una sala de reuniones más bien pequeña con una pizarra en la pared central y una luz blanquecina que los aplanaba a todos por igual, como si estuvieran saliendo por la televisión de hacía una década.

Fue a la mesa del fondo y miró el despliegue de comida: una jarra de una cafetera de filtro con pinta de ser muy antigua, queso, galletas saladas, embutidos y palitos de apio dispuestos en círculo alrededor de varias salsas. Jacquie cogió un solo palito, se sirvió una taza de café y fue a reunirse con el grupo.

Los tres hombres eran nativos mayores que ella, con el pelo largo, dos con gorras de béisbol y el otro, el que posiblemente era el coordinador, con sombrero de vaquero. Este último se presentó al grupo como Harvey. Jacquie apartó la vista rápidamente, pero esa cara sepultada en una esfera de grasa, aquellos ojos, la nariz y la boca eran de él. Se preguntó si la habría reconocido porque de pronto se excusó y dijo que tenía que ir al baño.

Le escribió a Opal:

Adivina con quien stoy en una
reunión ahora mismo?

Su hermana le respondió en el acto.

Con quien?

Harvey de alcatraz.

Quien?

Harvey, tb conocido como el padre de
la hija que di en adopción.

No.

Si.

Seguro?

Si.

Q vas a hacer?

No se.

No sabes?

Acaba de volver.

Opal le mandó una foto de los niños en su cuarto, los tres
iguales, tumbados en las camas, escuchando música por los
cascos y mirando el techo. Era la primera foto que le mandaba por el móvil desde que Jacquie le dijo que no lo hiciera,
que se las enviara solo por correo porque podían descolocar-
la para el resto del día. Agrandó la imagen con los dedos y

luego fue separando y juntando los dedos sobre la pantalla para ver cada una de las tres caras.

Hablaré con el dspues d la reunion.

Eso fue lo último que le respondió a su hermana antes de poner el móvil en silencio y guardarlo.

Harvey se sentó sin mirarla. Con un sencillo gesto de la mano, levantando la palma, la señaló. No estaba segura de si todo aquello, el no mirarla y la escapada al baño, significaba que lo sabía. Fuera como fuese, le tocaba a ella contar su historia o compartir sus sensaciones, y él lo sabría en cuanto dijera su nombre. Jacquie apoyó los codos en las rodillas y se inclinó hacia el grupo.

—Me llamo Jacquie Red Feather. Yo no digo lo de «soy alcohólica» y todo eso, digo «ya no bebo». Antes bebía y ahora no bebo. Ahora mismo llevo once días sobria. Doy las gracias por estar aquí y por vuestro tiempo. Gracias a todos por escucharme. Os agradezco a todos que estéis aquí. —Tosió, notando de pronto la garganta áspera. Se metió en la boca una pastilla para la tos con tanta naturalidad que se notaba que seguramente tomaba muchas y fumaba mucho, y nunca lograba vencer del todo la tos, aunque sí que le hacía efecto mientras estuviese chupándola y, en consecuencia, tomaba sin parar—. El problema que se convirtió en un problema de alcoholismo empezó para mí mucho antes de que la bebida entrara en escena, aunque sí que fue por esa época cuando probé el alcohol por primera vez. Y no es que culpe a mi pasado o no lo acepte. Estuve en Alcatraz con mi familia cuando la ocupación del 70. Fue el principio de todo. Aquel niñato de mierda. —Nada más decirlo, se aseguró de mirar directamente a Harvey, quien se removió un poco en la silla, pero, por lo demás, siguió mirando el suelo en actitud de escucha—. Puede que él no supiera lo que estaba haciendo, pero a lo mejor sí que se propuso joder a toda una serie de mujeres, a utilizar la fuerza para convertir un no en un sí. Ahora sé que hay capullos como él a patadas, pero el caso es que sospecho, por el poco tiempo que pasé con él en la isla, que siguió haciéndolo una y otra vez. Cuando murió mi madre vivimos en casa de un extraño, de un pariente lejano. Y puedo dar gracias, tuvimos comida en la mesa y un techo sobre nuestras cabezas. Pero en esa época me vi obligada a dar en adopción a una hija. La niña que salió de mis entrañas fue fruto de aquella isla, de lo que pasó entonces. Tenía diecisiete años cuando me separé de ella. Era tonta. Ahora no sabría cómo encontrarla ni aunque quisiera. Fue una adopción cerrada. Y desde entonces tuve otra hija, pero eso también me lo cargué por culpa de mi adicción, una botella de tres cuartos por noche, de cualquier cosa que valiera diez dólares o menos. Hasta que la cosa se puso tan fea que me dijeron que si quería conservar mi trabajo, tenía que dejarlo. Y entonces lo que hice fue que, para poder conservar la bebida, dejé el trabajo. Mi hija Jamie ya no vivía conmigo, así que fue más fácil abandonarme por completo. Aquí podéis ya vosotros mismos añadir infinitas historias terroríficas de borracheras. Ahora estoy intentando enmendarme y volver a la casilla de salida. Mi hija murió dejando atrás a tres niños, pero yo también los abandoné. Estoy intentando volver a la casilla de salida, pero, como ya he dicho, once días. El tema está en eso, en que te quedas atrapada, y cuanto más atrapada te quedas, más atrapada estás. —Tosió, se aclaró la garganta y luego se quedó callada; levantó la vista para mirar a Harvey y al resto del grupo, pero estaban todos con las cabezas gachas. No quería acabar con ese regusto, pero tampoco le apetecía seguir—. No sé, supongo que ya está.

El corro permaneció en silencio. Harvey carraspeó.

—Gracias —dijo, y le indicó por gestos al siguiente que era su turno de palabra.

Era un tipo mayor, navajo, aventuró Jacquie. Se quitó el sombrero, como hacen algunos indios cuando rezan.

—Para mí todo cambió con una reunión. Pero no de estas; estas reuniones son las que me cambiaron radicalmente. He pasado gran parte de mi vida adulta bebiendo y drogándome, de forma intermitente. Formé varias familias y las abandoné por culpa de mis adicciones. Hasta que un día un hermano mío me organizó una reunión. Iglesia Nativa Americana.

Jacquie dejó de escuchar. Había creído que le ayudaría decir lo que había dicho sobre Harvey delante de él; pero, viéndolo ahí mientras escuchaba historias de otras personas, imaginó que seguramente la vida lo había tratado mal. Recordó cómo le había hablado de su padre en la isla, que ni siquiera lo había visto desde que habían llegado. Al pensar en Alcatraz, recordó haber visto a Harvey el día que se fueron. Acababa de montarse en la lancha y lo vio en el agua. Casi nadie se metía nunca en esas aguas. Estaban heladas, e infestadas de tiburones, aseguraba todo el mundo. Después vio a su hermano pequeño, Rocky, que bajaba la pendiente a la carrera gritando el nombre de su hermano. Arrancaron los motores y todo el mundo se sentó salvo Jacquie, que se quedó de pie. Su madre le puso una mano en el hombro, y debió de pensar que estaba triste, porque le dejó quedarse de pie unos minutos. Harvey no estaba nadando, más bien parecía esconderse en el agua. Y entonces empezó a gritarle a su hermano. Rocky lo oyó y saltó al agua totalmente vestido. La lancha empezó a moverse.

—Venga, que salimos ya, siéntate, Jacquie —le dijo Vicky.

Ella obedeció, pero sin apartar la vista. Vio que el padre de los chicos bajaba la pendiente a trompicones. Tenía algo en la mano, un palo o un bate. Todo se fue haciendo más y más pequeño hasta desaparecer, conforme atravesaban lentamente la bahía.

—Todos hemos pasado por cantidad de cosas que no comprendemos en un mundo que está hecho, o bien para partirnos el alma, o para endurecérnosla y que no pueda partirse, aunque eso sea lo que más falta nos haga. —Era Harvey quien hablaba.

Jacquie se dio cuenta de que no había estado prestando atención.

—Y nos parece que lo único que podemos hacer es ponernos hasta el culo —prosiguió Harvey—. No es el alcohol, no existe una relación especial entre los indios y el alcohol. Es porque es barato, fácil de conseguir y legal. Es a lo que podemos recurrir cuando parece que no nos queda nada más. Yo también pasé por eso... durante mucho tiempo. Pero dejé de contarme el cuento que había estado contándome, que era la única manera, porque me habían pasado cosas muy duras, y yo me había vuelto muy duro, y todo ese rollo de automedicarme contra la enfermedad que era mi vida, mi mala suerte, la Historia. Cuando vemos que la historia, en minúsculas, el relato, es la manera en la que vivimos nuestras vidas, solo entonces podemos empezar a cambiar, día a día. Intentamos ayudar a gente como nosotros, hacer un poco mejor el mundo que nos rodea. Es ahí donde empieza el relato. Me gustaría decir aquí y ahora que me arrepiento de quién era. —Harvey miró a Jacquie, que apartó los ojos—. Llevo conmigo esa vergüenza, de esa que sabes que dura más años de los que te quedan por vivir. Esa vergüenza que te da ganas de decir a la mierda y volver sin más a beber como un medio para un fin. Lo siento por toda la gente a la que hice daño en todo el tiempo que estaba tan ciego que ni veía lo que hacía. No hay excusas. Y ni siquiera una disculpa vale tanto como simplemente... simplemente reconocer que la cagaste, que hiciste daño a gente y que no quieres volver a hacerlo... ni hacértelo a ti mismo. A veces eso es lo que más cuesta. Así que despidámonos por esta noche como siempre hacemos, pero asegurémonos de escuchar la oración y decirla como si la sintiéramos de verdad. Dios, concédeme la serenidad para...

Empezaron a decirla todos a coro. Jacquie no tenía intención, pero, de pronto, se vio recitándola con los demás.

—Y la sabiduría para conocer la diferencia —terminó.

La sala se vació. Salvo por ellos dos, Jacquie y Harvey.

Se quedó sentada con una mano encima de la otra sobre el regazo. Era incapaz de moverse.

—Cuánto tiempo —dijo Harvey.

—Vaya.

—Por cierto, ¿sabes que este verano voy a estar en Oakland? Dentro de un par de meses, en realidad, para el powwow, pero también para...

—¿Se supone que vamos a hacer como si no hubiera pasado nada, todo genial, tan amigos?

—¿No te has quedado para hablar?

—Todavía no sé por qué me he quedado.

—Sé que has hablado de lo que hicimos, de lo que hice en Alcatraz, y de que la entregaste en adopción. Y lo siento por todo eso. Yo no podía saberlo. Acabo de enterarme también de que tengo un hijo. Me ha localizado a través de Facebook. Vive en...

—¿Y a mí qué me cuentas? —contestó Jacquie levantándose para irse.

—¿Podemos empezar de nuevo?

—A mí no me interesan una mierda ni tu hijo ni tu vida.

—¿Hay alguna forma de averiguarlo?

—¿De averiguar el qué?

—Dónde está nuestra hija.

—No la llames así.

—A lo mejor ella quiere saberlo.

—Más nos valdría a todos que no.

—¿Y qué me dices de tus nietos?

—Por ahí no entres.

—No tenemos por qué seguir haciendo esto —dijo Harvey, que se quitó el sombrero.

Tenía la coronilla pelada. Se levantó y dejó el sombrero en la silla.

—¿Qué vas a decirle? —quiso saber Jacquie.

—¿Sobre qué?

—Sobre dónde has estado.

—No lo sé ni yo. Oye, Jacquie, estaba yo pensando... ¿por qué no consideras la posibilidad de volverte conmigo? A Oakland.

—Pero si ni siquiera nos conocemos.

—Viajarías gratis. Conduciríamos todo el día y luego la noche hasta que lleguemos.

—Ah, ¿conque tienes todas las respuestas?

—Me gustaría hacer algo por ayudarte. No hay forma de deshacer lo que hice. Pero quiero intentarlo.

—¿Cuánto tiempo llevas sobrio?

—Desde el ochenta y dos.

—Ostras...

—Esos niños necesitan a su abuela.

—No sé yo... Y desde luego tú sí que no sabes una mierda sobre mi vida.

—A lo mejor podemos encontrarla.

—No.

—Hay formas de...

—Dios, cállate la puta boca. Y deja de hacer como si me conocieras, como si tuviéramos algo que decirnos, como si hubiéramos estado buscándonos, como si nos hubiéramos...
—Jacquie se obligó a parar, se levantó y salió de la sala.

Él la alcanzó cuando llegaba al ascensor.

—Jacquie, lo siento..., por favor.

—¿Por favor qué? Me voy —dijo, y pulsó el botón de llamada, que ya estaba iluminado.

—No creo que quieras arrepentirte más tarde. Tú no quieres seguir llevando la vida que has llevado.

—¿No creerás en serio que vas a ser tú quien finalmente le dé la vuelta a mi vida? Antes de eso me pego un tiro. ¿Me estás oyendo?

El ascensor llegó y Jacquie subió.

—Tiene que haber una razón para todo esto, para que nos hayamos encontrado así —repuso Harvey, que tenía el brazo en la puerta para retener el ascensor.

—La única razón es que los dos nos hemos pasado la vida poniéndonos hasta el culo y que el mundo indio es un pañuelo.

—Vale, pues no vengas conmigo, no pasa nada. Tampoco tienes que escucharme. Pero lo has dicho antes en el corro. Sabes lo que quieres, lo has dicho, quieres enmendarte, volver a la casilla de salida.

—Vale.

—Vale. ¿Vale, vas a volver?

—Me lo pensaré.

Harvey soltó las puertas del ascensor.

De vuelta en su habitación, Jacquie se tumbó en la cama y se puso una almohada encima de la cabeza. Luego, sin tan siquiera pensarlo, se levantó y fue al minibar. Lo abrió. Estaba lleno de botellitas, cervezas, botellas pequeñas de vino. Sintió felicidad nada más verlas. La idea de sentirse bien, a gusto, segura, y todo lo que las primeras, las seis primeras podían hacer, y luego la inevitable recta final hasta las doce, las dieciséis, porque la telaraña va contigo adondequiera que vayas en cuanto te atrapa, en cuanto empiezas. Jacquie cerró la neverita y luego metió la mano por detrás y la desenchufó. Deslizó el aparato hasta sacarlo de debajo de la tele y acto seguido, valiéndose de toda su fuerza, lo arrastró hasta la puerta. Las botellas iban tintineando en protesta. Lentamente, esquina a esquina, lo consiguió. Dejó el minibar en el pasillo y después volvió a la habitación y llamó a recepción para pedir que subieran a por él. Estaba sudando. Seguía queriendo un trago. Todavía le daba tiempo antes de que subieran a llevárselo. Tenía que largarse de allí. Se puso el bañador.

Jacquie rodeó la neverita y se alejó por el pasillo, pero se dio cuenta entonces de que se le había olvidado el tabaco y tuvo que volver a la habitación. Al volver a salir, se pegó en la espinilla contra el minibar.

—Me cago en... —dijo mirando el aparato— ti.

Miró a ambos lados para ver si venía alguien y entonces lo abrió y sacó una botellita. Y luego otra. Enrolló seis en la toalla. Y luego diez. Bajó en el ascensor con el hatillo cogido entre ambos brazos.

Fue a la piscina vacía, se metió y se quedó bajo el agua hasta que empezó a dolerle. Cada vez que subía a la superficie, comprobaba que el hatillo seguía allí. Cuando aguantas la respiración sientes un dolor, y un alivio cuando subes para coger aire. Era lo mismo cuando bebes después de decirte que no vas a hacerlo. Ambas cosas acababan por estallar. Ambas cosas tomaban y daban. Jacquie se sumergió y nadó de una punta a otra saliendo para respirar cuando lo necesitaba. Pensó en sus nietos. En la foto de ellos con Opal, en la cara de su hermana y sus ojos diciéndole: «Ven a por ellos».

Jacquie salió de la piscina y fue a por la toalla. Levantó el hatillo por encima de su cabeza, lo llevó hacia atrás y luego lo lanzó con fuerza al aire, hacia el agua. Vio cómo resurgía lentamente a la superficie la toalla blanca y se quedaba luego allí extendida. Vio cómo las botellitas se hundían en el fondo. Se volvió, salió por la verja y regresó a la habitación.

En el mensaje que le mandó a Opal al llegar solo decía esto:

Si voy a Oakland puedo quedarme?

Orvil Red Feather

Orvil está plantado ante el espejo del dormitorio de Opal y tiene el traje ceremonial mal puesto; no es que se lo haya puesto del revés, y en realidad no sabe qué es lo que ha hecho mal, pero no le cuadra. Hace movimientos delante del espejo y las plumas se contonean. Capta la vacilación, la preocupación de sus ojos, se ven en el espejo. De pronto le inquieta la idea de que Opal entre en su cuarto, donde Orvil está... ¿qué está haciendo? Tendría que darle muchas explicaciones. ¿Qué haría si lo pillara? Desde que viven con su abuela, se ha mostrado abiertamente en contra de que hagan nada indio; ella lo ve como algo que podrán decidir por ellos mismos cuando les llegue la edad. Igual que beber, conducir, fumar o votar. Indianar.

—Hay muchos peligros —les había dicho—. Sobre todo alrededor de los powwow. ¿Unos niños como vosotros? No.

Orvil no se imaginaba a qué peligros podía referirse. Se había encontrado el traje en el armario de Opal por casualidad, hacía muchos años, un día que estaba buscando los regalos de Navidad. En aquella ocasión le había preguntado por qué no les enseñaba nada sobre ser indio.

—Lo que hacemos los cheyenes es dejar que aprendáis por vosotros mismos y luego, cuando estáis preparados, os enseñamos.

—Eso no tiene ningún sentido —respondió Orvil—. Si aprendemos por nosotros mismos, no necesitamos que nos enseñen. Es porque estás siempre trabajando.

Vio entonces que su abuela volvía la cabeza de la olla que estaba removiendo, de modo que se apresuró a retirar una silla de la mesa y a sentarse.

—No me obligues a decírtelo, Orvil. Estoy harta de oírme repetir siempre lo mismo. Ya sabes lo mucho que trabajo, lo tarde que llego a casa. Tengo una ruta y el correo no deja de llegar, como tampoco dejan de llegar las facturas. Vuestros teléfonos, internet, la luz, la comida..., que si el alquiler, la ropa, el dinero del autobús y del metro. Mira, cariño, me alegra que quieras saber, pero aprender sobre tu legado es un privilegio, uno que no podemos permitirnos. Y además, lo que pueda yo contarte de tu legado no te hace más o menos indio. Un indio más o menos auténtico. Nunca dejes que nadie te diga qué significa ser indio. Muchos de nosotros murieron solo para que siguiera vivo un pedacito de nosotros, ahora mismo, aquí en esta cocina. Tú, yo. Cada parte de nuestro pueblo que sobrevivió es muy valiosa. Tú eres indio porque eres indio porque eres indio —dijo, y puso punto final a la conversación volviéndose para remover la comida.

—O sea, que si tuviéramos dinero y no tuvieras que trabajar tanto, ¿las cosas serían distintas? —preguntó Orvil.

—No has escuchado ni una palabra de lo que te he dicho, ¿verdad?

Opal Viola Victoria Bear Shield. Un nombre grande y viejo para una señora grande y vieja. Técnicamente no es su abuela, aunque en el sentido indio, sí. Eso les dijo cuando les explicó por qué ella era Bear Shield y ellos Red Feather. En realidad es su tía abuela. Su verdadera abuela, Jacquie Red Feather, vive en Nuevo México. Opal es medio hermana de Jacquie, pero se criaron juntas, con la misma madre. La hija de Jacquie, Jamie, era la madre de los chicos. Pero lo único que esta hizo siempre con sus hijos fue apartarlos de su lado; ni siquiera se molestó en dejar de pincharse cuando los tenía en su barriga. Los tres habían tenido que empezar su vida con el mono. Hijos de la heroína. Jamie se metió un tiro entre las cejas cuando Orvil tenía seis años y sus hermanos cuatro y dos. Tras su muerte, Opal hizo los trámites para adoptarlos legalmente, pero antes de eso se había quedado con ellos en infinidad de ocasiones. De su madre solo conserva un puñado de recuerdos. Todos esos detalles los había escuchado una noche que había pegado la oreja mientras su abuela hablaba con una amiga por el teléfono de la cocina.

—Cuéntanos algo sobre ella —le pedía Orvil siempre que tenía oportunidad, en momentos en los que Opal parecía de buen humor y había posibilidades de que respondiera.

—Fue vuestra madre la que os puso esos nombres con esa ortografía desastrosa —les dijo un día cenando después de que Lony les contara que en el colegio los niños lo llamaban Lony el Poni.

—Nadie lo pronuncia bien.

—¿Fue ella? —quiso saber Orvil.

—Pues claro que fue ella. ¿Quién iba a ser? Pero no porque fuera tonta. Sabía cómo se escribían, es solo que quería que fuerais todos diferentes. No la culpo. Nadie debería llamarse igual que nadie.

—No era tonta, era gilipollas —dijo Loother—. Vaya puta mierda. —Se levantó, empujó la silla hacia atrás y salió de la habitación.

Era el que siempre se había quejado más de cómo se escribía su nombre, a pesar de que la gente lo pronunciaba bien, igual que Luther. Nadie había caído nunca en la cuenta de que Orvil en teoría se escribía Orville, con esa doble ele y esa e que no servían para nada. En cuanto a Lony, si no fuera por

Opal, que conocía a su madre y sabía cómo lo pronunciaba ella, nadie habría sabido nunca que no se pronunciaba como poni, sino Lonnie.

Orvil consigue ponerse bien el traje y se acerca al espejo de cuerpo entero de la puerta del armario de Opal. Los espejos siempre le han traído de cabeza. La palabra 'tonto' suele resonar en su cabeza cuando se mira en el espejo. No sabe por qué, pero le parece importante... y cierto. El traje pica y tiene los colores desvaídos. Le queda muy pequeño. Creía que tendría otro aspecto. No sabe qué esperaba ver. Tampoco le queda bien ser indio. Y virtualmente todo lo que Orvil sabe de ser indio lo ha aprendido virtualmente: viendo horas y horas de grabaciones de powwows, documentales en YouTube, leyendo todo lo que había por leer en páginas como Wikipedia, PowWows.com o Indian Country Today; buscando en Google cosas como «qué significa ser un auténtico indio», lo que, tras varios clics, lo llevó a foros bastante chungos y prejuiciosos y, en última instancia, a una palabra del Urban Dictionary que no había oído antes: «indignio».

Orvil supo que quería bailar la primera vez que vio a un bailarín por la tele. Tenía doce años. Era noviembre, una época en la que cuesta menos ver indios por la tele. Los demás se habían acostado ya todos. Estaba zapeando cuando lo vio: allí en la pantalla, con un traje ceremonial, un bailarín que se movía como si para él la gravedad significara otra cosa. Se parecía en parte al *break,* pensó Orvil, pero tenía un rollo a la vez nuevo —con *flow* incluso— y antiguo. Se había perdido tantas cosas, cosas que se le habían negado, que no le habían contado. Lo supo al instante, delante de aquel televisor: él formaba parte de algo. Algo a cuyo son podía bailar.

Y por eso, allí parado delante del espejo con un traje robado que le queda demasiado pequeño, a él mismo le parece estar «disfrazado de indio». Con pieles y lazos, cintas y plumas, un peto de huesos y los hombros caídos, se ve, con esas rodillas flojas, una falsificación, un remedo, un niño jugando a disfrazarse. Y aun así hay algo, detrás de esa mirada vidriosa y tonta, la que tan a menudo le dedica a sus hermanos, esa mirada crítica y cruel, detrás de todo eso casi puede verlo, y por eso sigue mirando, sigue allí delante del espejo. Está esperando a que aparezca algo real ante él..., sobre él. Es importante que se vista de indio, que baile como un indio, aunque sea una impostura, aunque se sienta todo el tiempo como un fraude, porque en este mundo la única forma de ser indio es parecer y actuar como un indio. De eso depende ser o no ser indio.

Hoy los hermanos Red Feather van a ir a comprarle a Lony una bici nueva. Paran en el Centro Indio de camino. Se supone que a Orvil le van a dar doscientos dólares por contar una historia para un proyecto de narración de relatos que vio en Facebook.

Loother y Lony se quedan en el pasillo mientras a Orvil lo hacen pasar a una sala con un tipo que se presenta como Dene Oxendene. Este lo sienta ante una cámara mientras él va a sentarse detrás, con las piernas cruzadas y ligeramente inclinado hacia Orvil.

—¿Puedes decirme tu nombre, tu edad y de dónde vienes?

—Vale. Orvil Red Feather. Catorce. Oakland.

—¿Y qué me dices de tu tribu, sabes de qué tribu eres?

—Cheyene, por parte de madre.

—¿Y cómo has conocido este proyecto?

—Por el Facebook. ¿Ponía que pagan doscientos dólares...?

—Así es. Lo que estoy haciendo es reunir relatos para colgarlos en internet y que pueda verlos y oírlos gente de nuestra comunidad y comunidades como la nuestra. Uno se siente menos solo cuando escucha relatos de gente parecida. Y si te sientes menos solo y, no sé, como con una comunidad que te apoya, que está a tu lado, yo creo que se puede llevar una vida mejor. ¿Le ves la lógica a lo que digo?

—Claro.

—¿Qué te sugiere a ti cuando digo «relato»?

—No sé —dice Orvil, que sin pensarlo cruza las piernas como Dene.

—Prueba a ver.

—Es contarle a otra gente algo que te ha pasado, ya está.

—Bien. Prácticamente es eso. Y ahora, cuéntame algo que te haya pasado.

—¿Como qué?

—Eso es cosa tuya. Tú mismo acabas de decirlo. No tiene que ser nada del otro mundo. Cuéntame algo destacado que te haya pasado, lo primero que te venga a la cabeza.

—Mis hermanos y yo. Cómo acabamos con nuestra abuela, con la que vivimos ahora. Fue después de la primera vez que pensamos que a nuestra madre le había dado una sobredosis.

—¿Te importa hablar sobre ese día?

—Casi no me acuerdo de nada porque era muy pequeño, aunque recuerdo perfectamente qué día fue. Era un sábado, porque esos días mis hermanos y yo nos tirábamos toda la mañana viendo dibujos en la tele. Fui a la cocina para prepararnos unos bocatas y me la encontré tirada bocabajo en el suelo. Tenía la nariz reventada, le sangraba un montón, y supe enseguida que la cosa era seria porque tenía los brazos como hechos un ovillo contra la barriga, como si se hubiera caído encima de ellos, vamos, que había perdido el conocimiento mientras andaba. Lo primero que hice fue mandar a mis hermanos fuera, al jardín que daba a la calle. Era cuando vivíamos en una punta de la Treinta y Ocho, en una casita azul con un pequeño trozo de césped vallado en el que, como todavía éramos muy pequeños, nos gustaba jugar. Saqué el espejo de maquillarse de mi madre y se lo puse debajo de la nariz. Lo había visto hacer en una serie, y cuando vi que apenas se llenaba de vaho, llamé a Emergencias. Llegó la ambulancia y, como le había dicho a la operadora que estábamos solos mis hermanos y yo con mi madre, aparecieron también dos coches patrulla y un agente de Protección de Menores. Era un tipo indio mayor al que no volví a ver en mi vida. Hasta ese día nadie me había dicho que éramos indios. Pero el tipo supo que éramos indios nada más vernos. A mi madre se la llevaron en una camilla mientras el agente de Menores les enseñaba a mis hermanos pequeños un truco de magia con una caja de cerillas, o a lo mejor lo único que estaba haciendo era encender cerillas y parecía como magia, no sé. Fue por él por lo que localizaron a nuestra abuela y ella acabó adoptándonos. Nos llevó a su despacho y nos preguntó a quién más teníamos aparte de a mi madre. Después de hablar con la abuela Opal, fuimos al hospital y nos encontramos allí con ella.

—¿Y luego?

—Volvimos a casa con ella.

—¿A la casa de vuestra abuela?

—Sí.

—¿Y vuestra madre?

—Cuando llegamos al hospital, ya se había largado. Resultó que solo se había desmayado por la caída, que no le había dado ninguna sobredosis.

—Es un buen relato, gracias. A ver, no digo que sea una cosa buena, pero gracias por contárnosla.

—¿Ahora me dan los doscientos dólares?

Orvil sale con sus hermanos del Centro Indio y se van directamente al Target que hay en Oakland Oeste para comprarle la bici a Lony, que va montado en la de Loother, sobre los pernos. Aunque le ha puesto triste recordar la historia, no se siente mal por haberla contado. Se siente mejor aún por la tarjeta de regalo de doscientos dólares que lleva en el bolsillo trasero. No puede parar de sonreír. Aunque la pierna... Últimamente le pica mucho el bulto que tiene en la pierna desde que tiene uso de razón. Le resulta imposible no rascárselo.

—Acaba de caérseme una mierda en el servicio —le dice Orvil a Loother cuando sale del Target.

—¿No es lo que suele pasar en esos sitios?

—Déjate de tonterías, Loother, hablo en serio.

—¿Qué pasa, no te ha dado tiempo a llegar?

—Estaba sentado en uno de los váteres, rascándome la historia esa, ¿te acuerdas, el bulto ese que tengo? Pues he sentido como si me sobresaliera algo, así que he cogido y he tirado y he sacado solo una, la he puesto encima de un poco de papel doblado y luego he seguido y he sacado otra. Y luego otra más. Estoy casi seguro de que son patas de araña —dice Orvil.

—Prrrrrr —dice Loother, que se echa a reír.

Orvil le enseña entonces una montañita de papel higiénico doblado.

—A ver que lo vea.

Abre los dobleces del papel higiénico y se lo enseña a su hermano.

—Qué fuerte.

—Salidas de mi pierna.

—¿Seguro que no son, no sé, astillas?

—Qué va, mira la parte por donde se doblan. Hay una articulación. Y una punta. Como el final de una pata, por donde se vuelve más delgada, mira.

—Qué movida más chunga —dice Loother—. Pero ¿qué pasa con las otras cinco? A ver, es que si son patas de araña, ¿no tendría que haber ocho?

Antes de que Orvil pueda responder algo o guardar las patas de araña, Loother ha sacado el teléfono.

—¿Qué buscas? —le pregunta, pero su hermano no contesta, mientras teclea, baja páginas, espera—. ¿Has visto algo?

—Qué va. Nada de nada.

Cuando Lony sale con su bici nueva, Orvil y Loother le dan un repaso y asienten. El pequeño sonríe por la aprobación de sus hermanos.

—Vamos —dice Orvil poniéndose los cascos.

Vuelve la vista y ve que sus hermanos también se ponen los suyos. Regresan por Wood Street. Al pasar el letrero del Target, recuerda cuando el año pasado los tres se compraron allí los móviles, todos el mismo día, de regalo de Navidad. Eran los más baratos de la tienda, pero por lo menos no eran de los de tapa. Son *smartphones*. Hacen todo lo que tienen que hacer: llamar, mensajear, reproducir música y meterse en internet.

Van en fila en las bicis, escuchando lo que sale de sus móviles. Orvil casi siempre escucha música de powwows. Tiene algo, esa energía del gran tambor retumbante, esa intensidad en el canto, como una urgencia que parece exclusivamente india. También le gusta la energía que producen los coros de voces, esas armonías agudas que recuerdan gemidos y que no se sabe ni cuánta gente está cantando, que a veces parece que son diez personas y otras cien. Incluso en una ocasión, un día que estaba bailando en la habitación de Opal con los ojos cerrados, sintió que eran todos sus antepasados que habían conseguido sobrevivir para que él estuviera allí bailando y escuchando aquella música, cantándole directamente al oído a través de todos esos duros años de supervivencia. Pero ese día también fue cuando sus hermanos lo vieron por primera vez con el traje puesto, bailando de esa manera. Entraron cuando estaba enfrascado en el baile, y les pareció graciosísimo, y se rieron sin parar, pero le prometieron que no se lo contarían a su abuela.

Loother, en cambio, aparte de sus propias canciones, escucha sola y exclusivamente a tres raperos: Chance the Rapper, Eminem y Earl Sweatshirt. Él escribe y graba sus propios raps utilizando de base temas instrumentales que encuentra por YouTube y que luego obliga a escuchar a sus hermanos para que corroboren lo buenos que son. Lony, por su parte, hace poco que descubrió qué era lo suyo.

—¿Oyes eso? —le había preguntado Loother a Orvil una noche en el cuarto.

—Sí, es como un coro o algo así, ¿no? —respondió Orvil.

—Sí, sí, como unos ángeles o una movida así.

—¿Ángeles?

—Sí, en plan el sonido que les ponen.

—¿En plan el sonido que les ponen?

—En las pelis y esas movidas, me refiero. Calla. Todavía se oye. Escucha.

Se pasaron el par de minutos siguientes callados escuchando aquel sonido lejano de la sinfonía, del coro que salía de un centímetro de altavoz, amortiguado por las orejas de Lony, deseando convencerse de que era cualquier cosa mejor, lo que fuese, menos el sonido que les ponen a los ángeles. Orvil lo reconoció antes que su hermano, y empezó a llamar a Lony por su nombre, pero Loother se levantó entonces, se llevó un dedo a los labios y luego se acercó y le quitó los cascos a su hermano pequeño con mucho cuidado. Se pegó un auricular a la oreja y sonrió. Miró el móvil de Lony, ensanchó la sonrisa y se lo enseñó a Orvil.

—¿Beethoven? —se extrañó este.

Cogen por la Catorce, en dirección al centro. Con la Catorce cruzan todo el centro y llegan a la Doce Este, que atraviesa el barrio del Fruitvale pero sin carril bici. De todas formas, la calzada es bastante ancha, y aunque los coches van a sus anchas y giran sin avisar y van más rápido por la Doce, es mejor que ir pegados al bordillo por la avenida International.

Cuando llegan al cruce de Fruitvale con International, se paran en el aparcamiento del Wendy's. Los dos mayores sacan los móviles.

—Tíos, fuera de coñas, ¿que Orvil tenía patas de araña en la pierna? ¿Qué mierda de movida es esa? —pregunta Lony.

Los dos mayores intercambian una mirada y ríen con ganas. El pequeño casi nunca dice palabrotas, así que cuando las dice les suena superserio y divertido a la vez.

—Venga ya.

—Es real, Lony.

—¿Qué quieres decir con que es real?

—No lo sabemos.

—Llama a la abuela.

—¿Para decirle qué? —quiere saber Loother.

—Para contárselo.

—Seguro que le da más importancia de la que tiene —dice Orvil.

—¿Qué pone en internet? —pregunta Lony.

Loother se limita a menear la cabeza.

—Parece indio —dice Orvil.

—¿Cómo? —pregunta Loother.

—Las arañas y esas movidas.

—Fijo que es indio.

—A lo mejor sí que deberías llamarla —dice Loother.

—Joder. Pero el powwow es mañana...

—¿Y eso qué tiene que ver?

—Es verdad, ni siquiera sabe que voy.

Orvil le deja un mensaje en el contestador a su abuela cuando esta no responde al teléfono. Le dice que le han comprado la bici a Lony y luego le cuenta lo de las patas de araña. Mientras le deja el mensaje ve que sus hermanos están mirando juntos las patas. Las toquetean y mueven el papel higiénico para doblarlas. Orvil siente una palpitación en la barriga y como si cayera algo de dentro de él. En cuanto cuelga, coge las patas, dobla el papel y se lo guarda en el bolsillo.

El día del powwow Orvil se despierta acalorado. Se tapa la cara con el lado frío de la almohada. Piensa en el powwow y luego aparta la almohada y ladea la cabeza para oír lo que cree escuchar desde la cocina. Quiere pasar el menor tiempo posible con Opal antes de salir con sus hermanos. Los despierta pegándoles con la almohada. Ambos protestan y dan la vuelta sobre la cama, así que vuelve a darles.

—Tenemos que salir sin hablar con ella, pero puede que nos haya preparado el desayuno. Le diremos que no tenemos hambre.

—Pero yo tengo hambre —protesta Lony.

—¿No queremos que nos cuente qué le parece lo de las patas de araña? —pregunta Loother.

—No, no queremos. Ahora no.

—Yo no creo que le importe que vayamos al powwow, la verdad —dice Loother.

—Puede ser. Pero ¿y si le importa? —replica Orvil.

Los tres hermanos van con sus bicis en fila por la acera del bulevar San Leandro. Cuando llegan a la parada de Coliseum del cercanías, cargan las bicis al hombro para subir las escaleras y luego vuelven a montarse para atravesar la pasarela que los lleva al estadio. Reducen la marcha. Orvil mira a través de la alambrada y ve que la bruma de la mañana está aclarándose en azul.

Conduce a sus hermanos en el sentido de las agujas del reloj por el borde exterior del aparcamiento. Se levanta sobre el sillín y pedalea con fuerza y luego se quita la gorra negra lisa que lleva y se la guarda en el bolsillo de la sudadera. Cuando coge algo de velocidad, para el pedaleo, suelta el manillar y se lleva las manos al pelo. Le ha crecido bastante, le llega por la mitad de la espalda. Se lo recoge con el pasador de cuentas que encontró junto al traje en el armario de su abuela. Se recoge la coleta por el semicírculo de la gorra, que se cierra a presión con una fila de seis pequeños botones de plástico negro. Le gusta el sonido que hacen, la sensación cuando consigue que cierren todos seguidos, a la perfección. Vuelve a coger velocidad y después se deja llevar por el impulso y mira hacia atrás. Lony va detrás con la lengua sacada, por lo fuerte que le obliga a pedalear. Loother está sacando fotos del estadio con el móvil. El Coliseum parece gigante, más grande que cuando se ve desde el cercanías o cuando pasas al lado por la autovía. Va a bailar en el mismo campo donde juegan los Athletics y los Raiders. Va a competir como bailarín. Bailará la danza que ha aprendido viendo vídeos de powwows por YouTube. Es la primera vez que va a uno.

—¿Podemos parar? —pregunta Lony sin aliento.

Se detienen hacia la mitad del aparcamiento.

—Os quiero preguntar una cosa —dice el pequeño.

—Pues pregunta, compadre —dice Loother.

—Cállate ya, anda, Loother. ¿Qué pasa, Lony? —pregunta Orvil mirando a Loother.

—Quería preguntaros que..., no sé..., ¿qué es un powwow?

Loother se echa a reír, se quita la gorra y la sacude contra la bici.

—Lony, hemos visto mil powwows, ¿a qué te refieres con qué es un powwow? —pregunta Orvil.

—Ya, pero es que nunca se lo he preguntado a nadie. No sabía qué estábamos viendo. —Lony se tira de la visera de la gorra negra y amarilla de los Athletics que lleva, como para agachar la cabeza.

El mayor mira al cielo al oír un avión que pasa sobre sus cabezas.

—Que por qué se disfraza todo el mundo, por qué bailan y cantan en indio —insiste el pequeño.

—Lony... —dice Loother de esa forma con la que un hermano mayor puede desarmarte solo con decir tu nombre.

—Da igual...

—No —dice Orvil.

—Cada vez que os hago una pregunta, hacéis que me sienta tonto por preguntaros.

—Ya, Lony, pero es que haces unas preguntas muy tontas —responde Loother—. A veces cuesta saber qué decirte.

—Pues entonces di que cuesta saber qué decir —responde Lony, que aprieta entonces el freno y traga saliva mientras mira la mano, aprieta el freno y luego se agacha para ver cómo el freno aprieta la rueda delantera.

—Son costumbres antiguas, Lony, nada más. Las danzas, las canciones indias. Tenemos que continuarlas —le explica Orvil.

—¿Por qué?

—Porque si no, podrían desaparecer.

—¿Desaparecer? ¿Y dónde van a ir?

—Lo que quiero decir es que la gente las olvidaría.

—¿Y por qué no podemos inventarnos nuestras propias costumbres?

Orvil se lleva una mano a la frente como hace su abuela cuando se frustra.

—Lony, mira, a ti te gusta cómo saben los tacos indios, ¿verdad?

—Claro.

—Entonces, ¿tú cogerías y te inventarías una comida tuya propia y te la comerías?

—La verdad es que sería divertido —dice Lony, que sigue con la mirada gacha pero sonríe ya un poco, lo que hace que Orvil se ría y murmure un «tonto» entre risas.

Loother se ríe también, pero ya está con el móvil.

Siguen la marcha con las bicis hasta que miran a un lado y ven las filas de coches que están llegando, cientos de personas bajando de sus vehículos, y se detienen. Orvil se baja de la bici. Esa gente son también indios. Bajando de sus coches. Algunos llevan el traje ceremonial puesto. Indios de verdad, de los que nunca han visto, sin contar a su abuela, a la que seguramente deberían contar, si no fuera porque les costaría mucho decir qué tiene en concreto de india. Ella es lo único que conocen aparte de a su madre, y en ella les cuesta mucho pensar. Opal trabaja en correos. Es cartera. Le gusta ver la tele cuando está en casa. Hacerles de comer. No saben mucho más de ella. Aunque es verdad que, en las ocasiones especiales, les hace pan frito con manteca.

Orvil tira de las correas de nailon de la mochila para ajustársela y suelta el manillar, dejando que la rueda delantera se tambalee ligeramente, aunque se echa atrás para hacer contrapeso. En la mochila lleva el traje, que apenas le cabe, su sudadera negra XXL, que le queda deliberadamente grande, y tres bocadillos de crema de cacahuete y mermelada que deben de estar ya aplastados en sus bolsas de plástico con cierre, y que espera no tener que comerse, pero sabe que es posible que no les quede más remedio si los tacos indios son demasiado caros (si los precios de la comida se parecen a los que ponen en los partidos de los Athletics cuando no es noche de entrada a dólar). Los tacos indios los conocen por su abuela, que se los prepara en los cumpleaños. Es una de las pocas cosas indias que hace, pero nunca se olvida de recordarles que no es nada tradicional, que es resultado de la falta de recursos y de la necesidad de comer caliente.

Para asegurarse de tener al menos para un taco indio cada uno, subieron con las bicis hasta la fuente que hay detrás del templo mormón. Loother había estado no hacía mucho con el instituto, cuando fueron a pasar el día al parque Joaquin Miller, y les contaron que la gente tiraba monedas al agua para pedir deseos. Obligaron al más pequeño a arremangarse los pantalones y recoger todas las monedas que viera, mientras Orvil y Loother tiraban piedras al centro cívico que había en lo alto de las escaleras al otro lado de la fuente, un entretenimiento que en el momento no comprendieron que podía ser menos divertido que rebuscar en la fuente. Lo de bajar luego la avenida Lincoln era una de las cosas más divertidas y más estúpidas que habían hecho juntos. Cuando bajas una cuesta, puedes llegar a pillar tal velocidad que de pronto no hay nada más en el mundo que la sensación de la velocidad atravesándote el cuerpo y el viento en los ojos. Fueron al centro comercial Bayfair, en San Leandro, para ver qué pillaban en la fuente que había allí también, antes de que llegara un vigilante jurado y tuvieran que salir corriendo. Después de eso cogieron el autobús para subir al Museo Lawrence de las Ciencias, en los montes Berkeley, donde había otra fuente con dos estanques que sabían que estaría prácticamente intacta porque allí solo subían los ricos o chavales de excursión con profesores. Después de enrollar todas las monedas y cambiarlas en el banco, habían sacado un total de catorce dólares y noventa y un centavos.

Cuando llegan a la entrada del estadio, Orvil se vuelve para preguntarle a Loother si tiene el candado.

—Siempre lo traes tú —le responde su hermano.

—Te he dicho que lo cogieras antes de salir de casa. Te he dicho: Loother, ¿puedes pillar tú el candado, que no quiero que me joda el traje? Fuera de coñas, ¿no te lo has traído? Joder, tío, y ¿ahora qué hacemos? Te lo he dicho justo antes de salir de la casa, y me has dicho: sí, ya lo he pillado. Tío, me lo has dicho: sí, ya lo he pillado.

—Estaría hablando de otra cosa.

Orvil murmura un «vale» y les hace señas de que lo sigan. Esconden las bicis entre unos arbustos que hay al otro lado del estadio.

—La abuela nos mata como nos manguen las bicis —dice Lony.

—Bueno, no entrar no es una opción —dice Orvil—, así que vamos dentro.

Interludio

¿Qué rarezas no encuentra uno en una gran ciudad,
cuando sabe andar por ella y mirar?
En la vida, los monstruos inocentes pululan.

CHARLES BAUDELAIRE[1]

POWWOWS

Para los powwows llegamos de todo el país; de reservas y ciudades, de rancherías, fuertes, asentamientos pueblo, lagunas
y tierras en fideicomiso federal. Llegamos de poblados a los
márgenes de las carreteras del norte de Nevada con nombres
como Winnemucca. Algunos recorremos un largo camino
desde Oklahoma, Dakota del Sur, Arizona, Nuevo México,
Montana, Minnesota; llegamos desde Phoenix, Albuquerque,
Los Ángeles, Nueva York, Pine Ridge, Fort Apache, Gila River, Pit River, la Reserva Osage, Rosebud, Flathead, Red
Lake, San Carlos, Turtle Mountain, la Reserva Navajo. Para
llegar a los powwows nos ponemos en carretera solos y en
parejas; vamos con la familia en caravanas, nos apiñamos en
rancheras, furgonetas, en los asientos traseros de Ford Bronco. Algunos nos fumamos dos paquetes diarios si tenemos
que conducir o bebemos cerveza sin parar para no dormirnos. Algunos, los que abandonamos esa vida agotadora, en
ese largo camino rojo que es la sobriedad, bebemos café, can-

---

[1] De *Pequeños poemas en prosa* en traducción de Enrique Díaz-Canedo,
Espasa-Calpe, 1935 (*N. de la T.*).

tamos, rezamos y contamos relatos hasta que se nos agotan. Mentimos, engañamos y robamos nuestros relatos, los sudamos y los sangramos por la carretera, hasta que la larga raya blanca nos hace callar, nos hace detenernos en el arcén para dormir. Cuando nos cansamos, paramos en moteles y hoteles; dormimos en nuestros coches en la cuneta, en áreas de descanso o de camiones, en aparcamientos del Walmart. Somos gente joven y anciana, y todas las clases de indios que hay entre medias.

Empezamos a hacer powwows porque necesitábamos un sitio donde juntarnos. Algo intertribal, algo antiguo, algo para conseguir dinero, algo por lo que trabajar, para nuestra joyería, nuestras canciones, nuestros bailes, nuestra percusión. Seguimos haciendo powwows porque no hay tantos lugares donde podamos estar todos juntos, donde podamos vernos y escucharnos.

Todos fuimos al gran powwow de Oakland por distintas razones. Las hebras colgantes y enredadas de nuestras vidas se juntaron en una trenza, atada a la espalda de todo lo que habíamos estado haciendo para llevarnos hasta allí. Llevamos kilómetros viniendo. Y llevamos años, generaciones, vidas, viniendo envueltos en oraciones y trajes hechos a mano, unidos por abalorios y costuras, emplumados, trenzados, bendecidos y malditos.

EL GRAN POWWOW DE OAKLAND

En el aparcamiento del Coliseum, cuando vamos al gran powwow de Oakland, hay una cosa que hace que nuestros coches sean iguales: nuestros parachoques y lunas traseras están llenos de pegatinas indias del tipo «Seguimos aquí» y «Mi otro coche es un poni de batalla» o «Sí, claro, fíate del gobierno, ¡que se lo pregunten a un indio!»; «Custer se lo ganó a pulso»; «No heredamos la Tierra de nuestros antepasados, la tomamos prestada de nuestros hijos»; «Luchando contra el terrorismo desde 1492», o «Mi hija no ha entrado en la lista de honor, pero sabe cantar una *honor song* como nadie». Tenemos pegatinas de las hermanas Schimmel y de la nación navaja, de la nación cheroqui, de Idle No More y banderas del American Indian Movement pegadas con cinta americana a las antenas. Tenemos atrapasueños y mocasines en miniatura, plumas y miscelánea de abalorios colgados de los espejos retrovisores de dentro.

Somos indios y nativos americanos, indios americanos e indios nativo-americanos, indios norteamericanos, nativos, NDN e *ind'ins,* indios canadienses con estatus e indios canadienses sin estatus, indios de las Naciones Originarias e indios tan indios que, o bien pensamos a diario sobre ello, o bien nunca lo pensamos. Somos indios urbanos e indios indígenas, indios de las reservas e indios de México, de Centroamérica y Sudamérica. Somos indios nativos de Alaska, hawaianos nativos e indios europeos expatriados, indios de ocho tribus distintas que cumplen con el porcentaje del cuarto de sangre india y, por tanto, clases de indios no reconocidos como indios por el Gobierno. Somos miembros registrados de tribus y miembros no registrados, miembros sin voto y miembros de consejos de tribu. Somos *full-blood, half-breed, quadroons, eighths, sixteenths, thirty-seconds**. Una matemática incuantificable. Restos insignificantes.

SANGRE

La sangre lo pringa todo cuando sale. Por dentro corre limpiamente y parece azul en esas tuberías que rayan nuestros cuerpos y que se dividen y se ramifican como los sistemas fluviales de la tierra. La sangre es un noventa por ciento agua. Y, como tal, debe moverse. La sangre debe fluir, y no extraviarse, partirse, coagularse o dividirse... ni perder ninguna cantidad esencial mientras se distribuye regularmente por nuestros cuerpos. Pero la sangre lo pringa todo cuando sale. Se seca, se divide y se resquebraja con el aire.

El sistema de la cuota de sangre nativa se introdujo en 1705 en la colonia de Virginia. Con que fueras como mínimo medio nativo, ya no tenías los mismos derechos que los blancos. Desde entonces, la decisión sobre la cuota de sangre y los requisitos de pertenencia a las tribus se ha dejado en manos de tribus individuales.

A finales de la década de 1990 Sadam Huseín encargó que escribieran un corán con su propia sangre. Ahora los líderes musulmanes no tienen claro qué hacer con él. Escribir el Corán en sangre fue un pecado, pero también lo sería destruirlo.

La herida que se hizo cuando los blancos llegaron y se apoderaron de todo lo que se apoderaron nunca se ha curado. Una herida que no se cuida se infecta; se convierte en una clase nueva de herida, igual que la Historia de lo que realmente pasó se convirtió en un nuevo tipo de Historia. Todos estos relatos e historias que no hemos estado contando durante este tiempo, que no hemos estado escuchando, son solo parte de lo que necesitamos curar. Aunque no porque nos hayan partido el alma. Y no cometáis el error de llamarnos resistentes. No haber sido destruidos, no habernos rendido, haber sobrevivido, no es ninguna medalla de honor. ¿Llamaríais «resistente» a la víctima de un intento de asesinato?

Cuando vamos a contar nuestros relatos, la gente cree que nos gustaría que las cosas hubieran ocurrido de otra forma; la gente tiene ganas de decirnos que «tenemos mal perder» o «pasad página de una vez», «dejad de jugar al busca al culpable». Pero ¿es realmente un juego? Solo quienes han perdido tanto como nosotros captan la media sonrisa especialmente cruel que pone el que piensa que está ganando cuando dice «Superadlo». La cuestión es la siguiente: si tienes la opción de no pensar sobre o siquiera plantearte la Historia, sobre si te la han enseñado bien o no, o si merece que alguien se la plantee, eso significa que vas en el barco donde sirven entremeses y te ahuecan la almohada, mientras otros están en medio del mar, nadando o ahogándose, o aferrándose a pequeñas balsas hinchables que tienen que turnarse para inflar, gente sin aliento, que ni siquiera ha oído en su vida las palabras «entremés» o «ahuecar». Y entonces de pronto alguien dice desde la cubierta del yate: «Qué pena que esa gente de ahí abajo sea tan vaga, y no sean tan listos ni tan capaces como los que estamos aquí arriba, nosotros que nos construimos estos barcos fuertes, grandes y elegantes, nosotros que surcamos los siete mares como reyes». Y luego otro del yate dice algo en plan: «Pero a ti este yate te lo dio tu padre, y los que te traen los entremeses son sus criados». Llegados a ese punto, esa persona es lanzada por la borda por un grupo de matones contratados por el padre, dueño del yate, contratados expresamente para librarse de cualquier posible agitador que pueda haber en el yate e impedirle que cree olas innecesarias, o tan siquiera mencione al padre o al yate en sí. Mientras tanto, el hombre que ha caído por la borda suplica que lo ayuden, y la gente de las pequeñas balsas inflables no consigue llegar a tiempo a su altura, o ni siquiera lo intenta, y la velocidad y el peso del yate hacen que el mar se encrespe. Entonces, entre susurros, mientras el agitador se ve arrastrado bajo el yate, se llegan a acuerdos privados, se sopesan las medidas, y todo el mundo acuerda tácitamente seguir acordando tácitamente en el Estado de derecho sobreentendido y en no pensar en lo que acaba de pasar. Pronto, del padre, el que ordenó todo esto, solo se habla en forma de folclore, de relatos que se les cuentan a los niños por la noche, bajo las estrellas, y a esas alturas, de pronto, hay varios padres, nobles y sabios antepasados. Y el yate sigue navegando sin trabas.

Si tuviste la suerte de nacer en una familia cuyos antepasados se beneficiaron directamente del genocidio o de la esclavitud, tal vez pienses que cuanto menos sepas, más inocente seguirás siendo, lo que supone un buen incentivo para no ahondar, para no mirar más allá, para andar con sigilo alrededor del tigre dormido. No mirar más allá de tu apellido. Si lo sigues hacia atrás en el tiempo, tal vez descubras que el camino de tu estirpe está adoquinado con oro, o acechado por trampas.

APELLIDOS

Antes de que ellos llegaran no teníamos apellidos. Cuando decidieron que lo mejor era tenernos controlados, se nos dieron apellidos, al igual que se nos dio la propia palabra «indio». Hubo traducciones aproximativas y nombres indios chapuceros, apellidos al azar y nombres heredados de generales, almirantes o coroneles americanos blancos, y a veces, nombres de compañías, que a menudo no eran más que nombres de colores. Así muchos somos Black, Brown, Green, White o Orange. Somos Smith, Lee, Scott, MacArthur, Sherman Johnson, Jackson. Nuestros nombres son poemas, descripciones de animales, imágenes que tienen todo el sentido y ninguno. Somos Little Cloud, Littleman, Loneman, Bull Coming, Madbull, Bad Heart Bull, Jumping Bull, Bird, Birdshead, Kingbird, Magpie, Eagle, Turtle, Crow, Beaver, Youngblood, Tallman, Eastman, Hoffman, Flying Out, Has No Horse, Broken Leg, Fingernail, Left Hand, Elk Shoulder, White Eagle, Black Horse, Two Rivers, Goldtooth, Goodblanket, Goodbear, Bear Shield, Yellow Man, Blindman, Roanhorse, Bellymule, Tallchief, Bitsilly, Means, Good Feather, Bad Feather, Little Feather, Red Feather. Somos Begay, Yazzie, Tsosie, Harjo[1]. Somos Ballard, Dixon, Livingston, Nelson, Oxendene, Armstrong, Mills, Banks, Rogers, Bellecourt.

TANATOSIS

No vendríamos esperando un tiroteo. Un tirador. Da igual las veces que pase, como vemos que pasa en nuestras pantallas, seguimos yendo por la vida con la idea de: no, a nosotros no, eso les pasa a esos, a la gente al otro lado de la pantalla, a las víctimas, a sus familias, no conocemos a esa gente, no conocemos a gente que conozca a esa gente, somos parientes muy lejanos de la mayoría de las cosas que vemos al otro lado de la pantalla, sobre todo de ese hombre espantoso —siempre un hombre—, observamos y sentimos el horror, ese acto increíble, por un día, dos días enteros, una semana, publicamos y pinchamos en enlaces, le damos al 'Me gusta' o no y compartimos y luego... Luego es como si no hubiera pasado, seguimos adelante, llega lo siguiente. Nos acostumbramos a

---

[1] Nubecilla, Hombrecito, Solitario, Toro Empecinado, Toro Loco, Toro de Mal Corazón, Toro Brincante, Pájaro, Cabeza de Pájaros, Tijereta, Urraca, Águila, Tortuga, Cuervo, Castor, Sangrejoven, Hombre Alto, Hombre del Este, Hombre Con Tierra, Alza El Vuelo, Sin Caballo, Pierna Rota, Uña del Dedo, Mano Izquierda, Paleta de Uapití, Águila Blanca, Caballo Negro, Dos Ríos, Diente Dorado, Mantabuena, Osobueno, Refugio de Osos, Hombre Amarillo, Ciego, Ruano, Barrigamula, Jefe Alto, Mediotonto, Medios, Pluma Buena, Pluma Mala, Pluma Chica, Pluma Roja. Somos Suhijo, Pequeño, Canijo, Bravío. [De estos cuatro últimos apellidos, los tres primeros son de origen navajo y el cuarto, de origen maskoki.] *(N. de la T.)*

todo hasta el punto de que incluso nos acostumbramos a acostumbrarnos a todo. O solo pensamos que estamos acostumbrados hasta al tirador, hasta que lo conozcamos en carne y hueso, cuando esté ahí con nosotros y los tiros lleguen de todas partes, de dentro, de fuera, del pasado, del futuro y del ahora, y no sabremos en el acto dónde está el tirador, caerán los cuerpos, la fuerza de las detonaciones hará que se nos pare el corazón, la ola de terror, chispazos y sudor sobre nuestra piel, nada será más real que ese momento en que sentimos en los huesos que el final está cerca.

Habrá menos gritos de lo que esperamos. Será ese silencio víctima de esconderse, el silencio de intentar desaparecer, de no estar ahí, cerraremos los ojos y nos meteremos muy dentro, desearemos con fuerza que sea un sueño o una pesadilla, desearemos que al cerrar los ojos nos podamos despertar en esa otra vida, de vuelta al otro lado de la pantalla, donde poder ver desde la seguridad de nuestros sofás y dormitorios, desde asientos de autobuses y trenes, desde nuestras oficinas, cualquier lugar que no sea aquel, en el suelo, jugando a hacernos los muertos, o sea, muy lejos de jugar, saldremos corriendo como fantasmas desde nuestros propios cadáveres con la esperanza de escapar de los tiros y de la sonora quietud de esperar que detone el siguiente disparo, esperar que otra línea caliente y afilada atraviese una vida, siegue una respiración, traiga demasiado rápido el calor y, en el acto, el enfriamiento de la muerte prematura.

Hemos imaginado que el tirador aparecerá en nuestras vidas del mismo modo que sabemos que la muerte está y siempre ha estado viniendo a por nosotros, con su guadaña tajante, su corte permanente. Nos imaginamos en parte sintiendo la detonación de unos disparos cercanos. Echándonos al suelo y tapándonos las cabezas. Sintiéndonos como un animal, una presa hecha una bola en el suelo. Hemos sabido que el tirador podía aparecer en cualquier parte, en cualquier sitio donde se reúna gente, nos hemos imaginado viéndolo por los márgenes, una sombra enmascarada desplazándose entre la muchedumbre, escogiendo a gente al azar, detonaciones de semiautomáticas derribando cuerpos, haciéndolos volar como látigos por el aire roto.

Una bala es una cosa tan rápida que quema, y que quema tanto que es cruel, y tan recta que atraviesa un cuerpo de medio a medio, agujerea, desgarra, quema, sale, prosigue hambrienta, o se queda, se enfría, se aloja, envenena. Cuando una bala te abre, la sangre sale como de una boca demasiado llena. Una bala perdida, como un perro perdido, puede levantarse y morder a cualquiera en cualquier parte, porque igual que los dientes del animal se pensaron para morder, para ablandar, desgarrar la carne, una bala está pensada para abrirse a bocados todo el camino que pueda.

En parte, tendrá sentido. Las balas llevan kilómetros viniendo. Años. Su sonido romperá el agua de nuestros cuerpos, desgarrará al propio sonido, rasgará en dos nuestras vidas. La tragedia que supondrá será inenarrable: llevar décadas luchando para que se nos reconozca como un pueblo en tiempo presente, actual y relevante, vivo, solo para morir sobre la hierba con las plumas puestas.

Tony Loneman

Las balas llegarán desde la fábrica de municiones Black Hills, de Black Hills (Dakota del Sur). Vendrán en cajas de dieciséis, atravesarán el país y pasarán siete años almacenadas en una nave industrial de Hayward (California), para más tarde ser suministradas, colocadas en estantes y compradas en Oakland, en un Walmart cerca de Hegenberger Road, por un joven que responde al nombre de Tony Loneman. Meterá las dos cajas de balas en su mochila. Tendrá que sacarlas de nuevo antes de la salida para que los de seguridad comprueben que aparecen en el recibo. Tony tirará por Hegenberger con su bici, por debajo de las vías del cercanías, y seguirá luego por la acera, dejando atrás las gasolineras y las franquicias de comida rápida. Sentirá el peso y oirá el repiqueteo de las balas con cada bache y cada grieta de la calle.

En la entrada del estadio sacará las dos cajas de balas y las vaciará dentro de un par de calcetines. Cogerá impulso y los lanzará, primero uno y luego el otro, contra la pared que hay detrás de los arbustos, pasados los detectores de metal. Cuando acabe, mirará hacia la luna y verá elevarse el vaho de su respiración entre él y todo lo demás. Sentirá el corazón en los oídos pensando en las balas en los arbustos, en el powwow. Y preguntándose cómo ha acabado allí bajo la luna, bajo los imponentes muros del estadio, escondiendo unas balas entre unos arbustos.

Calvin Johnson

Cuando llega, la gente está haciendo lo de siempre en esa primera hora de todas las reuniones del comité del powwow a las que ha ido Calvin: de cháchara y sirviendo platos de papel con comida mexicana de *catering*. Hay uno nuevo. Un tipo grandote, que es el único que no tiene plato. Comprende que no tiene plato porque es una de esas personas grandes que no saben cómo llevar su peso, cómo hacerlo suyo. Él también está bastante por encima del peso medio, pero, entre que es alto y lleva ropa holgada, pasa por grande y no necesariamente por gordo.

Se sienta al lado del nuevo y le hace un gesto mínimo, un leve arqueo de cejas general, en plan qué tal. El otro levanta la mano y lo saluda, pero parece arrepentirse al instante del gesto porque baja la mano con la misma rapidez que la ha subido y saca el móvil, como hace todo aquel que quiere irse sin irse.

Blue está escribiendo o garabateando en la parte de arriba de un bloc amarillo de rayas. A Calvin le cae bien. Antes trabajaba con su hermana Maggie en Menores y Juventud. De hecho, ella le consiguió el curro, a pesar de que él no tenía experiencia con jóvenes; seguramente pensó que el joven era Calvin, o lo parecía, con su camiseta de los Raiders y su barbita con cuatro pelos. Ella es la presidenta del comité del powwow y fue la que le pidió a Calvin que se uniera poco después de conseguirle el trabajo; le dijo que necesitaban perspectivas nuevas y frescas. Les habían concedido una subvención bastante gorda para organizar actividades y querían conseguir que fuera un powwow de primera fila, que compitiera con otros importantes del país. Calvin había dicho la tontería de «Llámalo el gran powwow de Oakland» en una de las reuniones y a los demás les había encantado. Intentó hacerles entender que era una broma, pero aun así se lo quedaron como eslogan.

Thomas, el conserje, llega hablando consigo mismo. Calvin lo huele al momento: efluvios alcohólicos. Como si supiera que lo ha olido, lo pasa de largo y va directo al tipo grande.

—Thomas Frank —le dice tendiéndole la mano.

—Edwin Black.

—Os dejo trabajar —dice Thomas sacando la basura—. Si luego necesitáis ayuda para limpiar las sobras, avisadme —añade en un tono que quiere decir: «Guardadme un plato».

El tío es raro con ganas, una presencia que te cagas de incómoda, como si tuviera que hacerte sentir tan agobiado como parece estar él siempre, como si no pudiera evitarlo.

Blue da dos golpes en la mesa y se aclara la voz.

—Bueno, chicos —dice aporreando la mesa dos veces más—. Vamos a empezar. Tenemos muchos temas que tratar. Ya estamos en enero y nos quedan menos de cinco meses. Vamos a empezar con nuestros dos nuevos fichajes, uno no ha llegado todavía, así que te toca a ti empezar, Edwin. Adelante, cuéntanos un poco sobre ti y cuál va a ser tu función aquí en el centro.

—Hola a todos —dice Edwin, que levanta la mano y saluda igual que antes a Calvin—. Me llamo Edwin Black y, bueno, como es evidente, ahora trabajo aquí..., en fin, bueno, no tiene nada de evidente, perdón. —Se remueve en su silla.

—Cuéntanos solo de dónde vienes, a qué tribu perteneces y cuál es tu función aquí —lo ayuda Blue.

—Vale, bueno, pues me he criado aquí, en Oakland, y soy... esto... cheyene, aunque todavía no me he registrado como miembro, pero, vamos, que pronto lo estaré, con las tribus cheyene y arapajó de Oklahoma. Según mi padre, somos cheyene pero no arapajó y, perdón, voy a estar haciendo prácticas aquí estos meses hasta el powwow, y aquí estoy, para echar una mano con el powwow.

—Tenemos que esperar todavía a otro más —está diciendo Blue cuando aparece otro hombre—. Hablando del rey de Roma...

Es un tipo joven que lleva una gorra de béisbol con un dibujo tribal algo borroso. Calvin no tiene claro si lo habría reconocido como nativo si no fuera por la gorra.

—Gente, este es Dene Oxendene. Dene Oxendene, aquí el comité del powwow. Dene va a montar una especie de cabina de narración de relatos, algo parecido a StoryCorps. ¿Sabéis todos lo que es StoryCorps? —Se oyen murmullos varios de respuestas poco convencidas—. Dene, anda, ¿por qué no nos hablas un poco de ti antes de empezar?

El colega se pone a hablar de cuentos y relatos, una movida supersesuda, así que Calvin desconecta. No sabe qué va a decir él cuando le toque. A él le han encargado encontrar vendedores más jóvenes, para apoyar a los jóvenes artistas y empresarios nativos. Pero no ha hecho una mierda.

—¿Calvin? —oye que dice Blue.

Dene Oxendene

Dene ha convencido a Blue para que le deje entrevistar a Calvin para su proyecto de narración de relatos en horas de trabajo. Calvin no para de cruzar y descruzar las piernas y de tirarse de la visera de la gorra. Le da la impresión de que está nervioso, pero en realidad Dene también lo está, es siempre un nervio, así que a lo mejor lo está proyectando en el otro. Aunque con el concepto de proyección uno sabe cuándo empieza, pero no cuándo acaba porque todo puede ser proyección. Cae a menudo en la recursividad del solipsismo, asfixiando los afectos.

Ha dejado preparados la cámara y el micro en el despacho de Blue, que está en la hora del almuerzo. Ya tiene a Calvin sentado, muy quieto, mientras mira el lío que está haciéndose Dene con el equipo de grabación. Una vez que averigua dónde estaba el problema, pulsa el REC en la cámara y en la grabadora y ajusta una última vez el micro. No había tenido que hacer muchas entrevistas para aprender a grabar también el antes y el después porque a veces esos momentos podían ser incluso mejores que cuando los entrevistados sabían que estaban grabándolos.

—Perdona, creía que estaba todo listo para empezar antes de que entraras —dice Dene, que se sienta a la derecha de la cámara.

—No pasa nada —responde Calvin—. ¿De qué decías que iba esto?

—Tienes que decir tu nombre y tu tribu. Hablar del sitio o los sitios en donde has vivido en Oakland, y luego, si se te ocurre algún relato que puedas contar, no sé, rollo algo que te haya pasado en la ciudad que pueda dar una imagen de lo que ha supuesto para ti personalmente criarte en Oakland, como nativo y eso, en plan cómo lo has vivido tú.

—Mi padre nunca nos hablaba de ser nativos y esas movidas, tanto que ni siquiera sabemos de qué tribu somos por su parte. Nuestra madre tiene sangre nativa por parte de su familia mexicana, pero tampoco sabe mucho sobre el tema. Y, bueno, el caso es que mi padre tampoco es que estuviera mucho en casa hasta que un día no le vimos más el pelo. Se largó. Así que no sé, a veces hasta me siento mal por decir que soy nativo. Yo más que nada me siento de Oakland.

—Ajá —dice Dene.

—Me atracaron en el aparcamiento cuando iba al powwow que hicieron en el campus de Laney. Tampoco es que sea una gran historia, es solo que me atracaron como a un capullo en un aparcamiento y luego me fui. Ni siquiera llegué a entrar en el powwow. Así que el que vamos a hacer aquí será el primero al que vaya.

Dene no tiene claro cómo ayudarlo a llegar a un relato, y tampoco quiere forzarlo. Se alegra de haber empezado a grabar ya. A veces no tener relato es el relato en sí.

—Es que tenerlo a él como padre y no saber nada, y lo chungo que fue tener ese padre, no sé, es que no quiero que parezca que creo que eso es lo que significa ser nativo. Sé que en Oakland y en la zona de la bahía viven muchos nativos con historias vitales parecidas. Pero, yo qué sé, es como que no podemos hablar de eso porque eso en realidad no es un relato nativo, aunque al mismo tiempo sí lo es. Es una movida.

—Ya.

—¿Cuándo piensas empezar a grabar para que diga, yo qué sé, lo que voy a intentar decir y eso?

—Ah, ya he empezado.

—¿Cómo?

—Perdona, tendría que haberte avisado.

—Entonces, ¿vas a utilizar todo lo que ya he dicho?

—¿Te importa?

—Pues no sé, supongo que no. Esta movida..., ¿tú curras haciendo esto?

—Más o menos. No tengo otro trabajo. Pero estoy intentando pagarle a todos los participantes con el dinero de una subvención que me ha dado el ayuntamiento. Creo que podré tirar con eso —le explica Dene. Sigue un paréntesis, un silencio que ninguno sabe cómo superar. Carraspea y luego pregunta—: ¿Y tú cómo has acabado trabajando aquí?

—Por mi hermana, que es colega de Blue.

—Entonces, ¿no sientes, qué te digo yo, orgullo nativo o algo parecido?

—¿Quieres que te diga la verdad?

—Sí.

—Que me da cosa intentar decir algo que no siento como real.

—Eso es lo que pretendo sacar de todo esto. Juntándolo todo, todas nuestras historias. Porque ahora mismo lo único que tenemos son relatos de las reservas y versiones cutres de manuales de Historia desfasados. Ahora muchos vivimos en ciudades. En teoría esto es una forma de empezar a contar este otro relato.

—A mí es que no me parece bien decir que soy nativo cuando no sé nada del tema.

—Entonces, ¿tú crees que ser nativo pasa por saber algo?

—No, pero pasa por la cultura, por una Historia.

—Yo tampoco me he criado con mi padre. Ni siquiera sé quién es. Pero mi madre también es nativa y ella me ha enseñado lo que ha podido, cuando no estaba demasiado ocupada trabajando o simplemente no le apetecía. Lo que ella me ha contado es que todos nuestros antepasados lucharon por sobrevivir, así que parte de su sangre se juntó con sangre de otra nación y tuvieron hijos, así que ¿cómo vamos a olvidarlos, cómo olvidarlos cuando en realidad viven dentro de nosotros?

—Ya, tío, te comprendo. Pero de todas formas no sé. A mí toda esta movida de la sangre no me convence.

Jacquie Red Feather

Jacquie y Harvey van en la Ford de él atravesando un desierto amoratado de luna, por ese tramo llano de la I-10 entre Phoenix y Blythe. Hasta el momento el viaje ha estado plagado de los largos silencios en los que se sume ella cuando ignora las preguntas de él, que no es un hombre que lleve bien los silencios. Es animador de powwows, su trabajo consiste en no parar de darle a la lengua. Jacquie, en cambio, está más acostumbrada al silencio, no le molesta en absoluto. De hecho le pidió a Harvey que le prometiera que no tendría por qué hablar durante el viaje..., aunque eso no significaba que él fuera a ir callado.

—¿Sabías que una vez me quedé tirado aquí en medio del desierto? —pregunta Harvey sin apartar los ojos de la carretera—. Había estado bebiendo con unos amigos y nos dio por darnos una vuelta con el coche. En noches así no hay problema, ni siquiera está oscuro. Con esa luna llena reflejada en la arena de esa manera... —dice Harvey, que mira de reojo a Jacquie y luego baja la ventanilla y saca la mano para sentir el aire.

—¿Un piti? —le pide Jacquie.

Harvey saca un cigarro para él y hace un gruñido indefinido que ella ha oído utilizar a otros indios y sabe que significa que sí.

—Tenía la costumbre de juntarme para beber con unos gemelos, unos navajos. A uno no le gustaba que la camioneta le oliera a tabaco, era de la novia, así que nos paramos en un arcén de la carretera. Llevábamos una botella de dos litros de tequila. Nos la bebimos casi entera, estuvimos hablando de tonterías como unas dos horas y luego decidimos que era mejor que nos apartásemos del vehículo. Nos pusimos a dar tumbos por el desierto y al final nos adentramos tanto que luego no veíamos la camioneta.

Jacquie ha dejado de escucharlo. Siempre le ha parecido curioso, o más que curioso, cargante, lo mucho que les gusta a los exdependientes contar viejas historias de borracheras. Ella no tiene ni una historia de borrachera que le apetezca contarle a nadie. Beber nunca fue algo divertido para ella. Era más bien un deber solemne, la ayudaba a desconectar, y le permitía decir o hacer lo que le venía en gana sin sentirse mal. Una cosa que siempre le ha llamado la atención es la confianza y la seguridad en sí misma que tiene la gente. Como Harvey, por ejemplo, ahí contando esa historia horrible como si fuera fascinante. Se cruza con tanta gente que parece nacer con confianza y autoestima, mientras que ella no recuerda pasar un día en el que no le entren ganas, en algún momento, de tirar su vida por la borda. Hoy en realidad todavía no le han venido las ganas. Algo es algo. Algo no es nada.

—Y luego, aunque no me acuerdo ni de haberme quedado sopa tirado en medio del desierto —sigue Harvey—, me desperté y los gemelos ya no estaban. La luna no se había movido mucho, así que tampoco había pasado tanto tiempo, pero el caso es que se habían ido, así que me puse a andar hacia donde creía que habíamos dejado el coche. De pronto se echó un frío importante, yo no había pasado más frío en mi vida. Igual que cuando estás cerca del mar, como ese frío que hace en San Francisco, ese húmedo que se te mete en los huesos.

—¿Y no hacía frío antes de que perdieras el sentido? —pregunta Jacquie.

—Es que aquí viene lo raro. Había estado andando como unos veinte minutos o así, en el sentido que no era, por supuesto, adentrándome más en el desierto, cuando los vi.

—¿A los gemelos? —pregunta Jacquie subiendo la ventanilla.

Harvey hace otro tanto.

—No, a los gemelos no. Sé que te va a parecer una locura, pero eran dos tíos muy altos y muy blancos, con el pelo canoso, pero sin ser viejos, y no es que fueran tan grandes que parecieran monstruos o algo así, puede que midieran como mucho dos palmos más que yo.

—Esta es la parte en la que me cuentas que te despiertas con los gemelos tirados encima de ti o algo así...

—Pensé que a lo mejor mis colegas me habían echado algo en la bebida. Sabía que pertenecían a la Iglesia Nativa Americana, pero ya me había metido peyote otras veces y no era eso. Me alejé unos tres metros o así y luego me paré. Tenían los ojos muy grandes. Pero no en plan extraterrestres, solo exageradamente grandes.

—Venga ya. Te voy a contar yo la historia: Harvey se emborracha en el desierto y tiene un sueño muy raro, fin.

—Hablo en serio. Unos tíos muy blancos y altos con el pelo canoso y los ojos grandes, y como encorvados, y mirando hacia lo lejos, pero no a mí ni a nada en concreto. Salí cagando leches de allí. Y si fue un sueño, pues entonces esto también es un sueño, porque yo no recuerdo haberme despertado.

—¿Me estás diciendo que cuando bebes... qué, te fías de tu memoria?

—Sí, puede ser, pero escucha esto: cuando salió internet, o supongo que más bien tendría que decir cuando yo empecé a usarla, busqué hombres blancos altos en el desierto de Arizona, y es algo que pasa. Los llaman los Blancos Altos. Extraterrestres. Fuera de bromas. Puedes mirarlo si quieres.

A Jacquie le vibra el móvil en el bolsillo. Lo saca, aunque sabe que Harvey va a creer que es para buscar lo de los Blancos Altos. Es un mensaje de texto de Opal insólitamente largo.

Había dado por hecho que me
habrías contado si alguna vez te
hubieras encontrado patas de araña
en la pierna, fuera cuando éramos
jóvenes o cuando te conté lo de Orvil,
pero no tiene sentido haberlo dado
por hecho porque yo misma me
encontré patas de araña en la pierna
justo antes de lo que pasó con
Ronald. Y nunca te lo había contado,
o sea, hasta ahora mismo. Necesito
saber si te ha pasado alguna vez.
Tengo la sensación de que tiene algo
que ver con mamá.

—Leí en una página web que los Blancos Altos están controlando Estados Unidos... ¿Lo ves por ahí? —pregunta Harvey.

Se siente triste por él. Y por Opal. Y por las patas de araña. Si se hubiera encontrado alguna vez patas de araña en la pierna, seguramente se habría quitado de en medio en el acto. De pronto se siente tan superada por todo que se cansa. A veces le pasa, y lo agradece porque la mayoría de las veces sus pensamientos lo que hacen es no dejarla dormir.

—Voy a echar una cabezada —dice.

—Ah, vale.

Apoya la cabeza contra la ventanilla. Ve la raya blanca de la carretera correr y ondularse. Ve los cables del teléfono subir y bajar como olas. Su cabeza divaga, se deja llevar, se estira hacia ninguna parte. Piensa en los dientes traseros, en sus molares, en lo mucho que le duelen cada vez que muerde algo muy frío o muy caliente. Piensa en lo mucho que hace que no va al dentista. Se pregunta por los dientes de su madre. Piensa en la genética, la sangre, las venas y en por qué sigue latiendo un corazón. Se mira la cabeza apoyada contra el reflejo oscuro de su cabeza en la ventanilla. Cierra los ojos varias veces seguidas, en un parpadeo irregular, hasta que los deja cerrados. Se queda dormida con el zumbido grave de la carretera y la vibración constante del motor.

Tercera parte
Regreso

Las personas están atrapadas en la Historia y la Historia está atrapada en ellas.

JAMES BALDWIN[1]

---

[1] De "Stranger in the village", *Harper's Magazine*, 1953. Traducción propia *(N. de la T.)*.

Opal Viola Victoria Bear Shield

Cada vez que sube en su furgoneta de reparto hace lo mismo. Mira por el retrovisor y se encuentra con sus ojos devolviéndole la mirada a través de los años. No le gusta pensar en la cantidad de tiempo que lleva repartiendo el correo para la USPS. Aunque no porque no le guste su trabajo, lo que pasa es que cuesta ver los años reflejados allí en su cara, las líneas y las arrugas que le rodean los ojos, ramificándose como grietas en el cemento. Pero, aunque odie verse la cara, nunca ha conseguido quitarse la costumbre de mirársela cuando tiene un espejo delante, donde poder capturar una de las pocas versiones de su cara que verá: sobre espejo.

Mientras conduce, va pensando en el primer fin de semana que se quedaron en su casa los niños Red Feather, al principio del proceso de adopción. Habían ido a un Mervyn's de Alameda a comprarles ropa nueva. Opal miró a Orvil en el espejo, al conjunto que le había escogido ella.

—¿Te gusta?

—¿Y qué pasa con ellos? —preguntó Orvil señalando su reflejo y el de Opal en el espejo—. ¿Cómo sabemos que no son ellos los que hacen las cosas y nosotros los remedamos?

—Porque, mira, yo estoy decidiendo mover mi mano delante del espejo en este momento —dijo Opal moviéndola.

Era un espejo de tres hojas a la entrada del probador. Loother y Lony estaban escondidos entre la ropa de un perchero.

—Pero ella podría haber saludado primero y entonces tú no habrías tenido más remedio que remedarla. Mira esto —dijo el chico, que se puso a bailar como un loco.

Moviendo los brazos como alas, dando saltos y vueltas. A Opal le recordó una danza de powwow. Pero no tenía sentido, el chico lo único que pretendía era hacer tonterías delante del espejo para demostrarle que solo él tenía el control, el Orvil a ese lado del espejo.

Opal está en su ruta. La de toda la vida. Pero va fijándose dónde pone el pie. No pisa las rayas al andar. Camina con cuidado porque siempre ha tenido la sensación de que hay agujeros por doquier, grietas por las que puedes colarte (al fin y al cabo, el mundo es poroso). Vive con una superstición que nunca reconocería; es un secreto que lleva tan pegado al pecho que ni repara en él. Lo necesita para vivir, como el respirar. Opal mete cartas por rendijas y buzones mientras intenta recordar con qué cuchara ha comido antes. Tiene cucharas de la suerte y cucharas gafes. Para que las de la suerte funcionen hay que guardarlas con el resto, y no puedes mirar cuál te va a tocar cuando sacas una del cajón. La que le da más suerte es la que tiene un dibujo de una florecilla que sube por el mango hasta la pala.

Toca madera siempre que quiere anular algo que ha dicho que quiere o no quiere que pase —o a veces cuando solo lo ha pensado—, busca rápidamente algo de madera y lo golpea dos veces. Le gustan los números. Son consecuentes, te puedes fiar de ellos. Pero para ella algunos son buenos y otros malos. En general, los pares son mejores que los impares, y los que tienen algún tipo de relación matemática también son buenos. Las direcciones las reduce a un único número sumando sus cifras y luego juzga a los propietarios según el número resultante. Los números no engañan. Sus favoritos son el cuatro y el ocho. El tres y el seis no son buenos. Primero reparte el correo de los impares, pues siempre ha estado convencida de que es mejor quitarse de encima lo malo antes de llegar a lo bueno.

La mala suerte o haber tenido que pasar por cosas chungas en la vida puede convertirte en secreto en una persona supersticiosa, puede hacerte querer tener el control de algo o recuperar la sensación de tenerlo. Ella compra rascas y números de la lotería cuando se acumula un buen bote. Su superstición es de esas a las que nunca llamaría así por miedo a que perdiera su poder.

Ya ha acabado con los números impares de esa calle. Cuando cruza, un coche frena para dejarle pasar, la mujer de dentro le hace gestos impacientes para que cruce, como si estuviera haciéndole un favor a toda la humanidad. A Opal le entran ganas de levantar el brazo y un solo dedo al cruzar, pero en vez de eso atraviesa la calle con gran parsimonia, en respuesta a la impaciencia y la falsa generosidad de la mujer. Se odia por esa parsimonia, por la sonrisa que le viene a la cara sin que pueda evitarlo y que vuelve hacia abajo y luego alisa antes de que sea demasiado tarde.

Vive llena de arrepentimientos, aunque no por cosas que haya hecho ella. La dichosa isla, su madre, Ronald, y luego las habitaciones y las caras cambiantes y asfixiantes de los centros de acogida, y más tarde de las casas de acogida. Se arrepiente de que pasaran, da igual que ella no fuera la causante. Se dice que, de un modo u otro, se lo merecía. Aunque no ha logrado entenderlo. Así que ha acarreado esos años, su peso, y los años le han acarreado a ella un agujero que la atraviesa de medio a medio, donde ha intentado seguir creyendo que había alguna razón para conservar intacto su amor. Opal es fuerte como una roca, pero en su interior habitan aguas turbulentas, que a veces amenazan con desbordarse, con ahogarla..., subirle hasta los ojos. A veces no puede moverse. A veces le parece imposible hacer nada. Pero da igual porque cada vez se le da mejor perderse en la realización de las cosas, a ser posible más de una cosa a la vez. Como repartir correo mientras va escuchando un audiolibro o música. El truco está en mantenerse ocupada, distraerse y luego distraer la distracción. Abstraerse al cuadrado. Está en las capas. En desaparecer en el remolino de ruido y acciones.

Se quita los cascos cuando oye un sonido en algún punto por encima de su cabeza, un zumbido desagradable que corta el aire. Levanta la vista y ve un dron, y luego mira alrededor para ver quién puede estar accionándolo. Al no ver a nadie vuelve a ponerse los cascos. Está escuchando el *(Sittin' on) The dock of the bay,* de Otis Redding. Es la que menos le gusta del músico porque la ponen demasiadas veces. Lo pone en modo aleatorio y aterriza en el *The tracks of my tears,* de Smokey Robinson. Es una canción que le produce esa extraña mezcla de tristeza y felicidad. Además es movida. Es lo que le encanta de la Motown, esa forma de pedirte que aguantes la tristeza y el corazón roto pero no dejes de bailar mientras.

Estaba ayer en plena ruta cuando Orvil, uno de sus nietos adoptados, le dejó un mensaje diciéndole que había sacado tres patas de araña de un bulto en la pierna. Se lo había rascado hasta levantarse la piel y allá que habían salido esas patas como astillas. Cuando había escuchado el mensaje, se había llevado la mano a la boca, aunque no se había sorprendido, o menos de lo que se habría sorprendido si eso mismo no le hubiera pasado a ella cuando tenía casi la misma edad que Orvil.

Su madre nunca les dejaba matar a una araña cuando alguna de las dos encontraba una por la casa o, para el caso, en cualquier parte. Decía que las arañas llevan millas de tela en sus cuerpos, millas de historia, de casas y trampas en potencia. Decía que eso es que lo somos: casa y trampa.

Cuando la noche anterior nadie mencionó las patas de araña durante la cena, se imaginó que Orvil no quería mencionarlas por el powwow (por mucho que una cosa nada tuviera que ver con la otra).

Hace unas semanas encontró un vídeo de Orvil bailando danzas de powwow en su cuarto. Cada cierto tiempo les revisa los teléfonos mientras duermen; mira las fotos y los vídeos que hacen, les lee los mensajes y el historial de búsqueda. Ninguno ha mostrado aún indicios de depravación especialmente preocupantes, aunque es solo cuestión de tiempo. Ella cree que en todos nosotros vive una curiosidad tenebrosa. Que todos hacemos justo lo que creemos que podemos sin que nos pillen. A su modo de ver, la intimidad es para los adultos. Si no pierdes de vista a tus hijos, no se te desmadran.

Orvil salía en el vídeo bailando danzas de powwow como si supiera perfectamente lo que estaba haciendo, cosa que no comprendía. Aparecía con el traje que ella tenía guardado en el armario. Se lo había regalado un viejo amigo.

Existían todo tipo de programas y actividades para los jóvenes nativos que vivían en Oakland. Opal conoció a Lucas en una casa de acogida y luego volvieron a coincidir en una actividad para chicos en acogida. Ellos dos fueron durante un tiempo hijos de acogida modelos, siempre los primeros a los que elegían para las entrevistas y las fotos de los folletos. Una anciana de una tribu les había enseñado a los dos lo que suponía confeccionar un traje ceremonial y luego la habían ayudado a hacer uno. Opal ayudó a Lucas a prepararse para su primer powwow como bailarín. Estaban enamorados. Era un amor joven y desesperado, pero amor. Hasta que un día él se subió a un autocar y se fue a vivir a Los Ángeles. Ni siquiera se lo había comentado como una posibilidad, se había ido sin más. Casi dos décadas después volvió un buen día, queriendo hacerle una entrevista para un documental de indios urbanos que estaba haciendo y le regaló el traje. Murió a las pocas semanas. Llamó a Opal desde casa de su hermana para decirle que tenía los días contados. Lo dijo con esas mismas palabras, ni siquiera le dijo por qué, solo que lo sentía y que le deseaba lo mejor.

Pero anoche los tres chicos estuvieron muy callados en la cena. Siempre hablan sin parar. Se levantaron de la mesa en el mismo silencio sospechoso. Opal le pidió a Lony que volviera. Tenía pensado preguntarle cómo les había ido el día, el pequeño no sabía mentir. Le preguntaría si le gustaba su bici nueva; además, le tocaban a él los platos. Pero Orvil y Loother hicieron algo que nunca habían hecho antes: ayudaron a su hermano pequeño a secar y guardar los platos. Ella no había querido forzar el tema. Ni siquiera sabía qué decirles; lo sentía como algo que tuviese atascado en la garganta. No quería subir ni bajar. De hecho, era como el bulto de la pierna del que habían salido las patas de araña. El bulto no se le había llegado a quitar del todo. ¿Tendría más patas metidas? ¿O el propio cuerpo de la araña? Había dejado de hacerse esas preguntas hacía tiempo. El bulto seguía allí.

Cuando fue a decirles a los chicos que era hora de acostarse, oyó que uno mandaba callar a los otros dos.

—¿Qué está pasando? —les preguntó.

—Nada, abuela —contestó Loother.

—A mí no me vengas con «nada, abuela».

—Es que no es nada.

—Venga a acostarse.

Los chicos le tienen miedo igual que ella se lo tenía a su madre. Tiene que ver con lo escueta y directa que es. También quizá demasiado crítica, como lo era su madre. Lo hace para prepararlos para un mundo pensado para que los nativos no vivan, sino que mueran en él, se encojan, desaparezcan. Tiene que meterles más presión porque a ellos les costará más triunfar en la vida que a cualquiera que no sea nativo. Lo hace porque ella no consiguió otra cosa que no fuera desaparecer. No se anda con tonterías con ellos porque cree que la vida siempre hace lo posible por comerte la moral; llegarte por detrás y aplastarte en añicos irreconocibles. Tienes que estar preparada para recogerlos todos con mucho pragmatismo, pasar desapercibida y arreglártelas con eso. Lo único que escapa al trabajo y al realismo es la muerte. Eso y los recuerdos. Pero la mayoría de las veces no hay ni tiempo ni buenas razones para echar la vista atrás. Basta con dejarlos en paz para que se difuminen en el fondo. Ella prefiere conservarlos tal y como están. Por eso las dichosas patas de araña la tienen atascada en el problema: están obligándola a echar la vista atrás.

Opal se sacó tres patas de araña de la pierna la tarde del domingo antes de largarse con su hermana de la casa, de dejar atrás al hombre con el que se habían quedado cuando su madre se había ido al otro barrio. Pocos días antes había sangrado por su primera regla. La sangre menstrual y las patas de araña le habían dado la misma sensación de vergüenza. Algo que vivía en ella había salido de su interior, algo que parecía animal, tan grotesco y a la vez mágico que la única emoción de la que pudo echar mano para ambos casos fue la vergüenza, que derivó a su vez en secretismo. Los secretos mienten por omisión como la vergüenza lo hace por discreción. Podría haberle contado a su hermana lo de las patas o la sangre. Pero Jacquie estaba embarazada, no sangraba ya y estaba criando dentro de ella unas extremidades que entre ambas habían decidido quedarse, un crío que, cuando llegara el momento, entregaría en adopción. Sin embargo, con el tiempo las patas y la sangre acabaron significando mucho más.

El hombre con el que las había dejado su madre, aquel Ronald, había estado llevándolas a ceremonia*, diciéndoles que era la única manera de que se curaran del duelo por su madre. Mientras, Jacquie estaba convirtiéndose en secreto en madre y Opal estaba convirtiéndose en secreto en mujer.

Pero Ronald empezó a pasar por delante de su cuarto por las noches; después tomó la costumbre de quedarse parado en el umbral, una sombra enmarcada por la puerta, con la luz por detrás. Recordaba que un día, volviendo de ceremonia en el coche de Ronald, este les había hablado de hacer ceremonia de sueños. A Opal no le gustó cómo sonó aquello. Tomó la costumbre de dejar al lado de la cama un bate que había encontrado en el armario del cuarto cuando se habían ido a vivir allí, y a tenerlo cogido, como hacía en otros tiempos con Dos Papes para que la reconfortara. Pero si Dos Papes era pura labia y poca acción, el bate, que tenía escrito en la punta «Storey», era pura acción.

Jacquie siempre había sido de dormir profundamente lo que dura la noche hasta que llega la mañana. Un día Ronald se acercó a los pies de su cama, un colchón en el suelo. Opal estaba justo enfrente. Cuando vio que Ronald le toqueteaba los tobillos a su hermana, ni se lo pensó. Nunca había utilizado el bate, pero sabía lo que pesaba y cómo batear. Ronald estaba de rodillas y a punto de aupar a Jacquie hacia él. Opal se levantó con todo el sigilo que pudo, cogió aire lentamente y luego alzó el bate bien alto por detrás de la cabeza. Lo bajó con toda la fuerza que pudo contra la coronilla de Ronald. Sonó un crujido profundo y amortiguado y el hombre aterrizó encima de Jacquie, que se levantó y vio a su hermana pequeña de pie sobre ellos con el bate. Metieron sus cosas en sus bolsas de deporte todo lo rápido que pudieron y bajaron las escaleras. Al pasar por el salón vieron que en el televisor estaba la carta de ajuste del indio que habían visto miles de veces. Pero fue como si Opal lo viera por primera vez. Se imaginó que el indio le hablaba, que estaba diciéndole: «Iros». Después el sonido de aquel hombre diciendo «iros» se prolongó y se prolongó hasta convertirse en el tono de prueba que salía del televisor. Jacquie la agarró de la mano y la sacó de la casa. Todavía tenía el bate cogido.

Después fueron al albergue al que su madre siempre las llevaba cuando necesitaban ayuda o entre casa y casa. Tuvieron una charla con una trabajadora social que les preguntó dónde habían estado, pero no les insistió cuando no se lo contaron.

Opal arrastró consigo el peso de la posible muerte de Ronald durante un año. Le daba demasiado miedo volver para comprobarlo. Le asustaba que la dejara indiferente descubrir que estaba muerto, que lo había matado. No quería volver para saber si estaba vivo o no, pero tampoco deseaba haberlo matado. Era más fácil dejarlo en un quizá muerto..., posiblemente muerto.

Para cuando pasó ese año su hermana Jacquie había desaparecido de su vida. No sabía adónde había ido. La última vez que la había visto estaban deteniéndola por razones que a Opal se le escapaban. Que el sistema le arrebatara a su hermana no era más que otra pérdida asquerosa de las muchas que había padecido. Pero entretanto conoció a un chico indio de su edad, y le cuadró, no era ni raro ni sombrío, o sí, pero de la misma forma que Opal. Además, nunca hablaba de dónde venía o qué le había pasado. Compartían esa omisión como soldados que han vuelto de la guerra, hasta una tarde que Opal y Lucas fueron a echar el rato en el Centro Indio, mientras esperaban a que apareciera la gente para una comida comunitaria. Lucas estaba hablando de lo mucho que odiaba los McDonald's.

—Pero es que está tan rico... —replicó Opal.

—Eso no es comida real —dijo Lucas haciendo equilibrios sobre el bordillo de la acera de fuera.

—Si lo puedo masticar y verlo salir por el otro lado, es real.

—Qué asco.

—Si lo hubieras dicho tú, no habría sido asqueroso. A las chicas no se nos permite hablar de pedos, caca, decir palabrotas o...

—También podría tragarme un penique y cagarlo, pero eso no lo convierte en comida.

—¿Quién te ha dicho que no es real?

—Me dejé en la mochila media hamburguesa con queso como un mes o así. Cuando me la encontré tenía el mismo aspecto y olía igual que la última vez que la había visto. La comida real se pone mala.

—El tasajo de ternera no.

—Lo que tú quieras, Ronald.

—¿Qué has dicho? —preguntó Opal, que sintió que le subía una tristeza acalorada a los ojos desde el cuello.

—Nada, te he llamado Ronald, por Ronald McDonald —dijo Lucas, que detuvo entonces su ir y venir por el bordillo.

Le puso una mano en el hombro a Opal y bajó un poco la cabeza para intentar que lo mirara a los ojos. Ella apartó el hombro y palideció.

—¿Qué pasa? Jo, lo siento, era broma. No te he contado lo más gracioso, que me comí el cacho de hamburguesa, ¿sabes? —le confesó él.

Opal regresó al interior del centro y se sentó en una silla plegable. Él la siguió y se acopló en otra silla a su lado. A Lucas le costó sonsacárselo, pero al final ella se lo contó todo. Era la primera persona a la que se lo contaba, y no solo lo de Ronald, sino también le habló de su madre, de la isla, de cómo eran sus vidas antes de eso. Él la convenció de que acabaría consumiéndola si no averiguaba qué le había pasado realmente a Ronald.

—Él es como esa hamburguesa de mi mochila antes de que me la comiera —le dijo.

Opal se rio como no había reído en mucho tiempo. A la semana siguiente cogieron un autobús para ir a la casa de Ronald.

Estuvieron dos horas esperando en la acera de enfrente, escondidos tras un buzón de pie. Aquel buzón se convirtió en lo único entre saber la verdad o no, entre verlo y no verlo, entre ella y el resto de su vida. No quería vivir, quería que el tiempo se parase en ese instante y que Lucas tampoco se fuera.

Se quedó helada cuando vio llegar a Ronald a la casa en su camioneta. Al verlo subir las escaleras de la entrada, no supo si llorar de alivio, salir corriendo sin más o abalanzársele encima, forcejear con él, tirarlo al suelo y terminar de una vez por todas lo que había empezado con sus propias manos. De todas las cosas que podían habérsele ocurrido, lo que le vino a la cabeza fue una palabra que le había oído a su madre, una palabra cheyene: Veho. Significa araña, trickster, embaucador y hombre blanco. Opal siempre se había preguntado si Ronald era blanco. Hacía todo tipo de cosas indias, pero era tan blanco como el que más.

Cuando vio cerrarse la puerta de la calle tras él, se cerró también la puerta a todo lo que había pasado antes, y Opal ya podía irse.

—Vamos.

—¿No quieres...?

—Ya no hay nada más que ver —dijo—. Vámonos.

Recorrieron a pie los varios kilómetros de vuelta sin decir una palabra. Ella fue un par de pasos por delante durante todo el camino.

Opal es grande. «De constitución» podría decirse, sí, pero es grande en un sentido más grande que corpulenta o de constitución grande. Los profesionales médicos hablarían de mujer con sobrepeso. Pero se hizo grande para evitar encogerse. Escogió la expansión sobre la contracción. Opal es una piedra. Es grande y fuerte, aunque ya está vieja y llena de achaques.

Ahora mismo está bajando de la camioneta con un paquete. Deja la caja en el porche y atraviesa de vuelta la verja del jardín delantero. En la acera de enfrente hay un pitbull atigrado, marrón y negro, que está enseñándole los dientes y emitiendo un gruñido tan grave que lo siente en el pecho. No tiene correa y el tiempo parece ser el mismo, el tiempo sin correa, preparado para saltar a tal velocidad y cargársela antes de que se dé cuenta. Un perro así siempre ha sido una posibilidad, del mismo modo que la muerte puede presentarse en cualquier sitio, del mismo modo que Oakland puede de pronto enseñarte los dientes y hacer que te cagues viva. Pero ya no es solo lo que le pase a la buena de Opal, sino lo que sería de los niños si ella no estuviera.

Desde el fondo de la calle llega la voz de un hombre que aúlla un nombre que no entiende. El perro se encoge al oír su nombre en la boca de aquel hombre. Se acobarda, se vuelve y sale disparado hacia la voz. Seguramente el pobre perro solo estaba intentando propagar la carga de su propio maltrato. Esa forma de encogerse no podía significar otra cosa.

Se sube a la camioneta de reparto, la arranca y vuelve a la central.

Octavio Gomez

Casi no me tenía en pie cuando llegué a la casa de mi abuela Josefina, tuvo que subirme ella por las escaleras. Mi abuela es vieja y bajita, y yo ya era bastante grandullón por entonces, pero Fina es fuerte. Tiene esa fuerza exagerada que no se ve pero está ahí. Me pareció que me llevaba a rastras por las escaleras, hasta el cuarto de invitados, y me metía en la cama. Yo tenía un calor y un frío de la hostia, con un dolor superintenso, como si estuvieran apretándome los huesos o estrujándome o pisoteándome como cabrones.

—Podría ser gripe —me dijo mi abuela como si le hubiera preguntado qué creía que me pasaba.

—¿Y si no?

—No sé si tu padre te contó alguna vez algo sobre las maldiciones. —Se acercó a la cama y me palpó la cabeza con el dorso de la mano.

—La boca que tengo es por él.

—Las maldiciones de palabra no cuentan. Llegan hasta donde llegan, pero una maldición real se parece más a una bala disparada desde lejos. —Se levantó, dobló un paño mojado y me lo puso en la frente—. Hay alguien apuntando una bala que es para ti, pero, a esa distancia, la mayoría de las veces no te da y, aunque lo haga, normalmente no te mata. Todo depende de la puntería del tirador. Dijiste que tu tío no te ha dado nada, ¿verdad? Que no has tomado nada que él te diera.

—No.

—Habrá que esperar para ver.

Volvió con un cuenco y un cartón de leche. Echó un poco en el cuenco y luego lo metió bajo la cama, se incorporó y se acercó a un cirio que había al otro lado del cuarto. Cuando lo encendió, se volvió y me miró como si no tuviera que haber mirado, como si tuviera que haber cerrado los ojos. Los ojos de Fina podían morder. Los tiene verdes como yo, pero más oscuros: verde caimán. Aparté la vista y miré al techo. Volvió a mi lado con un vaso de agua.

—Bébete esto. Mi padre también me maldijo cuando tenía dieciocho años. Una vieja maldición india que mi madre me dijo que no era real. Así me lo dijo, como si supiera lo suficiente para saber que era india y que no era real, pero no lo suficiente como para hacer algo más que decirme que era una vieja maldición india que no era real. —Fina soltó una risita. Yo le tendí el vaso, pero me lo devolvió: «Acábatelo»—. Creía que estaba enamorada, y lo que estaba era preñada. Me había prometido con uno, pero se había largado. Al principio se lo oculté a mis padres. Pero una noche mi padre vino a preguntarme si pensaba ponerle nombre a su nieto (estaba convencido de que sería niño), si pensaba ponerle su nombre. Le conté entonces que no iba a casarme, que el tipo se había ido, y que tampoco iba a tener al crío. Mi padre me persiguió con el cucharón con el que a veces me golpeaba (había afilado el mango para amenazarme con él cuando me pegaba), pero esa vez me persiguió con el otro lado. Mi madre le paró los pies. Él pasaría por encima de cualquiera, cruzaría cualquier raya, pero no mi madre. A la mañana siguiente me encontré una trenza de su pelo bajo la cama, que era donde yo solía meter los zapatos, así que cuando quise echar mano de ellos a la mañana siguiente me encontré con la trenza. Cuando bajé, mi madre me dijo que tenía que irme. —Fina se acercó a la ventana y la abrió—. Será mejor que aireemos un poco el cuarto, tiene que respirar. Puedo traerte más mantas si te da frío.

—Está bien —dije, aunque no era cierto; entró una brisa que pareció arañarme los brazos y la espalda y me subí las mantas hasta la barbilla—. ¿Eso fue en Nuevo México?

—En Las Cruces. Mi madre me metió en un autobús rumbo a Oakland, donde mi tío tenía un bar. Cuando llegué aquí, aborté. Y luego me puse muy enferma. Me recuperaba y recaía, así un año entero. Peor que tú ahora, pero era lo mismo, de esas veces que estás tan mala que te quedas noqueada y no te puedes ni levantar. Le escribí a mi madre para pedirle ayuda. Me mandó un trozo de pellejo y me dijo que lo enterrara bajo un cactus mirando al oeste.

—¿Un trozo de pellejo?

—Como así de grande. —Cerró un puño y lo levantó para que lo viera.

—¿Funcionó?

—No fue instantáneo. Pero al final me recuperé del todo.

—Entonces, ¿la maldición fue solo que te pusieras mala?

—Eso es lo que yo creía, pero ahora, después de todo lo que ha pasado... —Se volvió y miró hacia la puerta: estaba sonando el teléfono de abajo—. Tengo que cogerlo —dijo, y se levantó para salir—. Intenta dormir un poco.

Me estiré en la cama y me recorrió un escalofrío potente. Me eché las mantas sobre la cabeza. Estaba en esa parte de la fiebre en que te entra tanto frío que tienes que sudar para vencerla. Muerto de calor y de frío, con un escalofrío de sudor recorriéndome por dentro y por fuera, pensé en la noche que se colaba por las ventanas y las paredes de nuestra casa y que me devolvía a la cama donde estaba haciendo lo posible por recuperarme.

Mi padre y yo nos habíamos levantado del salón para ir a la cocina a cenar cuando las balas atravesaron la casa volando. Fue como una pared caliente de sonido y viento. La casa tembló entera. Fue repentino, pero no inesperado. Mi hermano mayor, Junior, y mi tío Sixto habían robado unas plantas del sótano de alguien. Habían vuelto a casa con dos bolsas de basura llenas. Una cagada gorda. Tanta cantidad, como si no fuera meterse en un marrón de la hostia. A veces atravesaba a gatas el salón para ir a la cocina o veía la tele tirado bocabajo en el suelo.

Esa noche, los colegas a quienes los subnormales de mi hermano y de mi tío les robaron la yerba, que a saber quiénes eran, se presentaron en nuestra casa y vaciaron sus cargadores contra las paredes, contra la vida que habíamos conocido, la vida que mis padres se habían pasado años construyendo desde la nada. Al único al que le alcanzaron fue a mi padre. Mi madre estaba en el baño y Junior en su cuarto, que daba atrás. Mi padre se puso delante de mí y paró las balas con su cuerpo.

Allí tendido en la cama, deseando dormirme, no podía evitar pensar en Six, aunque era lo último que me apetecía. Así lo llamaba, a mi tío Sixto. Él me llamaba Ocho. En realidad de pequeño no lo veía nunca, pero después de que muriera mi padre, empezó a visitarnos varios días a la semana. Aunque tampoco era que habláramos mucho. Venía, ponía la tele, se fumaba un canuto, bebía. Me dejaba beber con él, me pasaba el canuto. A mí no me gustaba enciegarme. La yerba me ponía que te cagas de nervioso, me hacía pensar demasiado en la velocidad del latido de mi corazón: ¿iba demasiado lento, se pararía, o iba muy rápido y le iba a dar un puto infarto? Beber, en cambio, sí que me gustaba.

Después del tiroteo Junior pasaba incluso más tiempo fuera de casa que antes, venga a decir que iba a cargarse a esos hijoputas, que era la guerra, pero era pura labia.

A veces Six y yo estábamos viendo la tele por la tarde y el sol entraba por uno de los agujeros de bala que había en la pared y se veía el puto polvo flotando en la habitación en un rayo de luz con forma de agujero de bala. Mi madre había cambiado las ventanas y las puertas, pero no se había molestado en rellenar los agujeros de las paredes. O no se había molestado o no había querido.

A los meses Sixto dejó de venir por casa y Fina me dijo que por qué no pasaba más tiempo con mis primos Manny y Daniel. Su madre había llamado a mi abuela para pedirle ayuda, lo que me hizo preguntarme si mi madre habría llamado a Fina para pedirle ayuda cuando murió mi padre, y ¿era por eso por lo que había empezado a visitarlos Six? Mi abuela estaba metida en todo. Era la única que intentaba mantenernos unidos, evitar que nos cayéramos por los agujeros que abre la vida por la cara, como las balas que desgarraron la casa aquella noche.

El padre de Manny y Daniel se había quedado sin trabajo y había estado pegándole más fuerte a la bebida. Al principio yo iba a su casa como obligado. Uno siempre hacía lo que le decía Fina. Pero luego hice migas con Manny y Daniel. Aunque no porque habláramos mucho, más que nada nos dedicábamos a jugar a la consola en el sótano. Pero pasábamos casi todo nuestro tiempo libre juntos —cuando no estábamos en el instituto—, y resulta que al final importa más con quién pasas el tiempo que lo que haces en ese tiempo.

Estábamos un día en el sótano cuando oímos un ruido arriba. Manny y Daniel se miraron como si supieran qué era y no quisieran que fuera eso. Mi primo mayor pegó un bote del sofá y yo salí corriendo detrás. Cuando llegamos arriba, lo primero que vimos fue a su padre empujando a su madre contra la pared y luego pegándole una torta con cada mano. Ella intentó apartarlo y él se rio. Nunca olvidaré esa risa. Ni tampoco cómo se la borró a hostias Manny. Le llegó por la espalda y le tiró del cuello hacia atrás como si quisiera arrancarle todo el aire que había respirado en su vida. Era más grande que su padre. Y tiró con fuerza. Llegaron al salón tambaleándose hacia atrás.

Oí que Daniel subía también. Abrí la puerta y saqué la mano, en plan: «Mejor quédate ahí». Y luego oí cristales rotos: Manny y su padre habían atravesado la mesa del salón. En el forcejeo mi primo había conseguido volverse, de modo que aterrizó encima de su padre sobre la mesa de cristal. Él se hizo pequeños cortes en los brazos, pero su padre estaba abierto en canal. Y se desmayó y todo. Yo creía que el muy cabrón se había quedado en el sitio.

—Ayúdame a meterlo en el coche —me pidió mi primo.

Y eso hice. Levanté al padre por debajo de los brazos. De camino a la puerta de la calle, cuando ya casi había salido, con Manny al otro lado cogiendo a su padre por las piernas, me fijé en que Daniel y la tía Sylvia estaban viéndonos sacarlo de la casa. Esa forma de mirarnos, no sé... Llorando porque querían que desapareciera, porque querían que volviera, pero como era antes. Me quedé hecho polvo con esa movida. Dejamos al padre delante del Highland, donde paran las ambulancias, allí tirado en el suelo. Sonamos una vez el claxon un buen rato y luego nos largamos.

Después de eso iba más a la casa de mis primos. Estuvimos una semana sin saber si lo habíamos matado o no. Sonó el timbre y fue como si Manny lo supiera, lo sintiera. Me dio dos toquecitos en la rodilla y se puso en pie de un salto. Cuando abrimos la puerta de la calle, no tuvimos que decir nada. Nos quedamos allí plantados en plan: «¿Qué? ¿Qué coño quieres? Largo». Tenía la cara llena de vendas. Parecía una puta momia. Me sentí mal por él. Sylvia llegó por detrás de nosotros con una bolsa de basura llena de ropa y gritando «¡Quitaos!». Así que nos apartamos y le lanzó la bolsa. Manny cerró la puerta y ahí se acabó la historia.

Fue por esa misma época cuando Manny y yo robamos nuestro primer carro. Cogimos el BART hasta el centro. Había algunos reductos pijos donde la peña tenía coches buenos y donde gente como Manny y yo podíamos aparecer sin que llamaran directamente a la poli. Él quería un Lexus, uno que estuviera guapo pero sin pasarse, que no llamara mucho la atención. Encontramos uno negro con las letras doradas y las ventanillas tintadas. No sé cuánto tiempo llevaba él mangando coches, pero no le costó abrirlo con una percha y arrancarlo luego con un destornillador. Dentro olía a tabaco y a cuero.

Cogimos por la Catorce Este, la que antes se llamaba International hasta que las cosas se pusieron tan chungas por toda la avenida que cambiaron el nombre por algo sin historia. Rebusqué por la guantera y me encontré un paquete de Newport. A los dos nos pareció raro que alguien que dábamos por hecho que era blanco comprara Newport. Ninguno fumábamos tabaco, pero nos fundimos igualmente el paquete, pusimos la radio a toda hostia y no dijimos ni una palabra en todo el camino. Pero aquel paseo supuso un antes y un después. Era como si pudiéramos ponernos la ropa de otro, vivir en la casa de otro, conducir su coche, fumar su tabaco..., aunque solo fuera por una hora o dos. En cuanto nos adentramos lo suficiente en la zona este, supimos que no habría problema. Dejamos el coche en el aparcamiento de la parada de Coliseum y volvimos andando a casa de Manny con el subidón de habernos librado tan fácilmente. El sistema te mete miedo para que creas que tienes que seguir las normas, pero estábamos aprendiendo que esa mierda no se la creían ni ellos. Podías hacer aquello de lo que podías librarte. Y todo lo demás eran tonterías.

Estaba en casa de Manny cuando Sylvia me gritó por la puerta del sótano que era Fina al teléfono. Mi abuela nunca me llamaba allí. Daniel me quitó el mando antes de subir.

—Los ha matado —me dijo Fina, pero yo ni siquiera sabía de qué me estaba hablando—. Tu tío Sixto. Ha estrellado el coche con los dos dentro. Están muertos.

Salí corriendo por la puerta, me subí en la bici y volví a casa a toda hostia. Tenía el corazón como loco, en una mezcla de no me jodas y que le den, y como si se me hubiera escurrido y caído de dentro. Antes de llegar a casa de mi abuela, pensé: «Pues entonces más le vale haberla palmado él también».

Me encontré a Fina en el umbral. Me bajé de la bici de un salto y corrí al interior como si esperara encontrar a alguien dentro. A mi madre y a mi hermano. A Sixto. Tenía que creer que era una broma o cualquier mierda menos lo que estaba diciéndome la cara de Fina en el umbral.

—¿Dónde está?

—Está en un calabozo, en el centro.

—Pero ¿qué mierda...?

Las rodillas me fallaron entonces. Me quedé en el suelo, sin llorar, pero en plan que no podía ni moverme, y me puse que te cagas de triste por un minuto, pero de pronto, bum, cambio radical, y grité no sé qué mierda que no recuerdo. Fina no dijo ni hizo nada cuando cogí la bici y me largué. No recuerdo ni qué hice ni adónde fui esa noche. A veces te vas y punto. Y ya no estás.

Después de los funerales me fui a vivir a casa de Fina. Me contó que Sixto había salido, que le habían metido una multa por conducir borracho y le habían quitado el carné. Pero lo habían soltado.

Ella me insistió en que no fuera a verlo, que no fuera nunca más, que lo dejara estar. Yo no sabía qué haría si iba, pero ella no me lo iba a impedir ni muerta.

De camino a su casa me paré en el aparcamiento de una licorería donde sabía que no me pedirían el carné. Entré y compré una botella de tres cuartos de E&J, el brandy que bebía mi tío. No sabía qué pretendía yendo a verlo. En la cabeza me imaginaba emborrachándolo y luego pegándole de hostias, matándolo incluso. Pero sabía que no pasaría nada de eso. Mi tío era muy particular. Y tampoco era que yo no estuviera lo suficientemente cabreado para hacerlo, simplemente no tenía ni idea de cómo iba a ir la cosa. Cuando salí de la tienda oí una tórtola plañidera no muy lejos. El sonido me puso la piel de gallina, pero no fue ni por el frío ni porque me gustase.

Desde que tengo uso de razón, tuvimos tórtolas en el jardín de atrás, debajo del porche. Mi padre me dijo una vez, un día que estábamos intentando arreglar mi bici en el jardín: «Tienen un canto tan triste que casi te dan ganas de cargártelas». Después de que mi padre muriera, tuve la sensación de oírlas más, o tal vez fuera que me recordaban a él y su actitud hacia la tristeza en casi todas sus formas. Tampoco entonces quería sentirme triste. Y era como si esos putos pájaros estuvieran obligándome a sentirme así. Total, que me fui al jardín con la escopeta de aire comprimido que me habían regalado en Navidades cuando tenía diez años. Había una de cara a la casa, como si realmente hubiera estado cantando para mí. Le disparé en el cogote y luego dos veces en el lomo. El pájaro levantó el vuelo en el acto, subiendo y luego bajando lentamente las plumas mientras aleteaba como podía, en una sucesión rápida de espirales torcidas. Aterrizó en el jardín del vecino. Esperé a ver si lo oía moverse. Pensé en lo que habría sentido. El aguijón en la cabeza y el lomo y volando luego hacia mí. No me dio nada de lástima por el pájaro porque me ponía muy triste desde que dispararon a mi padre, cuando tuve que mirar hacia abajo y ver los ojos de mi padre parpadeando incrédulos, a mi padre devolviéndome la mirada como si fuera «él» quien lo sentía, sentía que tuviera que verlo morir de esa manera, sin control alguno sobre las desquiciadas posibilidades que la realidad estaba arrojando contra nuestras vidas.

Ya en casa de Sixto llamé a la puerta con la mano.

—Six, ¿estás ahí? —pregunté.

Me aparté de la casa y miré hacia las ventanas de arriba. Oí pisadas. Pesadas y lentas. Cuando mi tío abrió la puerta, ni siquiera me miró ni esperó a ver si yo tenía algo que decir o hacer, se dio la vuelta sin más y entró en la casa.

Yo lo seguí hasta su dormitorio y me acoplé en una vieja silla de oficina que tenía en una esquina. Me sorprendió verla vacía teniendo en cuenta el estado del resto del cuarto: ropa, botellas, basura y una ligera capa de tabaco, maría y ceniza por encima de todo. Su cara era un puto poema de lo triste que parecía. Y, aunque me daba rabia, me entraron ganas de decirle algo para hacerle sentir mejor. Fue la primera vez que vi el tema de otra manera, como que me compadecí de él y pensé en lo mal que debía de sentirse por lo que había hecho.

—He pillado una botella —le dije—. Vamos detrás.

Lo oí levantarse y seguirme fuera del cuarto.

Mi tío tenía unas cuantas sillas en el jardín, que estaba con el césped sin cortar y la cerca medio caída, entre un naranjo y un limonero ahora sin frutos que recordaba haber visto siempre cargados. Estuvimos un rato bebiendo sin decir nada. Él se fumó un canuto mientras yo miraba. Yo seguía esperando a que hablara él, a que dijera algo de lo que le había pasado a mi madre y mi hermano, pero nada. Se encendió un cigarro.

—Cuando éramos pequeños, tu padre y yo solíamos meternos en el armario de tu abuela, que tenía allí un altar montado. Con un montón de movidas raras. Tenía un cráneo, por ejemplo, la cabeza de lo que llaman «gente pequeña». Nos contaba que la gente pequeña robaba bebés y niños. Tenía tarros llenos de polvos y hierbas y piedras de varios tipos. Una vez nos pilló ahí metidos. Le dijo a tu padre que se fuera a su casa, y él salió corriendo como alma que lleva el diablo. Tu abuela puede poner unos ojos muy locos. Se le vuelven negros negros, como si tuviera un par más oscuro detrás de los verdes que se le ven normalmente. Yo tenía la calavera enana en la mano. Me dijo que la soltara y luego me contó que yo tenía algo dentro de mí que no iba a poder sacármelo así porque sí, que podía llevarlo como un hombre, morir con ello. Pero que también podía compartirlo con mi familia, y cederlo con el tiempo, incluso a desconocidos. Era una especie de vestigio antiguo y sombrío que no abandonaba a nuestra familia. A otras personas los genes les trasmiten enfermedades. Y hay quien hereda el pelo rojo o los ojos verdes. Nosotros tenemos esa cosa antigua que hace la hostia de daño y te vuelve malvado. Eso es lo que tienes. Eso es lo que tenía tu abuelo. Sé un hombre, me dijo. No lo trasmitas. —Sixto cogió la botella y le metió un buen trago.

Yo me quedé mirándolo, a los ojos, para ver si pretendía que yo dijera algo. Luego dejó la botella en el césped y se levantó. No podía creer que no hubiera dicho nada de mi madre y mi hermano. ¿O era ahí adonde quería llegar? ¿Era aquello una larga explicación de por qué había pasado lo que le había pasado a nuestra familia de esa manera?

—Vamos —me dijo como si acabáramos de hablar de ir a alguna parte.

Me llevó a su sótano, donde sacó una caja de madera que parecía de herramientas. Era su caja de medicina.

—Vas a tener que echarme un cable —dijo, arrastrando un poco las palabras.

Sacó de dentro un hatillo de hojas secas con un cordel rojo y le prendió fuego. Despidió un olor y un humo intensos. Olía a musgo, a tierra y a Fina. Yo no sabía nada sobre ceremonia —o lo que quiera que estuviera haciendo—, pero sabía que no tendríamos que haber bebido si pretendía hacerlo.

—Esto viene de hace mucho tiempo —dijo, y se echó unos polvos en la mano.

Después me hizo señas de que acercara la cabeza, como para ver mejor, y entonces cogió aire y me lo sopló todo en la cara. El polvo era grueso como la arena y se me metió un poco por la boca y la nariz. Me entró sofoco y me puse a echar aire por la nariz sin parar, como un perro.

—Por nuestras venas corre sangre mala —me contó—. Hay heridas que se pasan de generación en generación. Igual que nuestras deudas. Deberíamos ser morenos. ¿Ves todo lo blanca que tienes la piel? Debemos pagar por lo que le hicimos a nuestro propio pueblo. —Tenía los ojos cerrados y la cabeza ligeramente agachada.

—Paso de esta mierda, Six —dije medio tosiendo e incorporándome.

—Siéntate —me dijo en un tono que nunca había usado conmigo—. No todo es malo. También es poder.

Le hice caso, pero luego volví a levantarme.

—A la mierda, yo me largo.

—¡Te he dicho que te sientes!

Mi tío sopló de nuevo las hojas ardiendo y se elevó un humo espeso. Me dieron náuseas al instante. Me sentí débil. Conseguí volver hasta la puerta de la calle, me monté en la bici y me fui corriendo a casa de Fina.

Cuando me desperté al día siguiente, mi abuela entró en el cuarto y meneó en alto las llaves del coche.

—Arriba, nos vamos —me dijo.

Yo seguía bastante cansado, pero la fiebre se me había pasado. Pensé que iríamos a comprar comida o algo. Cuando pasamos de largo Castro Valley, supe que no íbamos a comprar comida ni a hacer ningún recado. Seguimos camino sin más, atravesando los montes con todos esos molinos de viento. Me quedé dormido mirando uno que parecía una moneda del *Mario Bros*.

Cuando me desperté, estábamos en un terreno con frutales a ambos lados. Mi abuela se había sentado en el capó del coche y miraba algo en su regazo. Abrí la puerta, pero, cuando fui a bajarme, vi que me decía con la mano que me esperara, así que me recosté en el asiento sin cerrar la puerta. Por el parabrisas la vi ponerse de rodillas y tirar de algo con un hilo de coser o de pescar, algo que no lograba ver, hasta que apareció aquel bicho reptando por el parabrisas.

—Cógele piel, ¡cógele un poco de pellejo! —me gritó Fina.

Pero yo no podía moverme, solo mirar al bicho. ¿Qué mierda era eso? ¿Un mapache? No. Y entonces, de pronto, mi abuela se le echó encima. Era negro con una franja blanca de la nariz a la nuca. El bicho estaba intentando morderla y arañarla, pero ella le tenía la mano puesta en el lomo y no conseguía clavar las garras en el capó metálico. Cuando pareció calmarse, Fina lo levantó por el cuello con el hilo de pescar.

—Ven a cogerle un poco de pellejo —me dijo.

—¿Cómo...?

—¡Que le arranques la puta piel con las manos!

Me bastó para activarme. Salí del coche e intenté ponerme detrás del bicho, aunque ya me había visto. Alargué la mano dos veces, pero no quería que me mordiera. Luego, a la tercera intentona, le arranqué un buen trozo del costado.

—Venga, vuelve al coche —me ordenó mi abuela, que se puso en pie.

Dejó al animal en el suelo y luego se adentró con él en el terreno y lo llevó hacia el frutal que había en la linde.

Cuando regresó al coche, yo estaba allí plantado con el puño en alto agarrando el cacho de piel. Mi abuela sacó una bolsa de cuero con abalorios y flecos, la abrió y me dijo por señas que metiera dentro la piel.

—¿Qué era eso? —le pregunté ya de vuelta en la carretera.

—Un tejón.

—¿Para qué?

—Vamos a montarte una caja.

—¿Cómo?

—Que te vamos a hacer una caja de medicina.

—Ah —dije, como si fuera toda la explicación que necesitaba.

Seguimos la marcha un rato en silencio y luego Fina me miró y me dijo:

—Hubo un tiempo, hace mucho, en que no tenían nombre para el sol. —Lo señaló en el cielo, enfrente de nosotros—. No se decidían entre si era hombre, mujer o qué. Todos los animales se reunieron para hablarlo y un tejón salió de un hoyo en la tierra y gritó el nombre, pero, en cuanto lo hizo, salió corriendo. El resto de animales lo persiguió. Aquel tejón se metió bajo la tierra y allí se quedó. Tenía miedo de que lo castigaran por ponerle nombre. —Fina puso el intermitente y cambió de carril para adelantar a una camioneta que iba muy lenta por el derecho—. Algunos vivimos con esta sensación dentro, todo el tiempo, como si hubiéramos hecho algo malo, como si nosotros en sí fuéramos algo malo. Como si quienes somos en nuestro fuero interno, esa cosa que queremos nombrar pero no podemos, nos diera miedo y temiéramos que nos castigaran por ella. Así que nos escondemos. Bebemos alcohol porque nos ayuda a sentir que podemos ser nosotros mismos sin tener miedo. Pero en realidad nos estamos castigando. Esa cosa que es lo que menos queremos se las arregla para aterrizar justo encima de nosotros. La medicina de ese tejón es lo único que tiene posibilidades de ayudarnos. Tienes que aprender a quedarte debajo, en lo más hondo de tu fuero interno, sin miedo.

Volví la cabeza. Me quedé mirando la estela gris de carretera. Sus palabras me golpearon en algún punto en medio del pecho. Todo lo que había dicho era verdad. Me pegó en el centro, donde todo se junta como un nudo.

—¿Six tiene una caja? —le pregunté sabiendo la respuesta.

—Ya lo sabes.

—¿Lo ayudaste tú a hacerla?

—Ese chico nunca me dejó ayudarlo a nada —dijo, con la voz quebrada y enjugándose los ojos—. Se cree que puede arreglarlo él todo, pero mira lo que ha conseguido.

—Quería habértelo contado. Fui a verlo.

—¿Y qué tal lo viste? —me preguntó en un aliento, como si hubiera estado esperando a sacar el tema.

—No estaba mal. Pero bebimos. Y luego me llevó al sótano y empezó a hablar de darme no sé qué movida, le metió fuego a una planta sobre una concha y luego me sopló una especie de polvos en la cara.

—¿Cómo te encuentras?

—Con ganas de matarlo a hostias. Muchas.

—¿Por qué?

—¿Cómo que por qué?

—Él no quería hacer nada de lo que hizo. Está perdido.

—La cagó.

—Igual que tu hermano.

—Six también participó en eso.

—¿Y? Todos la cagamos. Lo importante es cómo volvemos de ahí.

—Entonces, no sé qué mierda se supone que tengo que hacer. No puedo recuperarlo, no puedo recuperarlos. No tengo ni puta idea de qué va todo esto.

—En teoría no debes saberlo —dijo, y bajó su ventanilla. Empezaba a hacer calor, yo también bajé la mía—. Así es como está montada esta historia. En teoría, tú ni siquiera deberías saberlo. Al menos, no todo. Es por eso por lo que luego la historia funciona como funciona. No podemos saberlo. Eso es lo que nos hace seguir adelante.

Quise decir algo, pero no pude, no sabía qué. Me parecía que era lo que tocaba y a la vez lo que menos pegaba. Me quedé callado... durante el resto de la vuelta en coche y varias semanas después. Y ella me dejó.

Daniel Gonzales

Los chicos lo fliparon cuando les enseñé la pistola. Empezaron a pegarse empujones y a reírse como llevaban siglos sin hacer. Todo se ha vuelto la hostia de serio desde que murió mi hermano Manny. Como tiene que ser, no digo que no. Pero a él le habría encantado verlos así. Y también le habría encantado la pistola. Era real. Tan real como cualquier pistola, pero blanca y de plástico, y la había impreso con una impresora 3D en mi propio cuarto, que es el sótano, donde dormía antes mi hermano. Todavía no me hago a la idea de que no está. Por ahora Manny no está ni aquí ni allí, está en medio del medio, donde solo puedes estar cuando no puedes estar en otra parte.

Solo tardó tres horas en imprimirse. Mi madre hizo tacos para los chicos mientras veían el partido de los Raiders. Yo me quedé abajo viendo cómo iba saliendo la pistola hilo a hilo, por capas. Cuando bajaron, miramos juntos cómo salía el último trozo, todos callados. Yo sabía que no lo verían claro, por eso tenía un vídeo de YouTube preparado para enseñárselo, un *time-lapse* de treinta segundos de un colega que imprime una en 3D y sale luego disparándola. Fue verlo y fliparlo. Se pusieron a chillar y a pegarse empujones como si volvieran a ser críos. Como solíamos hacer por movidas más normales como los videojuegos, como cuando echábamos campeonatos del *Madden NFL* que duraban toda la noche, y alguien ganaba a las cuatro de la mañana y formábamos un jaleo que te cagas y mi padre bajaba con el bate metálico, ese pequeño que tenía siempre al lado de la cama, el mismo con el que nos enseñó a batear de pequeños, uno de aluminio, y con el que también nos pegaba, el que conseguimos gratis en un partido de los Athletics donde estaban regalándolos y fuimos temprano para asegurarnos de pillar uno.

A Manny no le habría gustado que Octavio viniera tanto por casa después de su muerte. A ver, porque la culpa, en gran medida, fue suya. Pero es nuestro primo, y Manny y él eran como hermanos. Los tres lo éramos. Es verdad que Octavio no tendría que haber hablado más de la cuenta en aquella fiesta. Estuve un tiempo que no podía ni verlo por eso, y también le echaba la culpa. Pero él siguió viniendo a casa, para asegurarse de que estábamos los dos bien, mi madre y yo. Luego, cuantas más vueltas le daba, más cuenta me daba de que no era todo culpa suya. Fue Manny quien reventó al chaval. En realidad, la culpa la tuvimos todos. Volvimos la cabeza, miramos para otro lado cuando Manny reventó de aquella manera al chaval en el jardín de delante. La mancha marrón de sangre sobre la hierba amarilla se quedó allí hasta que pasé el cortacésped y la segué. Y luego estuvo bien cuando llegó la pasta, antes de que Manny muriera, no preguntamos de dónde salía. Nos quedamos la tele y el dinero que nos dejó en un sobre encima de la mesa de la cocina. Dejamos entrar toda esa mierda y solo quisimos apartarla de nuestra vista cuando nos arrebató a mi hermano.

Supe que realmente se creían lo de la pistola blanca cuando la cogí y los apunté con ella. Recularon en el sitio y levantaron las manos. Menos Octavio, que solo me dijo que la bajara. Aunque no estaba cargada, yo llevaba mucho tiempo sin sentir que tenía el control. Sé que las armas son una gilipollez. Pero eso no quiere decir que no nos hagan sentir que lo controlamos todo cuando tenemos una empuñada. Octavio me la quitó de las manos, miró por el cañón y nos lo apuntó. Ahí fue cuando me asusté yo. Ver a Octavio cogiéndola lo hacía más real todavía, como si el blanco que tenía pareciera más inquietante..., en plan un mensaje de plástico desde el futuro hablándonos de las cosas que caen en las manos equivocadas.

Esa noche, después de que se fueran los chicos, decidí escribirle un correo a mi hermano. Yo le ayudé a abrirse una cuenta, una de Gmail. Él casi nunca la utilizaba, pero a veces me escribía. Y cuando lo hacía me contaba movidas que nunca me habría dicho en la vida real. Eso era lo que molaba de los correos.

Me metí en mi Gmail y le di a responder al último correo que me había mandado mi hermano: «Pase lo que pase, sabes que siempre me tendrás a tu lado». Estaba hablando de las peleas que estaba teniendo con mamá. Ella no paraba de amenazarlo con echarlo de casa desde lo de la paliza que le había metido al chico aquel. Vino la poli y todo. Tardaron la hostia, pero vinieron, hicieron preguntas. Mi madre sentía que la cosa estaba poniéndose cada vez más seria. Que mi hermano tenía una tensión creciendo dentro de él. Yo también lo sentía, pero no sabía qué decir. Era como si estuviera avanzando hacia aquella bala, hacia el jardín, mucho antes de llegar a eso.

Bajé la página para responder.

Qué pasa, hermano. Joder. Ya sé que no estás ahí, pero escribiéndote a tu correo, con ese último mensaje aquí arriba, tengo la sensación de que todavía estás. Cuando estoy con los chicos también tengo esa sensación. Estarás preguntándote en qué ando metido. A lo mejor me ves. A lo mejor lo sabes. Si es así, fijo que estás en plan qué fuerte, ¿una pistola impresa en 3D? La hostia. Yo pensé lo mismo cuando la vi por primera vez, y me puse a reírme como un loco cuando la vi salir. Y sí, ya sé que a ti no te parecería bien. Lo siento, pero necesitamos pasta. Mamá se ha quedado sin curro. Cuando moriste, no podía ni salir de la cama, y yo tampoco conseguía sacarla. No sé cómo vamos a pagar el alquiler el mes que viene. Nos darán un mes más si nos desahucian, pero joder, es que llevamos en esta casa toda la vida. Tus fotos siguen puestas. Tengo que verte por todas partes. Así que no pensamos irnos así sin más. Llevamos aquí toda la vida. No tenemos adónde ir.

¿Sabes una cosa graciosa? Que, en la vida real, voy del palo tío de la calle y esas movidas, pero en internet no hablo así, como ahora, así que se me hace raro. En internet intento parecer más listo de lo que soy. Lo que quiero decir es que pienso bien lo que escribo, porque es lo único que la peña conoce de mí. Lo que escribo, las cosas que publico. Es todo bastante raro en internet, aquí. Por ejemplo, no sabes quién es la gente, solo tienes los nombres de sus avatares, una foto de perfil. Pero si cuelgas movidas guapas, dices movidas guapas, a la gente le caes bien. ¿Te he contado lo de la comunidad en la que me he metido? Es un sitio que se llama, una comunidad *online,* que se llama Vunderkode. Es de Noruega, flípalo. Seguramente no sepas lo que es programar. Me he metido mucho en esas movidas desde que no estás. No tenía ganas de salir, ni de ir al instituto ni nada.

Cuando pasas mucho tiempo metido en internet, si buscas bien, puedes encontrar movidas muy guapas. Me parece que no es muy distinto de lo que hacías tú. Averiguar cómo engañar a un puto sistema abusivo que solo le da los medios para triunfar a los que vienen de gente de pasta o con poder. He aprendido a programar por YouTube. Movidas en plan JavaScript, Python, SQL, Ruby, C++, Html, Java, PHP. Parece otro idioma, ¿verdad? Pues lo es. Y cada vez lo hace mejor, si le echas tiempo y te tomas en serio lo que los muy cabrones tienen que decir sobre tus habilidades en los foros. Tienes que saber cómo diferenciar las cosas, qué críticas aceptar y de cuáles pasar. Pero, resumiendo, el caso es que me enganché a esa comunidad y me di cuenta de que podía llegar adonde quisiera, sin drogas ni mierdas. A ver, podría meterme en eso, pero no es lo que quiero. La impresora 3D que tengo está impresa con una impresora 3D. Fuera de coñas, una impresora 3D imprimió una impresora 3D. Octavio me prestó la pasta.

Lo que en parte me jode de que ya no estés es que nunca llegué a contarte nada. Ni siquiera cuando me mandabas los correos. De hecho, no sabía ni lo mucho que quería contarte hasta que te fuiste; hasta que sentí esa sensación de perderte allí en el césped, justo en el sitio donde la hierba se había manchado con la sangre del chaval aquel. Pero tú me lo demostraste, yo sabía lo mucho que me querías. Hiciste movidas, en plan como cuando me pillaste aquella Schwinn la hostia de cara. Seguramente sería la bici de algún moderno, seguramente se la mangaste, pero aun así, la robaste para mí, y, en cierto modo, casi lo prefiero a que me la compraras; sobre todo si era de algún blanquito de esos que intentan apoderarse de Oakland desde el Oeste. Tienes que saber que todavía no han conseguido llegar hasta el Este Profundo, y es probable que nunca lleguen. Las cosas están chungas por aquí. Pero todo lo que hay desde High Street hasta Oakland Oeste, para mí que eso está ya sentenciado. De todas formas, ahora más que nada veo la ciudad por internet. Al final acabaremos ahí todos, *online*. Yo lo veo así. Si lo piensas, ya estamos yendo por ese camino. Ya somos unos putos androides, todo el tiempo pensando y viendo a través de nuestros móviles.

Querrás saber algo más sobre otras movidas, como qué tal va mamá. Ahora pasa menos rato metida en la cama. Aunque solo se levanta para ir a la tele. También está mucho rato mirando por la ventana, entre las cortinas, como si siguiera esperando a que volvieras. Sé que tendría que pasar más tiempo con ella, pero es que me pongo la hostia de triste. El otro día se le cayó un cirio en el suelo de la cocina. Se hizo pedazos y lo dejó todo ahí tirado. A ver, que sí, que se puede romper la movida, pero no coges y lo dejas ahí roto, en el salón ahí todo fuera, como tu foto encima de la chimenea, que me parte el alma cada vez que la veo, esa de cuando terminaste el instituto y todos pensamos que las cosas irían bien a partir de entonces porque habías conseguido acabarlo.

Después de que murieras se me repetía un sueño. Empezaba estando en una isla. Lo único que veía un poco era una isla al otro lado. Había una niebla que te cagas entre las dos, pero yo sabía que tenía que llegar ahí, así que me eché a nadar. El agua estaba caliente y superazul, ni gris ni verde como la de la bahía. Cuando llegué al otro lado te encontré en una cueva. Tenías un montón de cachorros de pitbull en un puto carrito de la compra. Estabas duplicándolos en el carrito, a los pit-bulls. Te pusiste a pasarme los cachorros conforme los ibas duplicando en el carro. Estabas haciendo todos esos perrillos para mí.

Así que cuando me enteré de lo de la impresora 3D que podía imprimir una versión de sí misma, pensé en ti y en los pitbulls. La idea de la pistola me vino luego. He conseguido estar bien con Octavio. Empezó a ha-blarme de otra forma, no solo como si fuera tu herma-no pequeño. Me preguntó si necesitaba trabajo. Le conté lo de mamá, que se pasaba el día en la cama, y se echó a llorar, y eso que no estaba borracho ni nada. Ne-cesitaba pensar en alguna manera de mantenernos a los dos. Sé que tú querías que estudiara, que fuera a la fa-cultad y consiguiera un buen trabajo, pero yo quiero poder ayudar ya, no dentro de cuatro años. Y no deber una pasta que te cagas para estar trabajando por ahí en alguna oficina. Así que me puse entonces a pensar en cómo podía ayudar. Había leído sobre las pistolas estas que puedes imprimir. En su momento tampoco sabía para qué podía usarlas. Me bajé el archivo .cad, el G-Code. Después de sacar la impresora, imprimí una pis-tola (fue lo primero que imprimí). Y luego comprobé que funcionaba. Me fui con la bici cerca del aeropuerto de Oakland, al sitio ese donde me llevaste una vez para ver los aviones, que se van acercando cada vez más. Me imaginé que ahí podría pegar unos cuantos tiros sin que me oyera nadie. Apareció un 747 de Southwest que te cagas de grande y disparé al agua. Me hice daño en la mano y la pistola se calentó un poco, pero funcionó.

Ahora ya tengo seis fuscas. Octavio me ha dicho que me va a dar cinco mil por todas. Está tramando algo. Mi movida no se puede rastrear, así que no me preocupa que vayan a venir buscándome. Lo que me preocupa es lo que harán las pistolas, dónde acabarán, a quién podrían herir o matar. Pero somos familia. Sé que Octavio puede ser un hijoputa muy cabrón. Como tú. Pero, bueno, al grano: Manny, me ha contado que van a atracar el puto powwow. De locos, ¿verdad? Cuando me lo contó me pareció que era una gilipollez bien gorda. Después me quedé jodido por papá. Te acordarás de que siempre nos decía que éramos indios, pero nosotros no le creíamos. Era como si esperáramos a que nos lo demostrase. Da igual. Por lo que le hizo a mamá, a nosotros. Puto desgraciado. Se merecía lo que le pasó. Se lo buscó él solito, durante mucho tiempo. Habría acabado matando a mamá. Y seguramente a ti también si no le hubieras pegado de hostias. Ojalá hubiera tenido una pistola blanca que darte entonces. Así que... que atraquen el powwow, déjalos. A la mierda. Papá nunca nos enseñó nada sobre ser indio. ¿Qué tiene eso que ver con nosotros? Octavio me ha dicho que pueden sacar unos cincuenta mil pavos. Que me dará otros cinco si les sale bien.

Y yo, pues, casi que me paso el día metido en internet. Voy a acabar el instituto. Las notas, bien. En realidad no me cae nadie bien de mi clase. Los únicos amigos que tengo son tus antiguos colegas, pero en realidad pasan de mí, salvo porque ahora puedo fabricarles pistolas. Menos Octavio. Sé que él se quedó súper hecho polvo con todo. Tienes que saberlo. Lo normal es pensar que se quedó hecho mierda, ¿no?

En fin, seguiré escribiéndote por aquí. Te mantendré informado. Cualquiera sabe qué pasará. Por primera vez en mucho tiempo siento un poco de esperanza en el pecho. Aunque tampoco es que la cosa vaya a mejorar, pero por lo menos cambiará. A veces no hay nada más. Porque eso significa que está pasando algo, en algún punto en medio de todo eso, todas esas vueltas que está dando siempre el mundo, que significa que en teoría no siempre seguirá este mismo agobio. Te echo de menos.

Daniel

Octavio me trajo los primeros cinco mil el día después de enseñarles a todos las pistolas. Dejé tres mil en un sobre en blanco encima de la mesa de la cocina, como hacía mi hermano. Con los otros dos mil me pillé un dron y unas gafas de realidad virtual.

Llevaba queriendo un dron desde que me enteré de lo del powwow. Sabía que Octavio no iba a dejarme ir, pero yo quería verlo. Para asegurarme de que iba todo bien; si no iba bien era por mi culpa. Y si la cagaban, se acabó. Con mi madre como estaba, ya solo me quedaba el plan de Octavio. Ahora te puedes pillar un dron decente por un precio razonable, y he leído que volar uno con cámara, que retrasmita en directo, con gafas de realidad virtual, es igual que volar.

El dron que me he pillado tiene un alcance de cinco kilómetros y puede estar en el aire veinticinco minutos. La cámara graba con resolución 4K. El estadio está a solo kilómetro y medio de casa por la Setenta y Dos. Lo volé desde el jardín trasero. Como no quería perder el tiempo, lo subí en línea recta, como a unos quince metros, y luego justo por encima de la parada del BART. El cacharro se movía superbién. Y yo iba dentro. Mis ojos. Las gafas de RV.

Cuando llegué al fondo del *center field,* subí recto y vi a un viejo que estaba señalándome desde las gradas. Me acerqué para verlo. Era de mantenimiento: tenía una pinza y una bolsa de basura. El tipo sacó unos prismáticos. Me acerqué más todavía. ¿Qué iba a hacerme? Nada. Me planté casi en su cara y el colega intentó coger el dron. Se volvió loco. Me di cuenta de que estaba vacilándole. No tendría que haberlo hecho. Me aparté y volví a bajar hacia el terreno de juego. Me dirigí hacia el muro del *right field* y luego bajé por la línea de falta hasta el *infield*. Cuando llegué a la tercera base me di cuenta de que al dron le quedaban diez minutos de batería. No pensaba dejar tirados mil pavos ahí, pero quería acabar en el *home plate*. Cuando llegué, justo cuando iba a dar media vuelta con el dron, vi que el viejo venía hacia mí desde las gradas. Estaba ya en el campo y se veía que estaba cabreado, como si fuera a coger el dron y a estrellarlo contra el suelo, pisotearlo. Di marcha atrás, pero se me olvidó subir. Por suerte, llevo tanto tiempo jugando a la consola que tengo el cerebro programado para reaccionar bien bajo presión, en momentos de pánico. Pero por unos segundos estuve tan cerca que podía haber contado las arrugas del viejo. Consiguió pegarle y casi lo tira al suelo, pero lo levanté, subí en línea recta, rápido, como cinco o diez metros en unos segundos. Sorteé los muros y volví directamente al jardín de casa.

Cuando bajé al sótano, puse el vídeo una y otra vez. Sobre todo la parte del final, cuando el tío casi me da. Fue emocionante. Real, como si hubiera estado allí. Estaba a punto de llamar a Octavio para contárselo cuando oí un grito arriba. Mi madre.

Desde que mataron a tiros a Manny, vivo en un estado constante de preocupación, medio esperando a que pase cualquier cosa chunga en cualquier momento. Subí corriendo y, cuando llegué arriba, abrí la puerta y vi que mi madre tenía el sobre en la mano y estaba pasando los billetes. ¿Creía que se lo había dejado Manny?, ¿que había vuelto de alguna manera o nunca se había ido? ¿Creía que era una señal?

Estaba a punto de decirle que había sido yo, y Octavio, cuando se me acercó y me dio un abrazo. Me cogió la cabeza y la apoyó en su pecho, y todo sin parar de decir: «Lo siento, lo siento mucho». Yo creía que lo decía por pasarse los días metida en la cama, por haber tirado la toalla. Pero entonces, mientras seguía diciéndolo, entendí que quería decirme que sentía todo lo que nos había pasado; lo mucho que habíamos perdido, que en otros tiempos habíamos sido una familia, lo bien que habíamos estado en otros tiempos. Yo intenté decirle que no pasaba nada, y no paraba de repetir «No pasa nada, mamá» a cada uno de sus lo siento. Pero al poco me vi diciéndole yo también a ella que lo sentía. Y acabamos diciéndonos lo siento el uno al otro hasta que nos echamos a llorar y a temblar.

Blue

Me casé con Paul por el rito tipi. Algunos lo llaman la Iglesia Nativa Americana. O peyotismo. Lo llamamos medicina de peyote porque es lo que es. Yo sigo creyéndolo en buena medida igual que sigo creyendo en gran medida que cualquier cosa puede ser medicina. Nos casó el padre de Paul hace dos años en una ceremonia tipi, delante de aquella hoguera. Fue entonces cuando me dio mi nombre. De pequeña me adoptó un matrimonio blanco, así que necesitaba un nombre indio. En cheyene es Otá'tavo'ome, aunque yo no sé pronunciarlo bien. En inglés es Blue Vapor of Life, el vaho azul de la vida. El padre de Paul empezó a llamarme Blue para abreviar, y con eso me he quedado. Hasta entonces había sido Crystal.

Casi lo único que sé sobre mi madre biológica es que se llama Jacquie Red Feather. El día que cumplí los dieciocho mi madre adoptiva me contó cómo se llamaba mi madre biológica y que era cheyene. Yo había sabido siempre que no era blanca. Pero tampoco estaba tan claro, porque, aunque tengo el pelo moreno y la piel oscura, cuando me miro en el espejo me veo de dentro para fuera. Y en mi fuero interno me siento tan blanca como los largos cojines blancos en forma de caramelo que mi madre me obligaba a tener en la cama a pesar de que yo no los usaba nunca. Me crié en Moraga, que es un pueblo residencial a los pies de los montes de Oakland, pero por el otro lado (lo que me convierte en más de los montes de Oakland que los niñatos de los chalés). Así que crecí con dinero, piscina en el jardín, una madre autoritaria y un padre ausente. Llegaba a casa de la escuela con insultos racistas pasados de moda, como si fueran los años cincuenta; por supuesto, todos insultos contra mexicanos, porque la gente con la que me crié ni siquiera sabe que los nativos siguen existiendo. Así de grande es la distancia entre los montes y Oakland. Unas colinas capaces de distorsionar el tiempo.

Cuando mi madre me lo contó en aquel cumpleaños, no hice nada en el momento. Estuve años dándole largas al tema. Yo seguía sintiéndome blanca, a pesar de que, dondequiera que iba, me trataran como a cualquier persona de piel morena.

Me contrataron en el Centro Indio de Oakland y eso me ayudó a sentirme más parte de algo. Luego, un día que estaba mirando ofertas por Craigslist, vi que mi tribu en Oklahoma estaba buscando a un coordinador de Menores y Juventud. Como en Oakland me dedicaba también a esa área, me presenté al puesto, aunque creyendo que no me cogerían. Pero resulta que me lo dieron y a los pocos meses estaba mudándome a Oklahoma. Paul era mi jefe. Nos fuimos a vivir juntos al mes de llegar allí. Una relación muy poco saludable desde el principio. Pero en parte, si fue tan rápido, fue por ceremonia. Por esa medicina.

Hacíamos sesiones todos los fines de semana, a veces, si no aparecía nadie más, solo Paul, su padre y yo. Él se encargaba del fuego y yo de llevarle el agua a su padre. Una no sabe lo que es la medicina a no ser que sepa medicina. Rezábamos para que el mundo entero sanara y, todas las mañanas al salir del tipi, sentíamos que era posible. Está claro que el mundo lo único que hace es girar. Pero, por un tiempo, parecía de lo más lógico... allí dentro. Podía evaporarme y subir y salir por los palos cruzados del tipi, entre el humo y las plegarias. Podía irme y a la vez estar allí con todo mi ser. Pero cuando el padre de Paul murió, todo por lo que había estado rezando tanto tiempo quedó patas arriba y se invirtió y se vació sobre mí en la forma de los puños de Paul.

Después de la primera vez, y la segunda, cuando ya ni las contaba, me quedé y seguí quedándome. Dormía en la misma cama que él, me levantaba todos los días para trabajar como si nada. Yo había desaparecido desde esa primera vez que me había puesto la mano encima.

No hace mucho me presenté para un puesto en el sitio donde trabajaba antes en Oakland. Es para coordinar las actividades del powwow. No tenía experiencia en coordinación de actividades más allá del campamento de verano juvenil que hacemos todos los años, pero, como me conocían, me contrataron.

Veo mi sombra alargarse y luego aplastarse en la carretera cuando un coche pasa volando sin reducir la marcha o siquiera fijarse en mí, por lo que parece. Aunque no es que yo quiera que reduzcan la marcha o se fijen. Le doy un puntapié a una piedra y la oigo tintinear contra una lata o algo hueco en medio de la hierba. Vuelvo a apretar el paso y, justo entonces, me viene una bocanada de aire caliente y olor a gasolina al pasarme por el lado un camión grande.

Esta mañana, cuando Paul me ha dicho que necesitaba el coche todo el día, decidí tomármelo como una señal y le dije que me volvería con Geraldine. Es la terapeuta de toxicodependientes que trabaja conmigo. En cuanto salí por la puerta, supe que iba a dejar atrás todo lo que había en esa casa para siempre. No me ha costado renunciar a la mayoría de las cosas, pero mi caja de medicina, la que me hizo su padre, con el aventador, la calabaza, la bolsa con la corteza de tuya, el chal..., no me quedará más remedio que aprender a vivir sin todo eso.

No he visto a Geraldine en todo el día ni tampoco después del trabajo. Pero ya lo tenía decidido, así que me he ido hacia la carretera con las manos vacías, salvo por el móvil y un cúter que he cogido de la recepción al salir.

El plan es llegar a Oklahoma capital, a la estación de los Greyhound. El trabajo no empieza hasta dentro de un mes. Solo necesito conseguir volver a Oakland.

Un coche aminora y se para un poco por delante. Unas luces de freno rojas llenan de sangre mi visión de la noche. Me entra el pánico y me doy media vuelta, hasta que oigo la voz de Geraldine y me vuelvo y veo el Cadillac beis de mi amiga, la antigualla que le regaló su abuela cuando acabó el instituto.

En cuanto me subo, Geraldine me mira en plan: «¿Qué coño estás haciendo?». Su hermano Hector está tirado en el asiento trasero, sobándola.

—¿Está bien?

—Blue —me dice reprendiéndome con mi nombre.

Ella se apellida Brown. Eso es lo único que tenemos en común, los colores de nuestros nombres.

—¿Qué? ¿Adónde vamos? —le pregunto.

—Se ha pasado bebiendo. Y está tomando analgésicos. No quiero que vomite y muera durmiendo en el suelo de nuestro salón, así que se viene con nosotras.

—¿Con nosotras?

—¿Por qué no me preguntaste si te llevaba? Le has dicho a Paul que...

—¿Te ha llamado él?

—Claro. Yo estaba ya en casa. He tenido que salir antes del trabajo por el capullo este —dice señalando con el pulgar hacia el asiento trasero—. Le he dicho a Paul que habías tenido que quedarte más tiempo con un chico que estaba esperando a que apareciera su tía, pero que no tardábamos en salir.

—Gracias.

—Entonces, ¿te largas?

—Sí.

—¿Vuelves a Oakland?

—Sí.

—¿A la Greyhound de la capital?

—Sí.

—Ostras...

—Ya —digo.

Y cuando decimos esto se hace un silencio que se queda un rato con nosotras mientras seguimos camino. De pronto me parece ver un esqueleto humano apoyado contra una valla de madera con alambre de espino.

—¿Has visto eso?

—¿El qué?

—No sé.

—En esta zona a la gente se le aparecen cosas continuamente —me cuenta Geraldine—. ¿Sabes la parte esa de la carretera por donde estabas andando antes? Hacia el norte, después de un tramo largo, justo pasado Weatherford, hay un pueblo que se llama Dead Woman Crossing.

—¿Muerta cruzando? ¿Por qué le pusieron ese nombre?

—Por lo visto una mujer blanca local mató y decapitó a esta otra mujer blanca y a veces los adolescentes van a ver donde pasó todo. La mujer a la que mataron iba con su cría de catorce meses. La pequeña sobrevivió. Por lo visto, dicen que por las noches se oye a la mujer llamando a gritos a su hija.

—Ya, claro...

—Pero los fantasmas son lo de menos si te pones a andar por la carretera —dice Geraldine.

—Me he traído un cúter del trabajo —le cuento, y lo saco del bolsillo de la chaqueta y deslizo el botón de plástico para enseñarle la cuchilla (como si ella no supiera lo que es un cúter).

—En sitios así es donde vienen a por nosotras —sigue Geraldine.

—Esto es más seguro que mi casa.

—Podrías estar con alguien peor que Paul.

—Entonces, según tú, ¿debería volver?

—¿Sabes cuántas mujeres indias desaparecen al año?

—¿Lo sabes tú?

—No, pero una vez oí una cifra muy alta y seguramente la real sea aún más alta.

—Yo también vi algo, una publicación sobre mujeres en Canadá.

—No es solo en Canadá, es por todas partes. En el mundo hay una guerra secreta abierta contra las mujeres. Secreta hasta para nosotras. Secreta aunque lo sepamos. —Mi amiga baja entonces la ventanilla y se enciende un cigarro y yo hago otro tanto—. Da igual donde nos quedemos tiradas en medio de la carretera, nos cogen y luego nos dejan ahí para que nos pudramos y todos se olviden de nosotras para siempre. —Tira el cigarro por la ventanilla: solo le gusta fumar las primeras caladas.

—Yo siempre pienso en los hombres que hacen ese tipo de cosas, no sé, como que sé que están ahí en alguna parte.

—Y Paul... —dice mi amiga.

—Ya sabes por lo que está pasando. Él no es de esos.

—No te digo que no, pero la diferencia entre los hombres que hacen esas cosas y el maltratador borracho medio no es tan grande como te crees. Y luego tienes a esos cerdos asquerosos en puestos altos que compran con *bitcoins* nuestros cuerpos en el mercado negro, alguien muy arriba que se la casca escuchando grabaciones de gritos de mujeres como nosotras mientras las revientan, las golpean contra suelos de cemento en habitaciones secretas...

—Madre...

—¿Qué, que no es verdad? La gente que vive de eso son monstruos de carne y hueso, gente que nunca llegas a ver. Y lo que quieren es cada vez más y más, y cuando no les vale con eso, quieren todo lo que sea difícil de conseguir, gritos grabados de indias moribundas, ¿qué te digo yo?, un torso disecado, una colección de cabezas de indias... Seguro que hay algunas flotando en acuarios con luces azules al fondo de un despacho secreto de la planta alta de un edificio de oficinas del centro de Manhattan.

—Se ve que has estado dándole vueltas al tema —digo.

—En mi trabajo conozco a muchas mujeres. Atrapadas por la violencia. Tienen hijos en los que pensar. No pueden largarse sin más, con los críos, sin dinero ni parientes. Y yo tengo que hablarles a estas mujeres de opciones... Tengo que hablarles de ir a casas de acogida. Tengo que escuchar cuando a los hombres se les ha ido la mano «sin querer». Así que no, no te estoy diciendo que debas volver. Te voy a llevar a la estación de autobuses. Pero sí que te digo que no te dediques a ir por el arcén de la carretera en plena noche. Que tendrías que haberme mandado un mensaje y pedirme que te llevara.

—Lo siento. Creía que te iba a ver a la salida.

Estoy cansada y algo molesta. Siempre me pongo así después de fumar. No sé para qué fumo. Dejo escapar un gran bostezo y luego apoyo la cabeza contra la ventanilla.

Me despierto en medio del borrón parpadeante de un forcejeo. Hector tiene los brazos a ambos lados de su hermana, intentando coger el volante. El coche está dando bandazos, ya no estamos en carretera. Es la avenida Reno, justo pasado el puente que cruza el Oklahoma, no lejos de la estación de los Greyhound. Geraldine está intentando zafarse de su hermano. Intervengo y me pongo a pegarle en la cabeza con ambas manos para hacer que pare. Gruñe como si no supiera dónde está o qué hace. O como si hubiera despertado de una pesadilla, o siguiera en ella. El coche pega un bandazo hacia la izquierda y luego una curva más cerrada hacia la derecha, hasta que nos montamos en la acera, encima de un césped, y acabamos en el aparcamiento de un Motel 6, contra el morro de una camioneta que hay allí parada. La guantera se abre sola y me aplasta las rodillas. Se me van las manos hacia el parabrisas. El cinturón de seguridad pega un tirón y se me clava. Nos paramos y se me nubla la visión. El mundo da vueltas. Miro a un lado y veo que mi amiga tiene la cara hecha un cristo. Le ha saltado el airbag y todo apunta a que le ha partido la nariz. Oigo abrirse la puerta trasera y veo que Hector se cae de culo y luego se levanta y se aleja dando tumbos. Enciendo el móvil para avisar a una ambulancia y, en cuanto lo hago, veo que Paul está llamándome otra vez. Su nombre en la pantalla. Su foto: delante del ordenador del trabajo con su cara de soy un indio la hostia de duro, con la barbilla levantada. Lo cojo porque ya casi estoy en la estación. Ya no puede hacerme nada.

—¿Qué, qué coño quieres? Acabamos de estrellarnos.

—¿Dónde estás?

—No puedo hablar. Voy a llamar a una ambulancia.

—¿Qué haces en la capital? —me dice, y se me cae el alma a los pies. Geraldine me mira y leo un «cuelga» en sus labios.

—Mira, no sé cómo lo sabes, pero voy a colgar.

—Estoy llegando —dice Paul.

Le cuelgo.

—¿Tú le has dicho dónde coño estábamos?

—No, yo no le he dicho dónde coño estábamos —dice Geraldine, que se restriega la nariz con la camisa.

—Entonces, ¿cómo coño sabe dónde estamos? —lo digo más para mí que para ella.

—Mierda.

—¿Qué?

—Se lo habrá dicho Hector. Yo a ese me lo cargo. Voy a por él ahora mismo.

—¿Y qué pasa con el coche? ¿Y tú estás bien?

—Me pondré bien. Vete a la estación. Escóndete en los baños hasta que sea la hora de salida.

—¿Qué vas a hacer tú?

—Buscar a mi hermano y convencerlo de que deje de hacer lo que el muy capullo crea que está haciendo.

—¿Cuánto tiempo hace que ha recaído?

—Solo un mes. Y el mes que viene vuelven a mandarlo al frente.

—No tenía ni idea de que siguiéramos desplegados allí. —Le doy un abrazo por un lado.

—Vete —me dice. No la suelto—. Vete —repite, y me aparta.

Tengo las rodillas entumecidas y magulladas, pero echo a correr.

El cartel de la Greyhound se despliega por lo alto como un faro. Pero tiene las luces apagadas. ¿Será demasiado tarde? ¿Qué hora es? Miro el teléfono. Son solo las nueve. Me da tiempo. Vuelvo la vista y veo el coche de Geraldine donde lo hemos dejado. Todavía no ha llegado la poli. Podría llamar y esperar a que llegaran, contarles lo que ha pasado, todo lo de Paul.

La estación está vacía. Voy directa a los servicios. De cuclillas, encima de la taza de un váter, intento comprar el billete por el móvil. Pero me llama. No puedo comprarlo porque no para de interrumpirme con sus llamadas. Veo un mensaje por la parte de arriba de la pantalla e intento ignorarlo, pero no puedo. Dice:

Estás aquí?

Sé que se refiere a la estación de autobuses. Habrá visto el coche de Geraldine y lo cerca que estábamos de la Greyhound. Le escribo:

> No, en un bar a la vuelta de la
> esquina de donde nos hemos
> estrellado.

Me responde:

UNA MIERDA.

Y me llama. Presiono el botón superior del móvil. Seguramente esté aquí, dando vueltas por la estación, buscando la luz de mi móvil, esperando a oírlo vibrar. No va a entrar en los servicios. Le quito la vibración al móvil. Oigo que se abre la puerta del baño. No me cabe el corazón en el pecho de lo hinchado que lo tengo y lo rápido que me late. Respiro hondo todo lo lento y lo sigilosamente que puedo. Todavía encima de la taza del váter, agacho la cabeza para ver quién ha entrado. Veo unos zapatos de mujer, de mujer mayor, unos zapatones beis con velcro que entran en el cubículo contiguo. Paul me llama otra vez. Vuelvo a pulsar el botón de arriba. Veo que entra otro mensaje que dice:

Venga nena sal. Adonde vas?

Tengo las piernas cansadas. Me palpitan las rodillas, del choque. Me bajo del váter. Meo e intento pensar un mensaje para conseguir que se vaya de la estación. Le escribo:

> Te he dicho que estamos al fondo de la calle. Ven y nos tomamos algo. Y lo hablamos, ok?

La puerta de los servicios se abre de nuevo. Vuelvo a agachar la cabeza por el hueco. Mierda puta. Sus zapatos. Me encaramo otra vez en el váter.

—¿Blue? —Su voz retumba en el cubículo.

—Esto es el baño de señoras, caballero —dice la mujer que está al lado—. Aquí dentro solo estoy yo.

Pero yo sé que ha debido de oírme antes cuando he meado.

—Perdone —dice Paul.

Todavía queda mucho para que llegue el autobús. Seguro que él va a esperar a que salga la mujer para volver a entrar. Oigo que la puerta se abre y se cierra de nuevo.

—Por favor —le susurro a la mujer—, me está buscando. —No sé muy bien qué le estoy pidiendo que haga.

—¿A qué hora sale tu autobús, cielo? —pregunta la mujer.

—Dentro de media hora.

—No te preocupes. Cuando llegas a mi edad, puedes pasarte todo ese rato aquí metida. Yo me quedo contigo —me dice, y me echo a llorar.

No hago ruido ni sollozo, pero sé que está oyéndome. Se me cae el moco y sorbo con fuerza para que no salga más.

—Gracias —le digo.

—Los hombres estos... Están cada vez peor.

—Voy a tener que salir corriendo, creo, para llegar al autobús.

—Yo llevo espray. Ya me han atracado y asaltado más de una vez.

—Voy a Oakland —le cuento.

Me doy cuenta entonces de que ya no estamos susurrando. Me pregunto si Paul estará en la puerta. El móvil ha dejado de sonarme.

—Yo te acompaño hasta el autobús —me dice.

Compro el billete por el móvil.

Salimos juntas del baño. La estación está vacía. La mujer es morena, de etnia ambigua, y mayor de lo que me la había imaginado por sus zapatos. Tiene esas arrugas profundas en la cara que parecen talladas, como en madera. Me indica por gestos que la coja del brazo mientras andamos.

Subo los escalones del autobús, con la anciana detrás. Le enseño al conductor el billete en el móvil y luego lo apago del todo. Voy hasta el fondo y me hundo en mi asiento, respiro hondo y luego lo suelto poco a poco, y espero a que el autobús se ponga en marcha.

Thomas Frank

Antes de nacer eras una cabeza y una cola en una charca lechosa, un nadador. Eras una raza, un perecer, un penetrar, un llegar. Antes de nacer eras un huevo dentro de tu madre que fue un huevo dentro de su madre. Antes de nacer eras la *matrioska* de posibilidades dentro de los ovarios de tu madre. Eras dos mitades de mil clases distintas de posibilidades, un millón de caras o cruces, un gira y brilla de una moneda lanzada al aire. Antes de nacer eras la idea de llegar a California para oro o muerte. Eras blanco, eras moreno, eras rojo, eras polvo. Te escondías, buscabas. Antes de nacer, te persiguieron, te golpearon, te partieron el alma, te atraparon en una reserva de Oklahoma. Antes de nacer, eras una idea que se le metió a tu madre en la cabeza en los setenta, cruzar el país en autostop y llegar a ser bailarina en Nueva York. Ya venías de camino cuando se quedó a medio camino petardeando y dando vueltas en espiral hasta acabar en Taos (Nuevo México), en una comuna peyotista llamada Lucero del Alba. Antes de nacer fuiste la decisión de tu padre de abandonar la reserva para ir al norte de Nuevo México a aprender alrededor de la hoguera de un indio pueblo. Eras la luz en los ojos vidriosos de tus padres cuando se conocieron en ceremonia, a ambos lados de esa hoguera. Antes de nacer, tus mitades que iban dentro de ellos se mudaron a Oakland. Antes de nacer, antes de que tu cuerpo fuera mucho más que un corazón, una columna, hueso, cerebro, piel, sangre y venas, cuando acababas de empezar a desarrollar músculo con el movimiento, antes de dejarte ver, de hinchar su barriga, de ser su barriga, antes de que a tu padre se le hinchara la barriga de orgullo al verte, tus padres estaban en una habitación escuchando el ruido que hacía tu corazón. Tenías un latido arrítmico. El médico dijo que era normal, tu corazón arrítmico no era anormal.

—A lo mejor nos sale percusionista —dijo tu padre.

—Si ni siquiera sabe lo que es un tambor —respondió tu madre.

—Corazón.

—El hombre ha dicho arrítmico, eso significa que no tiene ritmo.

—A lo mejor solo significa que se sabe tan bien el ritmo que no siempre toca cuando todo el mundo se lo espera.

—¿El ritmo de qué?

Pero en cuanto creciste lo suficiente para que tu madre te sintiera dentro, ya no pudo negarlo. Nadabas al ritmo. Cuando tu padre sacaba el timbal, dabas patadas al compás, o al compás del latido de tu madre, o a una de esas cintas de varios que ella grababa con las canciones que más le gustaban y que luego ponía hasta la saciedad en vuestra furgoneta Aerostar.

Una vez que saliste al mundo, correteando, brincando y trepando, tamborileabas por doquier con dedos de pies y manos, continuamente. En mesas, en escritorios. Tamborileabas en toda superficie que se te ponía por delante, esperando a oír el sonido que te devolvían las cosas cuando las golpeabas. El plasplás de las palmadas, el tilín del tintineo, el claca de los cubiertos en las cocinas, los pompom a la puerta, el craccrac de los nudillos, los rascarrasca de cabeza. Estabas descubriendo que todo tiene un sonido. Todo puede ser percusión, se mantenga el ritmo o vaya a su aire. Incluso los disparos y las detonaciones, el aullido de los trenes por la noche, el viento contra tus ventanas. El mundo está hecho de sonido. Pero, tras cada clase de sonido, acecha una tristeza. En el silencio entre tus padres, después de una pelea que los dos se las arreglaban para perder. Tú y tus hermanas con la oreja pegada a la pared, esperando a oír los tonos, los primeros síntomas de una pelea. Los últimos síntomas de una pelea reavivada. El sonido del culto en el templo, ese zumbido y gemido *in crescendo* del culto cristiano evangélico, tu madre hablando en lenguas en la cresta de esa ola dominical de cada semana; tristeza porque no podías sentir nada de eso y querías, tenías la sensación de que te hacía falta, que podía protegerte de los sueños que tenías casi cada noche sobre el fin del mundo y la posibilidad de un infierno eterno: tú viviendo allí, todavía un niño, incapaz de morir, irte o hacer algo salvo arder en un lago de fuego. La tristeza te venía cuando tenías que despertar a tu padre, que roncaba en la iglesia, incluso mientras miembros de la congregación, miembros de tu familia, estaban siendo tomados en el Espíritu en las bancas de al lado. La tristeza te venía cuando los días se acortaban al final del verano; cuando los niños ya no salían a las calles y todo enmudecía. En el color de ese cielo escurridizo acechaba tristeza. Saltaba, se colaba en medio de todo, de todo lo que encontraba a su paso, a través del sonido, de ti.

Nunca pensaste en tus tamborileos o golpeteos como percusión hasta que no empezaste a tocar el tambor muchos años después. Habría sido bueno saber que tenías un talento natural desde que naciste. Pero al resto de tu familia le pasaban demasiadas cosas para que alguien reparara en que probablemente deberías haber hecho otra cosa con los dedos de manos y pies más allá de tamborilear sin más, con tu cabeza y tu tiempo más allá que golpetear todas las superficies de tu vida, como si estuvieras buscando un sitio por donde entrar.

Vas camino del powwow. Te han invitado a tocar en el gran powwow de Oakland, a pesar de que dejaste las clases de percusión. No pensabas ir. No tienes ganas de ver a nadie del trabajo desde que te echaron. Y menos a los del comité del powwow. Pero nunca ha habido nada que lo iguale: esa forma que tiene ese gran tambor de llenarte el cuerpo hasta que solo hay sitio para el tambor, el sonido, la canción.

Tu banda de percusión son los Luna Sureña. Te uniste al grupo un año después de empezar a trabajar de bedel en el Centro Indio. Se supone que ahora se los llama «conserjes» o «personal de mantenimiento», pero tú siempre te has considerado un bedel. Con dieciséis años te fuiste de viaje a Washington para ver a tu tío, el hermano de tu madre, que te llevó al Museo de Artes Americanas, donde descubriste a James Hampton. Era artista, cristiano, místico, bedel. Con el tiempo Hampton acabó siendo tu gran referente. En cualquier caso, lo de bedel era solo un trabajo. Pagaba el alquiler, y podías tener los cascos puestos todo el día. Nadie quiere hablar con el que está limpiando. Los cascos son un servicio extra, así la gente no tiene que fingir que le interesas porque le da cosa que estés vaciándole la papelera de debajo de la mesa y dándole una bolsa nueva.

El grupo de percusión se juntaba los martes por la noche. Todo el mundo era bienvenido. Menos las mujeres. Ellas tenían su propio grupo los jueves por la noche. Eran las Luna Norteña. La primera vez que oíste el gran tambor fue por casualidad, una noche al salir de trabajar. Volviste al edificio porque se te habían olvidado los cascos. Estabas a punto de subirte al autobús cuando te diste cuenta de que no los tenías en las orejas cuando más los necesitabas, en el largo trayecto de vuelta a casa. El grupo de percusión tocaba en la primera planta, en el centro cívico. Entraste en la sala y, justo en ese momento, empezaron a cantar. Un gemido de voces agudas y unas armonías aulladas que vociferaban a través del estruendo de aquel gran tambor. Canciones antiguas que le cantaron a esa tristeza antigua que siempre habías llevado sin querer, como una segunda piel. La palabra 'triunfar' se te encendió en la cabeza. ¿Qué hacía ahí? Tú nunca usabas esa palabra. Así era como sonaba sobrevivir a través de esas centurias americanas, cantar a través de ellas. Así era como sonaba el dolor cuando se olvida de sí mismo al cantar.

Volviste sin falta todos los martes del siguiente año. No te costaba llevar el compás. Lo complicado era cantar. Nunca habías sido de hablar mucho, y desde luego nunca habías cantado. Ni siquiera cuando estabas solo. Pero Bobby te obligó. Era grande, uno noventa y pico, ciento cincuenta kilos. Contaba que era grande porque provenía de ocho tribus distintas, que tenía que hacer sitio para todas, decía señalándose la barriga. Era, de calle, el que tenía la mejor voz del grupo. Dominaba los agudos y los graves. Y fue él quien le había invitado a unirse el primer día. Si de Bobby dependiera, el tambor sería más grande todavía, para que cupieran todos. Si pudiera, pondría al mundo entero alrededor de un tambor. Bobby Big Medicine: a veces hay nombres que encajan a la perfección.

Tú tienes la voz grave, como tu padre.

—Pero si ni siquiera se me oye cuando canto —le dijiste a Bobby al terminar la primera clase.

—¿Y qué? Dale cuerpo. Las armonías graves están infravaloradas —te dijo, y te tendió una taza de café.

—Ya bastantes graves hay con el tambor.

—No es lo mismo una voz grave que un grave de tambor. La del tambor es cerrada. La de la voz abre.

—No sé yo...

—A veces la voz se toma su tiempo para salir del todo, hermano. Ten paciencia.

Sales de tu estudio y te encuentras con un caluroso día de verano en Oakland, una Oakland que recuerdas gris, siempre gris. Los días de verano de la Oakland de tu infancia. Mañanas tan grises que llenaban el resto del día de bajío y fresco incluso cuando el azul conseguía abrirse camino. No se puede con este calor. Sudas a la nada. Sudas solo con andar. Sudas solo de pensar en sudar. Sudas la ropa hasta que se transparenta. Te quitas la gorra y miras al sol con los ojos guiñados. A estas alturas tal vez deberías aceptar la realidad del calentamiento global, del cambio climático. La capa de ozono otra vez menguando, como decían que pasaba en los noventa cuando tus hermanas tenían por costumbre bombardearse el pelo con Aqua Net y tú te ponías a boquear y escupir con fuerza en el lavabo para hacerles ver tu repugnancia y recordarles la existencia del ozono, que la laca podía ser la razón de que el mundo fuera a arder, como decían en Revelaciones, el siguiente fin, el segundo fin después del diluvio, esa vez un diluvio de fuego que vendría del cielo, tal vez por esa pérdida de la protección del ozono, tal vez por cómo abusaban tus hermanas del Aqua Net..., ¿y a santo de qué necesitaban tener el pelo levantado siete centímetros, rizado hacia atrás como una ola rompiente, qué sentido tenía? Nunca lo supiste. Solo que el resto de chicas hacían lo mismo. ¿Y no habías oído también, o leído, que el planeta se va inclinando cada año sobre su eje un poco más y ese ángulo hace que la tierra sea como un trozo de metal cuando el sol le pega justo encima y se vuelve tan brillante como el propio sol? ¿No habías oído que esa inclinación estaba calentando la tierra cada vez más, que era inevitable y no era culpa de la humanidad, ni de los coches, las emisiones o el Aqua Net, sino simple y llanamente de la entropía... ¿O era la atrofia... o la apatía?

Estás cerca del centro, camino de la parada de la Diecinueve del BART. Andas con el hombro derecho ligeramente caído, hundido, igualito que tu padre. También renqueas como él, con la derecha. Sabes que puede verse como una especie de pose, un estúpido intento de andar en plan *gangsta,* pero en algún plano que tal vez ni siquiera reconozcas, sabes que andar como andas es una especie de subversión ante la forma cívica, vertical y recta de mover brazos y piernas como hay que moverlos, de expresar obediencia, de jurar lealtad a una forma de vida, a una nación y sus leyes. Izquierda, derecha, izquierda, y sigue así. Pero ¿realmente has cultivado esa inclinación, ese andar con el hombro caído, esa forma de balancearse ligeramente a la derecha para plantar cara? ¿Realmente pretendes que sea un acto contracultural y específicamente nativo? ¿Una especie de movimiento vagamente antiamericano? ¿O solo andas como andaba tu padre porque los genes, como el dolor y la forma de andar y hablar, se heredan sin que haya que hacer nada? La realidad es que la cojera es algo que has cultivado para que parezca más una afirmación de tu estilo individual que una vieja lesión de básquet. Lesionarse y no recuperarse es señal de debilidad. Tu cojera es ensayada. Una cojera articulada que habla de la forma en que has aprendido a aguantar los golpes de la vida, por todas las veces que te han jodido, te han noqueado, de lo que te has recuperado o no, de lo que has dejado atrás andando o cojeando, con o sin estilo, eso ya depende de ti.

Pasas por delante de una cafetería que odias porque siempre hace mucho calor y las moscas zumban de continuo en la terraza, donde una gran parcela de sol está llena de alguna mierda invisible que a las moscas les encanta y donde solo queda siempre ese sitio al sol y a las moscas, que es por lo que lo odias, además de porque no abre hasta las diez de la mañana y cierra a las seis de la tarde para suministrar a todos los modernos y a los artistas que acechan y zumban por Oakland como moscas, la juventud anodina de la América blanca de los barrios residenciales, en busca de algo invisible que tal vez Oakland pueda darles, sabiduría callejera o inspiración de barrio marginal.

Antes de llegar a la parada de la Diecinueve, pasas delante de un grupo de adolescentes blancos que te toman las medidas. Casi te dan miedo, aunque no porque creas que puedan hacerte algo; es porque pegan muy poco allí, pero a la vez van de amos del lugar. Te gustaría insultarlos, gritarles algo. Meterles miedo para que salgan corriendo y vuelvan por donde han venido. Meterles miedo para que se larguen de Oakland. Meterles miedo para que se vayan de la Oakland que ellos mismos se han inventado. Y podrías hacerlo. Eres uno de esos indios grandes e imponentes. Uno ochenta y cinco, ciento cinco kilos, con ese resentimiento que llevas encima y que te pesa tanto que te encorva, que hace que todos te miren a ti y a tu lastre, a lo que cargas contigo.

Tu padre es mil por ciento indio. Por encima de todo y todos. Un hombre-medicina de la reserva, exalcohólico, para el que el inglés es su segunda lengua. Le encanta jugar y fumar American Spirit, tiene dentadura postiza y reza veinte minutos antes de cada comida, pide ayuda al Creador para todos, empezando por los niños huérfanos y acabando con los soldados de todos los frentes, tu padre mil por ciento indio que solo llora en ceremonia y tiene mal las rodillas, que terminó de fastidiarse cuando echó cemento en el patio trasero para hacerte una cancha de baloncesto cuando tenías diez años.

Sabes que tu padre en otros tiempos jugaba bien, sabía botar con ritmo, la finta frontal y los ojos en veleta, movidas de pívot que aprendiste a base de echarle horas. Sí, recurría mucho al tiro al tablero, pero era lo que se llevaba por entonces. Tu padre te contó que en la facultad no le habían dejado jugar al básquet porque era un indio en Oklahoma. En 1963 bastaba con eso: los indios y los perros tenían el paso prohibido a las pistas, los·bares y todo lo que no fuera una reserva. Casi nunca te hablaba de esas cosas, de ser indio o de criarse en la reserva, ni tampoco de lo que siente ahora como indio urbano con papeles. Solo algunas veces, cuando le apetece, cuando menos te lo esperas.

Como aquella vez que ibais en su Ford roja al Blockbuster a alquilar una película. Estabais escuchando uno de las cintas de música peyotista de tu padre. El estruendo de la maraca de calabaza y del timbal con el sonido de la estática de fondo. A él le gustaba ponerlo bien alto. No podías soportar lo llamativo que era el sonido. Lo llamativamente indio que era tu padre. Le preguntaste si podías apagarlo. Le hacías apagar sus cintas. Ponías la 106 KMEL, rap o *rythm & blues*. Pero luego intentaba bailar al ritmo de la radio. Ponía hacia fuera sus grandes labios de indio para avergonzarte, sacaba una mano por la ventanilla e iba acuchillando el aire al ritmo de la música, solo para fastidiarte. Y entonces apagabas la música del todo. Y era entonces cuando tal vez le oías contarte algún relato de su infancia: sobre cómo recogía algodón con su abuelo por diez centavos al día o la vez que un búho les tiró piedras a él y a unos amigos desde un árbol, o cuando su bisabuela partió un tornado en dos a fuerza de rezar.

El resentimiento que llevas encima está relacionado con haber nacido y crecido en Oakland. Un resentimiento tan concreto como el cemento, una losa en realidad, pesada por un lado, por una mitad, el lado que no es blanco. En cuanto a la parte de tu madre, a su condición de blanca, hay demasiado que rascar y a la vez no lo suficiente para saber qué hacer con él. Eres de un pueblo que se apoderó, se apoderó, se apoderó y se apoderó. Y de un pueblo apoderado. Eres ambos y ninguno. Cuando te bañabas te quedabas mirando tus brazos morenos contra tus piernas blancas en el agua y te preguntabas qué hacían juntos en el mismo cuerpo, en la misma bañera.

La razón de tu despido está relacionada con tu problema con la bebida, que está relacionado a su vez con tus problemas de piel, que están relacionados con tu padre, que está relacionado con la Historia. La única historia que sabías con seguridad que oirías de tu padre, el único relato que conocías sobre lo que significa ser indio, era que el 29 de noviembre de 1864 masacraron a tu pueblo, el cheyene, en Sand Creek. Os lo contó a ti y a tus hermanas más que cualquier otro relato que pudiera inventarse.

Tu padre era el típico borracho que desaparecía los fines de semana y aparecía en un calabozo. Era el típico borracho que tenía que parar por completo, que no podía tomar ni una gota. Así que en cierto modo te la ganaste, esa necesidad que no se va; ese pozo de años de profundidad que te viste obligado a cavar, para luego meterte en él a gatas y más tarde debatirte por salir. Es posible que tus padres dejaran en ti un vacío de Dios demasiado profundo y ancho, un agujero que era imposible de rellenar.

Empezaste a beber todas las noches cuando estabas dejando atrás la veintena. Tenías razones de sobra. Pero lo hiciste sin pensarlo. La mayoría de las adicciones no son premeditadas. Dormías mejor. Te sentaba bien beber. Pero más que nada, si podías identificar una verdadera razón, fue por tu piel. Siempre habías tenido problemas dermatológicos, desde que tenías uso de razón. Tu padre solía frotarte los sarpullidos con té de peyote. Te funcionó durante un tiempo, hasta que se perdió del mapa. Los médicos quisieron llamarlo eczema; quisieron que te engancharas a las cremas con esteroides. Rascarse era malo porque solo llevaba a más rascarse, y de ahí a más sangrar. Te despertabas con sangre bajo las uñas —una punzada penetrante allá donde se iba moviendo la herida, porque se movía sin parar, por todo tu cuerpo— y la sangre acababa en las sábanas, y te despertabas sintiendo que habías soñado algo tan importante y desolador como fácil de olvidar. Pero no había ningún sueño. Solo aquella herida en carne abierta y viva, que te picaba constantemente en algún punto de tu cuerpo. Parches, círculos y campos de rojo y rosa, a veces amarillos, abultados, pustulentos, supurantes, asquerosos: lo que de ti se veía.

Si bebías lo suficiente, conseguías no rascarte por las noches. Era una forma de insensibilizar tu cuerpo. Aprendiste a entrar y salir de una botella, encontraste tus límites, los perdiste de vista. Entretanto, descubriste que había una cantidad concreta de alcohol que podías beber y que, al día siguiente, te provocaba un estado mental concreto, al que con el tiempo empezaste a referirte, para tus adentros, como el Estado. El Estado era un lugar al que podías llegar y donde todo parecía estar justo donde tenía que estar, en su sitio y a su tiempo, y tú en el tuyo, totalmente a gusto allí, casi como cuando tu padre decía: «¿Es o no es? ¿No es verdad?».

Pero cada botella que comprabas era medicina o veneno dependiendo de si conseguías o no dejarla lo suficientemente llena. Era un método poco fiable, insostenible. Pedirle a un alcohólico que beba en su justa medida pero sin pasarse era como pedirle a un evangélico que no dijera el nombre de Jesús. Y por eso tocar el tambor y cantar en esas clases te había regalado algo: una forma de llegar allí sin tener que beber y de esperar a ver si el Estado resurgía al día siguiente de las cenizas.

El Estado se basaba en algo que leíste sobre James Hampton años después de tu visita a la capital. James se había dado a sí mismo un título: director de Proyectos Especiales del Estado de Eternidad. Él era cristiano. Tú no. Pero tenía ese punto de locura que te hacía verle la lógica. El sentido que le veías era este: se pasó catorce años construyendo una obra de arte inmensa, con basura que recogía en una cochera que tenía alquilada y sus inmediaciones, y que estaba a un kilómetro y medio de la Casa Blanca. La obra se llamaba *El trono del Tercer Cielo de la Asamblea General de Naciones del Milenio*. Había construido el trono para la segunda venida de Jesús. Lo que tú entendías de aquel artista era su devoción casi desesperada por Dios, por esa espera a que Dios llegara. Le hizo un trono de oro con basura. El trono que tú estabas construyendo estaba hecho de momentos, de experiencias en el Estado después de excederte con la bebida, hecho de embriaguez sobrante, sin usar, guardada para el día siguiente, soñada, efluvios pasados por luna que despedías por la boca en forma de trono, de un sitio en que podías sentarte. En el Estado estabas lo suficientemente trastornado para no interponerte. El problema estaba en tener que beber, fuera lo que fuese.

La noche antes de que te despidieran se había cancelado la clase de percusión. Era finales de diciembre, el nuevo año estaba a la vuelta de la esquina. Esa forma de beber nada tenía que ver con alcanzar el Estado, esa forma era descuidada, sin sentido, uno de los riesgos, de las consecuencias, de ser la clase de borracho que eres. Que siempre serás, da igual lo bien que se te dé controlarlo. Para cuando la noche tocó a su fin, te habías terminado una botella de tres cuartos de Jim Beam. Tres cuartos son mucho si no te molestas en salir de ellos. Puede llevarte años llegar a beber así, solo, en una noche cualquiera de martes. Y llevarse mucho de ti. Beber de esa manera. Tu hígado. El que más hace por vivir de ti, limpiándote de toda la mierda que te metes en el cuerpo.

Cuando llegaste a trabajar a la mañana siguiente, no te encontrabas mal. Algo mareado sí, todavía borracho, pero parecía un día como otro cualquiera. Entraste en la sala de reuniones. Estaban celebrando una junta del comité del powwow. Te ofrecieron enchiladas de desayuno, como las llamaban ellos, y comiste. Conociste a un nuevo miembro del comité. Luego tu supervisor, Jim, te pidió que fueras a su despacho, te avisó por el busca que llevabas siempre en el cinturón.

Estaba hablando por teléfono cuando llegaste al despacho. Lo tapó con una mano.

—Hay un murciélago —te dijo señalando hacia el pasillo—. Lárgalo como sea. Aquí no podemos consentir murciélagos, tenemos instalaciones médicas. —Te habló como si fueras tú el que hubiese metido el animal allí.

Cuando saliste al pasillo miraste hacia arriba, alrededor. Viste al bicho en el techo, en una esquina al lado de la sala de reuniones, al final del pasillo. Fuiste a por una bolsa de plástico y una escoba. Te acercaste sigilosa, lentamente, pero, justo cuando estabas al lado, salió volando y se coló en la reunión. Todos, el comité del powwow al completo, volvieron las cabezas en el acto y se quedaron mirando mientras entrabas y le dabas caza.

Cuando conseguiste hacerlo volver al pasillo, el bicho se puso a dar vueltas a tu alrededor. Lo tenías detrás y, de pronto, se te posó en la nuca. Te clavó los dientes, o las garras. Te asustaste, alargaste la mano y lo cogiste por un ala y, en vez de hacer lo que tendrías que haber hecho —meterlo en la bolsa de basura que llevabas—, juntaste las manos y, con toda tu fuerza, todo lo que tenías dentro, aprestaste. Aplastaste al murciélago entre las manos. Sangre, huesecillos y dientes en un amasijo en tu mano. Lo dejaste caer al suelo. Pasarías en un momento la fregona, dejarías limpio el día, empezarías de nuevo. Pero no. Todo el comité del powwow estaba allí; habían salido para verte cazar al murciélago después de que hubieras interrumpido la reunión con la persecución. Todos y cada uno estaban mirándote con cara de repulsión. También lo sentiste. Estaba en tus manos. En el suelo. Ese ser vivo.

De vuelta en el despacho de tu supervisor, cuando terminaste de limpiar el desaguisado, Jim te hizo señas de que te sentaras.

—No sé qué ha sido eso —te dijo con ambas manos encima de la cabeza—. Pero no es algo que podamos tolerar en unas instalaciones médicas.

—El muy cabrón me... Perdón, pero es que el muy cabrón me ha mordido. Yo solo he reaccionado...

—Y no habría pasado nada, Thomas. Pero unos compañeros te han visto. Y encima olías a alcohol. Y venir borracho al trabajo, siento decirte que es motivo de despido. Sabes que tenemos una política de tolerancia cero.

Ya no parecía enfadado, sino más bien decepcionado. Estuviste a punto de protestar y decirle que habías bebido por la noche, pero quizá tampoco hubiera servido de nada, porque todavía podías dar positivo en un análisis de sangre. El alcohol seguía dentro de ti, en tu sangre.

—Esta mañana no he bebido.

Estuviste a punto de cruzar los dedos y besártelos. Nunca habías hecho eso ni de pequeño. Pero era como si algo en Jim te lo pidiera. Era un niño grande y no quería tener que castigarte. Besarte los dedos te pareció una manera lógica de convencer a Jim de que estabas diciendo la verdad.

—Lo siento —dijo este en cambio.

—¿Ya está, eso es todo? ¿Estás despidiéndome?

—No puedo hacer nada por ti —le dijo Jim, que se levantó y salió de su propio despacho—. Vete a casa, Thomas.

Bajas al andén del cercanías y disfrutas del viento, la brisa o como quiera que llames a esa bocanada de aire fresco que trae consigo el tren antes de llegar, antes siquiera de que aparezca o se vean sus luces, cuando lo oyes y sientes la bocanada de aire que disfrutas especialmente por lo mucho que te refresca la cabeza sudada.

Encuentras un sitio vacío en la cabecera del tren. La voz robótica anuncia la siguiente parada, diciendo, o no exactamente diciendo, sino lo que quiera que se diga cuando habla un robot: «Próxima parada: calle Doce». Te acuerdas de tu primer powwow. Tu padre os llevó a tus hermanas y a ti —después del divorcio— al pabellón deportivo de un instituto de Berkeley donde un viejo amigo de la familia, Paul, bailaba sobre las rayas de la cancha de baloncesto con ese paso tan ligero, con esa elegancia, a pesar de que era un tipo bastante grande y nunca lo habías visto como alguien elegante. Pero ese día descubriste lo que era un powwow y que Paul era perfectamente capaz de bailar con elegancia e incluso una especie de frescura específicamente india, con pasos que no distaban mucho del *break,* y esa falta de esfuerzo que exige la frescura.

El tren se mueve y piensas en tu padre y en cómo te llevó a ese powwow después del divorcio, y en que no te había llevado cuando eras más pequeño, y te preguntas si era por tu madre y su cristianismo por lo que no ibas a los powwows ni hacías más cosas indias.

El cercanías sale a la superficie, surge de las vías subterráneas al barrio del Fruitvale, a la altura de un Burger King y de ese local de *pho* tan malo, por donde la Doce Este casi se funde con International, donde los muros llenos de grafitis de bloques de pisos y casas abandonadas, naves y talleres, aparecen, se ciernen sobre las ventanillas del vagón, en una testaruda resistencia, como de peso muerto, ante la reurbanización de Oakland. Justo antes de la parada de Fruitvale, ves esa vieja iglesia de ladrillo visto en la que siempre te fijas por lo destrozada y abandonada que parece.

Sientes una oleada de tristeza por tu madre y su fallido cristianismo, por tu familia fallida. Porque ahora vivís cada uno en un estado distinto. Porque nunca os veis. Porque pasas mucho tiempo solo. Te entran ganas de llorar y te parece que incluso podrías llegar a hacerlo, aunque sabes que no puedes, que no debes. Llorar es tu perdición. Lo dejaste hace tiempo. Pero siguen llegándote pensamientos sobre tu madre y tu familia en una época muy concreta, cuando el mágico supra- e inframundo de tu apocalíptica espiritualidad evangélico-cristiana manufacturada en Oakland parecía estar cobrando vida para llevaros, a todos vosotros. Recuerdas con tanta claridad esa época... Nunca se ha apartado mucho de ti pese a lo lejos de ella que te ha arrastrado el tiempo. Ya antes de que os despertarais por la mañana, tu madre lloraba entre las páginas de su libro de oraciones. Lo sabías por los surcos de las lágrimas, y recuerdas las gotas que surcaban su libro de oraciones. Miraste más de una vez su libro porque querías saber qué preguntas, qué conversaciones privadas, podía estar manteniendo con Dios, ella que hablaba en la iglesia ese idioma de lenguas de ángel enloquecido, ella que se hincaba de rodillas en el suelo, que se enamoró de tu padre en ceremonias indias a las que acabó llamando diabólicas.

El cercanías deja atrás la parada de Fruitvale, que te recuerda al barrio de Dimond, que te recuerda a su vez a la calle Vista. Allí es donde pasó todo, donde vivió y murió tu familia. Tu hermana mayor, DeLonna, le pegaba duro al PCP, al polvo de ángel. Fue entonces cuando descubriste que no hacía falta religión para ser tomado, para que los demonios salgan con sus lenguas. Un día después de clase DeLonna fumó demasiado PCP. Cuando volvió a casa viste claramente que no estaba en sus cabales. Se lo notaste en los ojos: DeLonna sin DeLonna por detrás. Y luego estaba su voz, ese sonido grave, profundo y gutural. Tu hermana le gritó a tu padre y este le respondió también a gritos y ella le dijo que se callara y él se calló por esa voz; le dijo a tu padre que él ni siquiera sabía a qué Dios adoraba, y al rato DeLonna estaba en el suelo del cuarto de tu hermana Christine, echando espuma por la boca. Tu madre convocó un círculo de oración urgente y rezaron sobre ella, y ella venga a echar espuma en el suelo y a contraerse de dolor hasta que al final paró cuando se le bajó esa parte del cuelgue, cuando se pasó el efecto de la droga, le cerró los ojos, la dejó en paz. Al despertar, le dieron un vaso de leche y, cuando recuperó su voz y sus ojos de siempre, no se acordaba de nada.

Recuerdas que luego tu madre dijo que tomar drogas era como colarte en el reino de los cielos por debajo de las verjas. A ti te parecía más bien el reino de los infiernos, pero tal vez el reino sea más grande y más aterrador de lo que podamos llegar a saber. A lo mejor todos llevamos demasiado tiempo hablando la lengua rota de los ángeles y los demonios como para saber que es eso lo que somos, quienes somos, lo que estamos hablando. A lo mejor nunca morimos, solo cambiamos, siempre en el Estado, sin pensar nunca ni remotamente que estamos en él.

Cuando te bajas en la parada de Coliseum, atraviesas la pasarela peatonal con un cosquilleo de emoción en la barriga. Quieres y no quieres estar allí. Quieres tocar, pero también que te oigan tocar. Y no que te oigan como persona, sino como el tambor. El sonido del gran tambor hecho para hacer que los bailarines dancen. No quieres que te vea nadie del trabajo. La vergüenza de haber bebido y haberte presentado en el trabajo todavía oliendo ha sido demasiado. Que te atacara el murciélago y lo aplastaras delante de los demás vino de lo mismo.

Pasas el detector de metales de la entrada y el cinturón te obliga a volver a pasar. La segunda vez pita por las monedas que llevas en el bolsillo. El vigilante de seguridad es un tipo negro mayor que tú al que no parece importarle gran cosa, más allá de evitar que el detector pite.

—Sáquelo, lo que sea, todo lo que lleve en los bolsillos, sáquelo.

—Es que no tengo nada más —dices.

Pero pita de nuevo cuando vuelves a pasar.

—¿Lo han operado alguna vez? —te pregunta el tipo.

—¿Cómo?

—No sé, a lo mejor tiene usted una placa metálica en la cabeza o...

—Qué va, hombre, yo no tengo nada metálico.

—Bueno, pues tendré que cachearlo —dice el tipo como si fuera culpa tuya.

—Todo suyo —dices, y levantas los brazos.

Después de cachearte, te indica por señas que vuelvas a pasar. Esta vez cuando pita se limita a decirte con la mano que pases.

Tres metros después estás mirando al suelo mientras andas y te das cuenta de qué era. Las botas. Puntera metálica. Empezaste a usarlas cuando entraste a trabajar. Jim te las recomendó. A punto estás de volver para decírselo al hombre, pero ya da igual.

Localizas a Bobby Big Medicine bajo una carpa. Te saluda con la barbilla y luego inclina la cabeza hacia un sitio vacío en torno al tambor. No hay cháchara.

—La canción del Grand Entry —te dice Bobby, que sabe que todo el mundo la conoce.

Coges la baqueta y esperas a los demás. Escuchas el sonido pero no las palabras que está diciendo el animador del powwow, y esperas a que Bobby levante su baqueta. Cuando lo hace, sientes como si fuera a parársete el corazón. Esperas el primer golpe. Rezas una oración en tu cabeza, a nadie en particular sobre nada en particular. Despejas un camino para una oración no pensando en nada. Tu plegaria será el golpe y la canción y el llevar el ritmo. Tu plegaria empezará y terminará con la canción. Empieza a dolerte el corazón por la falta de aire cuando ves que sube la baqueta y sabes que vienen, que vienen los bailarines, y que es la hora.

Cuarta parte
Powwow

Hay que soñar mucho para comportarse con grandeza y el sueño se cultiva en las tinieblas.

JEAN GENET[1]

---

[1] De *Milagro de la rosa* en traducción de María Teresa Gallego Urrutia, Errata Naturae, 2010 *(N. de la T.)*.

Orvil Red Feather

Dentro del estadio, el terreno de juego está ya abarrotado de gente, de bailarines, mesas y carpas. Lleno hasta las gradas. Hay sillas de camping y de jardín desperdigadas por todo el césped, con gente y sin, sitios guardados. Sobre las mesas y colgadas a los lados y al fondo de las carpas, hay gorras y camisetas del powwow con eslóganes como «Orgullo nativo» escritos en letras de molde y sujetos entre garras de águila; hay atrapasueños, flautas, tomahawks, flechas y arcos. Hay todo tipo de joyería india expuesta y colgada por doquier, una cantidad exagerada de turquesa y plata. Orvil y sus hermanos se paran un minuto en un puesto con gorros de lana con los logos de los Athletics y los Raiders bordados con abalorios, aunque en realidad lo que van buscando es la fila de mesas de comida que hay en el *outfield*.

Se gastan el dinero de las fuentes y suben al segundo piso a comer. El pan frito del taco es grande y la carne y la grasa abundantes.

—Qué cosa más buena, compadre —dice Orvil con un acento que no es el suyo.

—Puff —protesta Loother—. Deja ya de intentar hablar indio.

—Calla, anda, ¿cómo quieres que hable, como un blanquito?

—A veces parece como si quisieras ser mexicano —interviene Lony—, como cuando estamos en el colegio.

—Calla ya.

Loother le pega un codazo a Lony y los dos se cachondean de Orvil, que se quita la gorra y les da una colleja a cada uno con ella. Luego coge el taco y se va a la fila de atrás. Después de un rato callado, le pasa el taco a Lony.

—¿Cuánto crees que podrías ganar si ganas? —le pregunta Loother.

—No quiero hablar de eso, trae mala suerte —responde Orvil.

—Ya, pero dijiste que podían ser rollo cinco mil... —dice Loother.

—Te he dicho que no quiero hablar de eso.

—¿Porque te crees que lo voy a gafar?

—Que te calles la puta boca, Loother.

—Vale, vale.

—Vale, venga.

—Pero imagínate la de movidas guapas que podríamos pillar con tanta pasta.

—Ya ves, podríamos pillar la PS4, una tele grande, unas Jordan... —sigue Lony.

—Sería todo para la abuela —los calla Orvil.

—Venga ya, compadre, eso es de pringaos —dice Loother.

—Pero si sabes que a ella le gusta trabajar —interviene Lony, que sigue masticando los restos del taco.

—Seguramente preferiría hacer otras cosas si pudiera.

—Ya, pero podíamos quedarnos aunque sea un poco.

—Mierda —exclama Orvil mirando la hora en el móvil—. ¡Tengo que bajar a los vestuarios!

—¿Qué quieres que hagamos nosotros? —pregunta Loother.

—Quedaos aquí. Luego vengo a por vosotros.

—¿Cómo? ¡Venga ya!

—Luego vengo a por vosotros, no voy a tardar tanto.

—Pero desde aquí no se ve una mierda —dice Loother.

—Eso —corrobora el pequeño.

Orvil se aleja. Sabe que cuanto más les discuta, más díscolos se pondrán.

El vestuario de hombres resuena con las risas. Orvil cree por un momento que se ríen de él, pero luego se da cuenta de que alguien ha contado un chiste justo antes de que entrara, porque siguen contando más cuando se sienta. La mayoría son mayores que él, aunque también hay jóvenes. Se viste lentamente, con cuidado, y se pone los cascos, pero no le da tiempo a encender la música porque ve que hay un tío enfrente que le hace señas de que se los quite. Es un indio enorme, y se levanta entonces, con su traje de punta en blanco, y alza un pie y luego otro, haciendo temblar las plumas, y Orvil se asusta un poco. El tipo se aclara la garganta.

—A ver, muchachos, escuchadme. No os emocionéis más de la cuenta ahí fuera. Este baile es vuestra oración, así que no os aceleréis y no bailéis como cuando ensayáis. El indio solo puede expresarse de una manera, con esta danza que se remonta al principio de los tiempos, a lo más profundo. Esta danza se aprende para conservarla, para utilizarla. Sea lo que sea lo que esté pasando en vuestra vida, no lo dejáis todo aquí sin más, como los jugadores cuando salen a ese mismo campo, vosotros os lo lleváis encima, lo bailáis. Si intentáis explicar de otra forma lo que queréis decir realmente, lo único que vais a conseguir es echaros a llorar. No hagáis como si no llorarais. Eso es lo nuestro, lo de los indios. Somos unos llorones. Y lo sabemos. Pero ahí fuera no —dice señalando la puerta de los vestuarios.

Un par de los mayores hacen un ruido por lo bajo, un «ju» de aprobación, secundado por otros dos que dicen a coro «ajo», en un amén. Orvil mira a su alrededor y ve a todos esos hombres vestidos como él. También ellos han tenido que disfrazarse para parecer indios. Hay algo similar a ese temblor de plumas que ha sentido antes entre el corazón y la barriga. Sabe que lo que ha dicho el hombre es verdad. Llorar es desperdiciar el sentimiento, necesita bailar con él. Llorar es para cuando ya no queda nada que hacer. Hoy es un buen día, es una buena sensación, algo que necesita, bailar como necesita bailar para ganar el premio. Pero no. El dinero no. Bailar por primera vez como ha aprendido, de una pantalla, pero también ensayando. De danzar surgió la danza.

Tiene cientos de bailarines por delante, por detrás, a derecha e izquierda. Está rodeado por el abigarramiento de colores y dibujos propio de la indianidad, degradados de un color al siguiente, lentejuelas que forman secuencias geométricas sobre telas brillantes y cueros, labores con púas de puercoespín y abalorios, cintas, plumón, plumas de urraca, halcón, cuervo, águila. Hay coronas y calabazas, cascabeles y baquetas, conos metálicos para la *jingle dance,* pájaros carpinteros en ramas y flechas, tobilleras de pelo, y bandoleras, pasadores y pulseras hechas con abalorios de tubo, y polisones de plumas que se abren en abanico y forman círculos perfectos. Ve cómo se señalan unos a otros los trajes. Él es una vieja ranchera en un salón del automóvil. Es un timo. Intenta deshacerse de la sensación de ser un timo, no puede permitirse sentirse así porque, si no, lo más seguro es que actúe como tal. Para llegar a esa sensación, para llegar a la oración, tienes que engañarte y dejar de pensar. Dejar de actuar. Dejarte de todo. Bailar como si el tiempo solo importara siempre y cuando consigas seguirle el ritmo, para poder bailar de tal manera que el propio tiempo se vuelva discontinuo, desaparezca, se agote, o hasta adentrarte en la sensación de nada bajo tus pies al saltar, cuando hundes los hombros como si intentaras esquivar hasta el propio aire en que estás suspendido, tus plumas, un aleteo de ecos de siglos de antigüedad, todo tu ser una especie de vuelo. Para actuar y ganar tienes que bailar desde la verdad. Pero ahora solo viene el Grand Entry, el desfile inicial. Sin jueces. Orvil salta un poco y menea los brazos. Los estira a ambos lados e intenta aligerar el peso sobre los pies. Cuando empieza a entrarle vergüenza, cierra los ojos. Se ordena no pensar. Piensa «No pienses» una y otra vez. Abre los ojos y ve a todo el mundo alrededor. Son todo plumas y movimiento. Son todos una única danza.

Cuando acaba el Grand Entry, los bailarines se dispersan, moviéndose en todas direcciones, en una onda de cháchara y cascabeles, hacia los puestos o en busca de sus familias, o andando sin más, mientras intercambian cumplidos, actuando con normalidad, como si no tuvieran la pinta que tienen: de indios vestidos de indios.

A Orvil le suena la barriga y le entra un escalofrío. Levanta la vista para buscar a sus hermanos.

Tony Loneman

Tony Loneman va al powwow en cercanías. Se viste y va con el traje puesto desde casa. Está acostumbrado a que se le queden mirando, aunque eso es distinto. Le dan ganas de reírse de cómo lo miran. Es su broma interna. Llevan toda la vida mirándolo por la calle, y siempre por lo mismo, por el Sindro; siempre por lo que contaba la cara que tenía, que algo malo le había pasado: un accidente de tráfico que no está bien mirar, pero del que es imposible apartar la vista.

En el cercanías nadie sabe que se celebra un powwow. Tony no es más que un indio vestido de indio sin razón aparente. Pero a la gente le encanta ver la parte bonita de la Historia.

Su traje es azul, rojo, naranja, amarillo y negro, los colores de una fogata nocturna. Otra imagen en la que le encanta pensar a la gente: indios alrededor de un fuego. Pero esto no tiene nada que ver: Tony es el fuego, la danza y la noche.

Está de pie delante del plano del BART. Una mujer mayor blanca que va sentada enfrente le señala el plano y le pregunta dónde tiene que bajarse para ir al aeropuerto. Ella ya sabe la respuesta, lo habrá mirado varias veces en el móvil para asegurarse. Lo que quiere es ver si el indio habla. Adonde quiere llegar es a la siguiente pregunta. La cara tras la cara que pone la mujer lo dice todo. Tony no responde al momento a lo del aeropuerto. Se queda mirándola y espera a ver qué sigue.

—Entonces, eres... ¿ nativo americano?

—Nos bajamos en la misma parada, Coliseum. Hay un powwow, debería usted venir. —Tony se acerca a la puerta para mirar por la ventanilla.

—Iría, pero...

Oye que la mujer sigue hablando, pero no le presta atención. Lo único que quiere la gente es poder llevarse a casa una pequeña anécdota, para contársela a sus amigos y familiares con la cena delante, para hablar de que vieron a un chico nativo americano de carne y hueso en un tren, que todavía existen.

Tony mira hacia abajo y ve cómo pasan volando las vías bajo sus pies. Siente que el tren tira de él hacia atrás cuando aminora. Se coge a la barra metálica, cambia el peso a la pierna izquierda y luego, cuando el tren frena del todo, se mece para volver a apoyarlo en la derecha. La mujer de detrás está diciendo algo, pero poco importa. Se baja del tren y cuando llega a las escaleras despega, saltando los escalones de tres en tres.

Blue

Va en el coche, camino de casa de Edwin. Hay ese extraño color medio noche, medio mañana, ese azul oscuro, naranja, blanco. Acaba de arrancar el día que lleva casi un año esperando.

Le ha sentado bien volver a Oakland. Un regreso total. Ya lleva aquí un año, con su sueldo, su estudio para ella sola, con coche propio después de cinco años. Ajusta el retrovisor y se mira en el espejo. Ve una versión de sí misma que creía haber perdido para siempre, alguien a quien había abandonado, tirado en la cuneta por su vida de india auténtica en la reserva. Crystal, de Oakland. No ha muerto, está ahí, en algún punto por detrás de los ojos de Blue en el retrovisor.

El coche es el sitio donde más le gusta fumar, ver escapar el humo cuando están todas la ventanillas bajadas. Se enciende un cigarro. Por lo menos siempre que fuma se molesta en decir una pequeña plegaria. Le hace sentirse menos culpable por fumar. Le da una calada fuerte y retiene el humo. Dice «gracias» mientras lo suelta.

Fue hasta Oklahoma para averiguar de dónde venía y lo único que sacó en limpio fue el nombre de un color. Nadie había oído hablar de ninguna familia Red Feather. Lo preguntaba siempre que podía. A lo mejor su madre biológica se lo inventó, quizá no sabía ni de qué tribu era. A lo mejor también ella era adoptada. Y puede que Blue también tenga que acabar inventándose su nombre y su tribu y legárselos a sus posibles hijos.

Tira el cigarro por la ventanilla cuando pasa por delante del cine Grand Lake. Esa sala ha significado muchas cosas para ella a lo largo de los años. Ahora le hace recordar la incómoda cita que tuvo hace poco con Edwin y que se cuidó de dejar claro que no era una cita. Es su becario, el que la ha estado ayudando con la organización del powwow durante este último año. Se encontraron con que no quedaban entradas y se fueron a dar un paseo por el lago. El silencio incómodo que acaparó todo el paseo fue intenso. Los dos se pasaron el rato empezando frases, callándose y diciendo luego «da igual». Le gustaba Edwin. Le gusta. Le parece estar con alguien de su familia. Puede que sea porque tienen historias muy parecidas. Edwin, por ejemplo, tampoco conoce a su padre, que es nativo y que resulta que va a animar el powwow. Así que más o menos podría decirse que tienen eso en común, aunque tampoco mucho más. Lo que sí tiene claro es que Edwin solo le gusta como compañero de trabajo y amigo en potencia. Le ha dicho miles de veces que no puede ser con los ojos: con lo que no hacen sus ojos, con cómo miran a otra parte cuando los de él intentan quedarse.

Cuando para delante de la casa, lo llama desde el coche. No lo coge. Se baja y va a llamar a la puerta. Tendría que haberle mandado un mensaje diciéndole que estaba esperándolo fuera nada más salir de su casa. Cuando no hay tráfico, solo se tarda un cuarto de hora desde Oakland Oeste. ¿Por qué no le dijo que se cogiera el BART? Es verdad, es demasiado temprano. ¿Y el autobús? No, tuvo una mala experiencia en uno de la que ni siquiera ha querido hablarle. ¿Lo tiene mimado? Pobre Edwin. Él lo intenta. No tiene ni idea de la impresión que causa en los demás. Está tan acomplejado con su tamaño físico... Y hace demasiados comentarios sobre sí mismo, sobre su peso. Lo único que consigue es que la gente se sienta tan incómoda como parece estarlo él casi siempre.

Vuelve a llamar, con tanta fuerza que podría parecer de mala educación, si no fuera porque es Edwin quien la tiene esperando a ella en la puerta de su casa, justo el día que llevan tantos meses organizando juntos y para el que tan duro han trabajado.

Mira el móvil para ver la hora y luego consulta el correo y los mensajes de texto. Al no ver nada interesante, se pone a mirar su muro. Son las mismas novedades tediosas de sus contactos que leyó anoche antes de acostarse. No hay actividad reciente. Comentarios y publicaciones antiguas que ya ha visto. Le da al botón de Inicio y, por un segundo, por un breve instante, piensa en loguearse con su «otra» cuenta. Ahí es donde encontrará la información y los medios que siempre ha estado buscando; en esa otra cuenta de Facebook, encontrará una auténtica conexión. Ahí es donde siempre ha querido estar. Es en lo que siempre ha esperado que se convierta Facebook. Pero no hay nada más que mirar, no hay otro Facebook, así que apaga la pantalla y se guarda el móvil en el bolsillo. Justo cuando está a punto de volver a llamar, aparece ante ella la gran cara de Edwin. Lleva una taza en cada mano.

—¿Café? —le ofrece.

Dene Oxendene

Dene está en una cabina de narración de relatos que ha montado él solo para grabar historias de la gente. Apunta la cámara hacia su cara y le da al REC. No sonríe ni habla. Está grabándose la cara como si la imagen, el dibujo de luces y sombras que forma, significase algo al otro lado de esa lente. Está utilizando la cámara que le regaló su tío antes de morir, la Bolex. Uno de sus directores preferidos, Darren Aronofsky, utilizó una Bolex en *Pi* y en *Réquiem por un sueño,* que Dene diría que es una de sus favoritas, aunque cuesta hablar de favorita con una peli que te deja tan mal cuerpo; aunque eso es lo que le gusta tanto de la peli, que tiene una estética muy currada y te hace disfrutar de la experiencia, pero a la vez no sales precisamente contento de haber visto la película, aunque tampoco es que no te alegres. Está convencido de que a su tío le habría gustado esa autenticidad, esa mirada que no recula ante el vacío de la adicción y la depravación, la clase de cosas que solo una cámara puede mirar con su ojo abierto de par en par.

Apaga la cámara y la coloca sobre un trípode para apuntarla hacia el taburete que ha colocado en la esquina de los relatadores. Pulsa un interruptor de su equipo de iluminación barato para suavizar la luz por detrás del taburete y luego pulsa otro para intensificar la luz que le llega por detrás.

Quiere preguntarles a todos los que entren en la cabina por qué han ido al powwow y qué significan para ellos los powwows. ¿Dónde viven? ¿Qué supone para ellos ser indios? Ya no necesita más relatos para su proyecto. Ni siquiera necesita presentar sus resultados al final del año para justificar la subvención que le dieron. Lo hace por el powwow, por el comité. Lo hace como documentación. Para la posteridad. A lo mejor lo mete en el montaje final, salga lo que salga..., aún no lo sabe. Todavía está en la fase de dejar que el contenido dirija la visión. Que NO es lo mismo que decir que se lo va inventando sobre la marcha. Dene atraviesa las cortinas negras y se adentra en el powwow.

Opal Viola Victoria Bear Shield

Opal está sentada sola en un asiento de Plaza Infield, en el segundo piso. Se ha puesto allí arriba para que no la vean sus nietos, en especial Orvil. Podría desconcentrarse si la viera allí.

Lleva años sin ver un partido de los Athletics. ¿Por qué dejaron de ir al estadio? El tiempo siempre parece haberte saltado por alto o pasado a tu lado sin ti cuando estabas mirando a otra parte. Eso es lo que ha estado haciendo Opal: cerrando los ojos y los oídos a su cerrar de ojos y oídos.

La última vez que fueron al estadio, Lony acababa de empezar a andar solo. Ahora escucha el tambor, no ha oído uno así de grande desde que era joven. Escruta el campo con la mirada en busca de los chicos. Lo ve todo borroso. Seguramente debería ponerse gafas, seguramente tendría que habérselas puesto hace tiempo. Aunque nunca se lo diría a nadie, le gusta que la distancia se vuelva borrosa. No acierta a ver lo lleno que está, pero desde luego no hay tanta gente como en los partidos de béisbol.

Mira hacia el suelo y luego al tercer piso, que está vacío. Allí era donde veía los partidos con los chicos. Repara en algo que está sobrevolando el borde de la cubierta del estadio. No es un pájaro, tiene un movimiento poco natural. Entorna los ojos para intentar verlo mejor.

Edwin Black

Le tiende a Blue el café que le ha hecho unos minutos antes de que llegara y llamara a su puerta. Café negro tostado de producción ecológica, hecho en cafetera de émbolo. Ha apostado por una dosis moderada de azúcar y leche. Ni le sonríe ni se pone a hablar del tiempo mientras van hasta el coche. Hoy es su gran día. La de horas que le han echado... La de grupos de percusión, vendedores y bailarines a los que han tenido que llamar y convencer para que asistieran, que si había premios que ganar, dinero que conseguir. Ese año ha hecho más llamadas que en toda su vida. La gente no quería realmente comprometerse para un nuevo powwow, y menos para uno en Oakland; de hecho, si este no iba bien, no se repetiría al año siguiente. Y se quedarían sin trabajo. Pero a estas alturas significa mucho más para él que un trabajo. Es una nueva vida. Además, hoy su padre va a estar allí. Son demasiadas cosas en las que pensar, casi lo superan. O a lo mejor ya lleva demasiado café bebido esta mañana.

El trayecto hasta el estadio se le hace largo y tenso. Cada vez que se le ocurre algo que decir, se lo piensa mejor y le da un sorbo al café. Esta es solo la segunda vez que pasan tiempo juntos fuera del trabajo. Blue lleva puesta la NPR a un volumen tan bajo que no se entiende nada.

—El otro día empecé a escribir un relato.

—Ah, ¿sí?

—Es sobre un nativo, lo he llamado Victor...

—¿Victor, en serio? —dice Blue, entrecerrando los párpados en un gesto cómico.

—Vale, se llama Phil. ¿Quieres que te lo cuente o no?

—Claro.

—Bueno, pues Phil vive en un bonito piso en el centro de Oakland donde vivía antes su abuelo, un piso grande de renta controlada. Trabaja en el Whole Foods. Un día un compañero blanco, llamémosle John, le pregunta si quiere tomarse algo después del trabajo. Quedan, van a un bar, lo pasan bien y al final John acaba pasando la noche en casa de Phil. Al día siguiente, cuando este vuelve del trabajo, se encuentra con que el tipo sigue allí, pero ha invitado a un par de amigos. Y además han venido con un montón de cosas. Phil le pregunta a John qué está pasando y este le dice que, en fin, que como ha visto que le sobraba tanto espacio que no usaba, había pensado que no pasaría nada. A Phil no le hace gracia, pero, como no lleva bien las confrontaciones, lo deja estar. En las siguientes semanas, meses luego, la casa se llena de okupas, de modernos, de friquis de empresas tecnológicas y todo tipo de jóvenes blancos imaginables. Algunos viven en el piso de Phil y otros van solo a pasar el rato indefinidamente. Phil no entiende cómo ha permitido que la situación se le desmadre de esa manera. Luego, justo cuando reúne el valor para decir algo, para largar a todo el mundo, enferma gravemente. Alguien le ha robado la manta, y cuando le pregunta a John, este le da otra nueva. Phil cree que esa manta le hace enfermar. Se pasa una semana en la cama. Para cuando se recupera, las cosas han cambiado..., avanzado, podría decirse. Algunas habitaciones se han convertido en oficinas. John dirige una especie de *start-up* desde el piso de Phil. Este le dice que tiene que irse, que se larguen todos, y que él nunca le dio permiso para nada de eso. Ahí es cuando John le saca unos papeles. Por lo visto, Phil había firmado algo, puede que en un delirio febril. Pero John no quiere enseñarle los papeles. Hazme caso, *bro,* le dice John, mejor que no entres por ahí. Ah, y por cierto, ¿sabes el hueco ese bajo las escaleras? ¿El hueco?, se extraña Phil, ¿el cuartillo? Se refiere al armario que hay en el hueco de las escaleras. Phil sabe lo que está por venir. Déjame que lo adivine, quieres que me meta en ese hueco bajo las escaleras, que sea mi nuevo cuarto, dice Phil. Has acertado, dice el otro. Este piso es mío, mi abuelo vivía aquí, él me lo cedió para que lo cuidara, protesta Phil. Es para mi familia, por si alguien necesita donde quedarse, se supone que es para eso. Y entonces John saca una pistola, apunta a Phil a la cara y luego empieza a conducirlo hasta el armario de las escaleras. Te lo dije, *bro,* dice John. ¿El qué me dijiste? Que tendrías que haberte unido a la empresa, nos habría venido bien alguien con tu perfil, dice John. Pero si nunca me preguntaste nada, viniste a mi piso y te quedaste aquí y luego has ido apoderándote de todo, dice Phil. Lo que tú quieras, *bro,* pero mis cronistas lo tienen escrito de otra forma, le explica John señalando con la cabeza a un par de tíos que hay en el sofá del salón de abajo y que están escribiendo como locos en sus Macs lo que Phil da por hecho que es una versión distinta de los hechos que están sucediendo en ese mismo instante. De pronto se siente muy cansado, y hambriento, y se retira a su armario bajo las escaleras. Y ya está, eso es lo que tengo hasta ahora.

—Es gracioso —dice Blue, como si no lo creyera, pero pensara que eso es lo que él quiere oír.

—Es una tontería. Sonaba mucho mejor en mi cabeza.

—Esas cosas son así, ¿no? Creo que a una amiga mía le pasó algo parecido. A ver, no exactamente así, sino una nave o algo por el estilo que había heredado de su tío en Oakland

Oeste y donde por lo visto se le metieron unos okupas que se apoderaron de todo.

—¿En serio?

—Está en su cultura.

—¿El qué?

—Apoderarse.

—No sé. Mi madre es blanca...

—No tienes por qué defender a toda la gente blanca que no consideras parte del problema solo porque he dicho algo negativo sobre la cultura blanca —dice Blue.

A Edwin se le acelera el pulso. La ha oído cabrearse por teléfono, con otra gente, pero nunca con él.

—Perdona.

—No te disculpes.

—Perdona.

Edwin y Blue montan juntos las mesas y las carpas bajo la luz de primera hora de la mañana. Despliegan mesas y sillas plegables. Cuando está todo montado, Blue se le queda mirando.

—¿Dejamos mejor la caja fuerte en el coche hasta más tarde? —le pregunta.

Es un modelo pequeño que compraron en el Walmart. No fue fácil convencer a los beneficiarios de las subvenciones de que les firmaran un cheque para poder canjearlo en metálico. El dinero contante era un problema con las subvenciones y la gestión de los fondos en las organizaciones sin ánimo de lucro. Pero, después de varias llamadas y correos, de todas las explicaciones y testimonios de los que van a los powwows para competir —gente que quiere ganar dinero en metálico porque lo prefiere así, gente que a veces ni siquiera tiene cuentas bancarias y que además no quiere perder el tres por ciento de comisión por canjear un cheque—, por fin acordaron que serían tarjetas de regalo de Visa. Un buen taco.

—No veo razón para no sacarla ya. Seguro que luego esto es una locura y no vamos a querer tener que volver hasta el aparcamiento cuando llegue la hora de dar los premios.

—Cierto —dice Blue.

Sacan la caja fuerte de la camioneta de Blue y la llevan entre los dos, aunque no porque pese mucho, sino por lo ancha que es.

—Nunca he tenido tanto dinero junto.

—Ya, y no pesa nada, pero parece como superpesada, ¿no?

—A lo mejor tendríamos que haber hecho giros postales.

—Pero en los carteles anunciamos que era en metálico. Es una de las formas de atraer gente. Lo dijiste tú.

—Si tú lo dices...

—No, es que lo dijiste tú. Fue idea tuya.

—No sé, lo veo muy ostentoso —dice Blue cuando están ya al lado de la mesa.

—Bueno, los powwows son pura ostentación, ¿no?

Calvin Johnson

Casi han acabado de desayunar y ninguno ha dicho nada to-davía. Están en el Denny's que hay al lado del estadio. Él ha pedido unos huevos vuelta y vuelta con salchichas y tostadas. Charles y Carlos se han decidido por el Grand Slam, con tor-titas y beicon. Y Octavio ha pedido gachas de avena, aunque más que nada ha estado bebiendo café. La movida se ha ido poniendo cada vez más seria conforme se acercaba el día, y cuanto más seria, menos hablaban del tema. Pero a Calvin lo que más le preocupa es que consigan robar el dinero más pronto que tarde. Le preocupa más salir bien parado que salir con el dinero. Todavía está cabreado con su hermano por haberlo metido en este plan de mierda. Por que se fumara toda su mierda. Que esa, esa, sea la razón por la que estén aquí todos. Eso es algo que no puede pasar por alto. Pero tampoco ha podido pasarlo de largo.

Rebaña la yema con el pan tostado y lo baja con el último trago de zumo de naranja. Está amargo, dulce, salado, y esa yema expresamente gruesa le da a todo más sabor todavía.

—Pero quedamos en que, cuanto antes lo hiciéramos, me-jor, ¿no? —pregunta a bocajarro.

—¿Cómo es que todavía no ha venido la colega a pregun-tarnos si queremos más café? —pregunta Charles con la taza vacía en alto.

—Pues pasando de dejar propina, y así es como si no pagáramos el café —dice Carlos.

—Dejaos de hostias —interviene Octavio.

—Se supone que la propina tiene un sentido. La peña tiene que ser consecuente con lo que hace, me cago en todo —se queja Charles.

—Tal cual —lo jalea Carlos.

—Ya te la ha rellenado dos veces, hijoputa —dice Octavio—. Y deja el temita de la propina, hostia ya. ¿Dijiste que lo guardan en una caja fuerte?

—Sí —corrobora Calvin.

—Un tío grande que vamos a reconocer por lo gordo que es —sigue Octavio—. ¿Y una tía como de cuarenta y pico con el pelo largo moreno, medio guapa pero con la piel rara?

—Exacto.

—Yo digo que cojamos la caja fuerte y ya luego veamos cómo abrimos la movida —opina Charles.

—Tampoco hay que hacerlo a la carrera —dice Octavio.

—Pero seguramente es mejor más pronto que tarde, ¿no? —insiste Calvin.

—Habrá un montón de peña con móviles que podrían avisar a la poli mientras esperamos a que el culo gordo ese nos suelte la combinación. Charles tiene razón —dice Carlos.

—Si no hace falta, no hay que hacerlo a la carrera —repite Octavio—. Si podemos conseguir la combinación, la conseguimos en vez de tener que largarnos de allí cargando con una puta caja fuerte.

—¿Os dije que es todo en tarjetas regalo? Que es como un puñado de tarjetas de regalo de Visa —dice Calvin.

—Eso es como metálico —responde Octavio.

—¿Y por qué carajo está todo en tarjetas de regalo? —pregunta Charles.

—Eso, ¿por qué carajo...? —repite Carlos.

—¿Os vais a callar de una puta vez, Charlos? Cerrad la bocaza y pensad antes de hablar. Es lo mismo que en metálico, me cago en la hostia ya —dice Octavio.

—Necesitaban recibos, para la subvención —explica Calvin, que se apura entonces su último bocado y se queda mirando cómo se toma su hermano lo que acaba de decirle Octavio: está mirando por la ventana, está cabreado.

Daniel Gonzales

Le suplica que le deje ir, para verlo en directo. Él nunca suplica. Octavio le dice que no. Y vuelve a decírselo todas las veces que le pregunta. Hasta la noche de antes. Están los dos solos en el sótano.

—Sabes que tienes que dejarme que vaya —dice Daniel desde el ordenador.

Octavio está en el sofá con los ojos clavados en la mesa.

—Yo lo único que tengo que hacer es asegurarme de que esta movida salga bien. Para sacarnos la pasta —dice, y se acerca a Daniel.

—Ni siquiera te estoy diciendo de ir, voy a estar aquí. Puedo volar el dron hasta el estadio desde aquí. Y si no, déjame ir.

—Ni de coña, tú no vas.

—Pues entonces déjame que vuele el dron hasta allí.

—No sé, colega —dice Octavio.

—Venga, me lo debes.

—No conviertas esta mierda en una cuestión de...

—No estoy convirtiendo esta mierda en ninguna mierda —dice Daniel, que se vuelve entonces y añade—: Pero es que esa es la cuestión. Tú eres el que te has cargado esta familia.

Octavio regresa al sofá.

—¡Me cago en la hostia! —dice, y le pega una patada a la mesa.

Daniel vuelve a la partida de ajedrez que está jugando distraídamente en el ordenador. Sacrifica un alfil por el caballo de su rival, para desbaratarle la formación.

—Tú te quedas aquí. Pero tienes que sacar el cacharro ese de allí, que no te pillen. Como esa mierda se caiga, son capaces de rastrearla hasta aquí.

—Vale, lo pillo. Me quedo aquí. Entonces, ¿todo bien?

—¿Todo bien? —pregunta Octavio a su vez.

Daniel se levanta y se planta delante de él. Le tiende la mano.

—¿Qué mierda quieres, chocarla? —se burla Octavio. Pero él no aparta la mano—. Venga, anda —dice, y se la estrecha.

Jacquie Red Feather

Jacquie y Harvey llegan a Oakland la noche antes del powwow. Él le ofrece su habitación, que tiene dos camas de matrimonio.

—No tiene por qué pasar nada. La otra cama es gratis, no hay que pagar más —le dice.

—No soy pobre —contesta Jacquie.

—Como quieras.

A los hombres como Harvey les pasa eso: por mucho que parezca que han cambiado para mejor, nunca consiguen matar del todo al cerdo que llevan dentro. A ella no le importa en lo más mínimo que él haya pensado que podría pasar algo y al final pasa otra cosa. Eso es problema suyo. Ella llevó dentro a la hija de ambos, la parió y la entregó en adopción. A su hija. Es normal que se sienta incómodo. Debería.

Cuando despierta tiene la sensación de que es muy temprano, pero no consigue volver a dormirse. Se levanta para ir a descorrer las cortinas y ve que está a punto de salir el sol. Está en ese degradado de azul oscuro y claro, a medio camino entre uno y otro. Siempre le ha encantado ese azul. Debería quedarse viendo cómo amanece. ¿Cuánto tiempo lleva sin verlo? Aun así, en lugar de eso, corre las cortinas y enciende el televisor.

Un par de horas después le llega un mensaje de Harvey, que si bajan a desayunar.

—¿Estás nervioso? —le pregunta Jacquie mientras pincha un trozo de longaniza y lo moja en un charco de jarabe de arce.

—Hace ya tiempo que no me pongo nervioso —le cuenta Harvey, que le da un sorbo al café—. Es cuando me vienen las mejores ideas, hablando en voz alta. Lo único que hago es ir diciendo lo que veo, y ya no me cuesta nada, porque he animado muchos powwows. Es como los locutores deportivos que oyes que rellenan todo el partido con tonterías, pues lo mismo, salvo que hay veces que cuando hablo de lo que está pasando, cuando entran los bailarines, a veces puede sentirse como una oración. Aunque tampoco puedes ponerte muy serio. La gente espera que un animador de powwow sea irreverente. Es un gran acontecimiento para mucha gente que intenta ganar dinero. Es una competición. Así que siempre intento no ponerme profundo, como los locutores deportivos.

Hace un revuelto con todo el plato: huevos, bollos, *gravy*, salchichas. Carga un tenedor con la mezcla. Cuando termina, rebaña lo que queda con un trozo de pan tostado. Jacquie sorbe su café y se queda mirando cómo se come Harvey su pan empapado.

En el powwow se sienta al lado de Harvey bajo la carpa de lona donde están el sistema de sonido y la mesa de mezclas, con el cable del micro sobresaliendo por debajo como una serpiente.

—¿Te dan el nombre de todos los bailarines y sus números, en un papel o algo, o los memorizas? —le pregunta a Harvey.

—¿Memorizar? Fiuu. Mira —le dice, y le tiende una carpeta de clip con una larga lista de nombres y números.

Jacquie la mira distraída.

—Estamos en paz, Harvey.

—Lo sé.

—Pues no deberías.

—Fue hace más de cuarenta años.

—Cuarenta y dos —precisa—. Tiene cuarenta y dos años. Nuestra hija.

Está a punto de devolverle la carpeta cuando ve el nombre de Orvil en la lista. Se acerca el papel a los ojos para asegurarse. Lo lee una y otra vez: «Orvil Red Feather». Está ahí. Saca el móvil para mandarle un mensaje a su hermana.

Octavio Gomez

Aunque las pistolas son de plástico, le entran sudores fríos cuando tiene que atravesar el detector de metales. Pero no pasa nada. Ya al otro lado, mira a su alrededor para ver si alguien se ha fijado en ellos. El vigilante está leyendo el periódico al lado del detector. Octavio va hacia los arbustos y ve los calcetines negros. Se agacha para recoger los dos.

Una vez en los servicios, hurga en un calcetín, saca un puñado de balas y luego le pasa los dos calcetines por debajo del cubículo a Charles, que hace otro tanto y se los da a Carlos, que se los pasa a Calvin, en el último cubículo. Un hormigueo de miedo recorre a Octavio de pies a cabeza mientras carga la pistola. El miedo sigue avanzando y sale de él, como si hubiera tenido la oportunidad de escuchar lo que estaba diciéndole, pero la hubiera perdido, porque, justo cuando lo siente, se le cae una bala y sale rodando por delante, fuera del cubículo. Oye rechinar unos zapatos. Será Tony, que viene a por sus balas. Todo el mundo se queda callado al oír rodar la bala.

Edwin Black

Está con Blue en la mesa y la carpa que han montado antes entre los dos. Ven a los bailarines preparándose para el Grand Entry. Ella los señala con la barbilla y le pregunta:

—¿Conoces a alguien?

—Qué va. Pero escucha —dice Edwin señalando hacia arriba, a la voz del animador del powwow.

—Tu padre —dice Blue, y se quedan unos segundos escuchando.

—Qué raro, ¿no?

—Total. Pero oye, ¿lo descubriste antes o después de conseguir las prácti..., vamos, el curro este...?

—No, ya lo sabía. Pero vamos, que en parte me decidí a hacer las prácticas cuando descubrí quién era él.

Ven entrar a los bailarines. Primero los veteranos, con sus banderas y sus bastones de danza, seguidos de una larga hilera brincante de bailarines. Edwin ha evitado ver grabaciones de powwow para proteger ese momento, para que fuera nuevo, incluso aunque Blue le insistió en que viera grabaciones por YouTube para que supiera dónde estaba metiéndose.

—¿Y tú conoces a alguien?

—Muchos de los chavales a los que asistí cuando trabajaba aquí antes son ya mayores, pero no he visto a ninguno —dice Blue mirando a Edwin, que acaba de levantarse.

—¿Adónde vas?

—A pillar un taco. ¿Quieres uno?

—Vas a volver a pasar al lado de tu padre, ¿no?

—Sí, pero esta vez voy de verdad a pillar un taco.

—Como la última vez.

—¿Ah, sí?

—Ve a hablar con él directamente.

—No es tan fácil —dice Edwin, y sonríe.

—Yo te acompaño. Pero tienes que hablarle de verdad.

—Venga.

—Venga —dice Blue, que se levanta—. De todas formas, ¿no habíais quedado en veros?

—Sí, pero después de eso no hablamos más.

—Ajá...

—A mí no me mires. Tú imagínate: tu hijo se pone en contacto contigo, un hijo de cuya existencia ni siquiera eras consciente, y luego vas y... ¿cortas la comunicación? No se puede ir por ahí diciendo: eh, hola, vamos a vernos, y luego pasar de concretar.

—Lo mismo pensó que era mejor esperar a conoceros en persona —sugiere Blue.

—Bueno, ya estamos acercándonos, ¿no? Así que vamos a dejar de hablar del tema. Vamos a hacer como si estuviéramos hablando de otra cosa.

—Creo que lo mejor sería no hacer como si estuviéramos hablando de otra cosa y hablar de otra cosa y punto.

Pero esas últimas palabras hacen imposible pensar en otra cosa de la que hablar.

Siguen caminando en silencio, dejando atrás mesas y carpas. Cuando están más cerca de la de su padre, Edwin se vuelve y le pregunta, como si estuvieran en plena conversación:

—Entonces, ¿los bailarines que ganan se llevan el dinero en metálico y ya está, sin impuestos ni tasas ocultos?

—Vale, o sea, que estás haciendo como si estuviéramos hablando. Bueno, entonces, da igual lo que diga. Ya esto que estoy diciendo ahora mismo vale, ¿no? —Blue ni siquiera está mirándolo.

—Sí, perfecto. Pero ya está. Venga, espérame aquí.

—Venga —responde ella con voz de robot obediente.

Edwin se acerca a su padre, que acaba de dejar el micro en la mesa. Harvey se vuelve y entiende en el acto quién es. La prueba está en que se quita el sombrero. Él le tiende la mano para estrechársela, pero su padre lo coge por la nuca y lo atrae hacia él para darle un abrazo, que dura más de la cuenta y hace que Edwin se sienta incómodo, pero no se aparta. Su padre huele a cuero y a panceta.

—¿Cuándo has llegado? —le pregunta Harvey.

—He venido el primero, una de las dos primeras personas.

—Vaya, entonces, ¿te implicas en serio en los powwows?

—He ayudado a montar este. ¿Te acuerdas?

—Sí, sí. Perdona, mira, esta de aquí es Jacquie Red Feather —dice Harvey señalando a la mujer que hay sentada al lado de donde estaba antes de levantarse para darle el abrazo.

—Edwin —se presenta, y le tiende la mano a la mujer.

—Jacquie.

—Blue —dice Edwin llevándose la mano a la boca como si estuviera lejos y tuviera que gritar su nombre.

Su amiga se acerca. Parece agobiada.

—Blue, te presento a mi padre, Harvey, y esta es su... su amiga Jacquie... ¿cómo era?

—Red Feather.

—Eso, y esta es Blue.

Su amiga palidece y tiende la mano e intenta sonreír, pero más bien parece que esté conteniendo las ganas de vomitar.

—Me alegro de conoceros a los dos, pero creo que deberíamos volver, Edwin...

—Venga, mujer, pero si acabamos de llegar —contesta él mirando a su padre en plan: «¿No es verdad?».

—Ya lo sé, y podemos volver luego, tenemos todo el día, vamos a estar allí enfrente —dice Blue señalando por donde han venido.

—Vale, venga —dice Edwin, que vuelve a alargar la mano para darle otro apretón a su padre.

Después se despiden y se alejan.

—Vale, dos cosas —dice Blue mientras vuelven a su mesa.

—Qué locura, ¿no? —contesta Edwin, que no puede contener la sonrisa.

—Creo que esa mujer era mi madre.

—¿Cómo?

—Jacquie.

—¿Quién?

—La mujer que estaba ahí con tu padre.

—Ajá... Un momento, ¿cómo?

—Ya, ya. No sé. No sé de qué coño va todo esto, Ed.

Vuelven a la mesa. Edwin la mira e intenta sonreírle, pero Blue se ha quedado blanca, blanco fantasma.

Thomas Frank

—¿Estás bien? —le pregunta Bobby Big Medicine cuando acaba la canción.

Thomas ha estado con la mirada perdida o, más que perdida, clavada en el suelo, y como si pudiera atravesarlo con los ojos y estuviese viendo algo concreto.

—Creo que sí. Voy tirando.

—¿Sigues bebiendo?

—Voy mejorando.

—Saca toda esa porquería que llevas dentro para la siguiente —dice Bobby girando la baqueta sobre los dedos.

—Me siento bien.

—No basta con sentirse bien, tienes que tocar bien para ellos —dice señalando al campo con la baqueta.

—¿Me sé todas las canciones que vamos a tocar hoy?

—La mayoría. No te costará acoplarte.

—Gracias, hermano.

—Las gracias métselas mejor ahí dentro —le dice Bobby, señalando el centro del tambor.

—No, te lo digo por haberme pedido que tocara con vosotros —dice Thomas, pero el otro ya no lo escucha.

Está hablando con otro percusionista. Bobby es así. Contigo a muerte, hasta que se pierde de vista. Él no lo ve como si estuviera haciéndole un favor personal. Necesitaban otro percusionista. Y le gusta cómo toca y canta Thomas.

Se levanta para estirarse. Se siente bien, no lo decía por decir. Cantar y tocar le ha provocado eso, ese estar al cien por cien aquí y ahora que necesita para sentirse así de pleno, de completo, como de estar justo donde se supone que tienes que estar en ese momento: en la canción y en lo que cuenta la canción.

Se acerca a un par de puestos, de joyería y mantas. Está fijándose por si ve a alguien del Centro Indio. Debería buscar directamente a Blue y disculparse. Seguro que tocaría mucho mejor el resto del día. Su sonido será mejor, más auténtico. La ve. Pero se oyen unos gritos. No sabría decir de dónde vienen.

Loother y Lony

A Loother y Lony, que han subido a las gradas, está pegándoles bien el sol. Ya se han quedado sin cosas de las que protestar y el silencio que ha ido creciendo lentamente entre ambos les hace perder la paciencia. Sin tener que decir nada, se levantan y bajan para ir en busca de Orvil. Lony había dicho que quería acercarse al tambor, ver cómo suena de cerca.

—Pues la hostia de fuerte —le había respondido Loother.

—Ya, pero quiero verlo.

—Será «oírlo».

—Ya sabes a lo que me refiero.

Se dirigen hacia el tambor, la cabeza de Loother, una veleta intentando localizar a Orvil. Le ha dicho a su hermano pequeño que podían ir a escuchar el tambor siempre y cuando paren antes a pillar una limonada. Hasta ese momento Lony no había mostrado interés por ninguna de las cosas de los powwow que ha estado aprendiendo Orvil. Ha dicho no sé qué del tambor, que no era consciente de lo fuerte que sonaba ni de que los cantantes tuvieran esas voces en la vida real.

—Son los cánticos esos, ¿los oyes? —le ha preguntado Lony antes de bajar.

—Sí, los oigo, y suena igual que lo que hemos escuchado salir de los cascos de Orvil cientos de veces.

Van abriéndose paso entre los bailarines y tienen que ir mirando hacia arriba y casi reculando. Nadie se fija en ellos y eso les obliga a ir esquivando a los bailarines que vienen en su dirección. Lony no para de desviarse hacia el tambor. Y Loother de agarrarlo por la camiseta para llevarlo hacia la limonada. Casi han llegado al puesto cuando ambos se vuelven en redondo al creer oír un sonido de gente gritando.

Daniel Gonzales

Tiene puestas las gafas de realidad virtual. La cabeza se le va un poco hacia delante, por el peso, pero es el mismo ángulo en el que vuela el dron, descompensado por delante. Así, cuando vuela camino del estadio, le parece estar volando de verdad.

Está esperando para echarlo a volar. Espera por la duración de la batería. No quiere perderse nada. Quiere que vaya todo bien, que el palo salga bien, pero, sobre todo, quiere que no utilicen las pistolas. En toda la semana antes del powwow ha estado despertándose en plena noche. Sueños de gente corriendo por las calles y tiros viniendo de todos lados. Pensó que eran sus típicos sueños rollo apocalipsis zombi hasta que se fijó en que toda la peña era india. Y no porque fueran vestidos de indios, sino simplemente por cómo se saben las cosas en los sueños. Todos los sueños terminaban igual. Cuerpos tirados por el suelo. El silencio de la muerte, la quietud llameante de todas esas balas alojadas en cuerpos.

El cielo está raso y, justo cuando sobrevuela la cubierta del estadio, oye que su madre baja las escaleras. No tiene sentido, lleva sin ir al sótano desde que murió Manny.

—Mamá, ahora no —dice, pero se siente mal y añade—: Espera un momento.

Aterriza el dron en el piso superior, que está vacío, exceptuando las gaviotas. No quiere que su madre le vea las gafas porque seguro que piensa que tienen pinta de caras.

—¿Estás bien? —le pregunta desde el final de las escaleras a su madre, que ya ha bajado la mitad.

—¿Qué haces aquí abajo?

—Lo mismo de siempre, mamá, nada.

—Anda, sube y come conmigo. Te preparo algo.

—¿Puedes esperar? —le pregunta él, y es consciente de lo impaciente que suena.

Quiere volver con el dron, que está ahí solo en el tercer piso del estadio, desperdiciando batería.

—Como quieras, hijo —dice su madre.

Pero suena tan triste, su voz, que casi le dan ganas de abandonar ahí arriba el dron, dejarlo plantado y subir a comer con ella.

—Subo dentro de nada, mamá. ¿Vale?

No responde.

Blue

Blue no sabe por qué tiene tan presente la caja fuerte. O sí que lo sabe, pero no quiere saber por qué ha empezado a pensar en ella. El dinero. No le ha venido a la cabeza en toda la mañana, ni tampoco le ha supuesto mucho problema mientras organizaba el powwow. Había tarjetas de regalo y una caja fuerte que pesaba, y ¿quién iba a querer atracar un powwow? Había otras cosas en las que pensar. Acababa de ver a su madre... quizá. Hay unos cuantos tíos con pinta de chungos merodeando no muy lejos. A Blue le fastidia que su presencia le fastidie.

Edwin está a su lado mascando y tragando pipas. Y es casi lo que más le fastidia de todo porque en teoría tienes que molestarte en partir la cáscara y sacar lo bueno de la pipa, pero él no hace más que meterse puñados en la boca y masticarlos hasta que consigue tragárselos con cáscara y todo.

Los tipos esos están cada vez más cerca de la mesa. Casi como si estuvieran acercándose disimuladamente. Vuelve a planteárselo: ¿quién iba a querer atracar un powwow? ¿Quién iba siquiera a saber atracar un powwow? Aparta la idea de la cabeza, pero mira bajo la mesa para asegurarse de que la caja sigue allí, tapada con la mantita Pendleton roja, amarilla y turquesa. Edwin la mira y sonríe con una insólita sonrisa dentuda de orgullo. Tiene los dientes llenos de cáscaras de pipas. Le parece tan odioso como entrañable.

Dene Oxendene

Dene está en su cabina cuando oye los primeros disparos. Una bala atraviesa silbando las cortinas. Se va a una esquina y apoya la espalda contra un poste de madera. Siente un impacto en la espalda y acto seguido se le desmoronan en lo alto las cortinas negras que hacen las veces de paredes.

Se le ha caído encima la chapuza de cabina que ha montado. No se mueve. ¿Puede? No lo intenta. Sabe o cree saber que no va a morir de lo que quiera que le haya impactado. Alarga la mano hacia atrás y palpa la madera, uno de los cuatro postes más gruesos que sujetan el tinglado. Cuando aparta el trozo de madera, siente que hay algo caliente incrustado. Una bala. Ha atravesado el palo y ha estado a punto de salir por el otro lado, por él. Pero se ha parado. Lo ha salvado el poste. La cabina que ha construido es lo único que se ha interpuesto entre él y esa bala. Siguen disparando. Sale a gatas de debajo de las cortinas negras. Por un segundo lo ciega la claridad del día. Se restriega los ojos y ve enfrente algo que no tiene ningún sentido por varias razones: Calvin Johnson, del comité del powwow, está disparando una pistola blanca contra un tipo que hay en el suelo y, a su derecha y a su izquierda, hay otros dos disparando. Uno va vestido con un traje ceremonial. Dene pega la barriga al suelo. Tendría que haberse quedado bajo su cabina desmoronada.

Orvil Red Feather

Orvil está regresando al campo cuando oye los disparos. Piensa en sus hermanos. Su abuela lo mataría si él sobreviviera y ellos no. Echa a correr cuando, de pronto, oye un estruendo que le llena todo el cuerpo con un sonido tan grave que lo atrae hacia el suelo. Huele los centímetros de hierba en su nariz y lo sabe. No quiere saber lo que sabe, pero lo sabe. Palpa con los dedos una humedad de sangre caliente cuando se lleva las manos a la barriga. No puede moverse. Tose y no tiene claro si lo que le sale por la boca es sangre o saliva. Quiere oír una vez más el tambor. Quiere ponerse de pie, levantar el vuelo e irse con sus plumas ensangrentadas. Quiere retractarse de todo lo que ha hecho en la vida. Quiere creer que sabe bailar una oración y orar por un nuevo mundo. Quiere seguir respirando. Necesita seguir respirando. Tiene que recordar que necesita seguir respirando.

Calvin Johnson

Calvin está de pie, supuestamente enfrascado en su móvil, pero no para de levantar la vista. Tiene el gorro bien calado y se ha colocado detrás de donde están Blue y Edwin para que no lo vean. Mira hacia Tony, que está dando botecitos, apenas pisa el suelo, como si estuviera a punto de salir a bailar. Es él quien se supone que tiene que hacer el atraco en sí. Los demás están allí solo por si algo va mal. Octavio nunca les ha explicado por qué quería que Tony se pusiera el traje, y por qué tiene que ser él quien coja el dinero. Calvin da por hecho que es porque vestido así será más difícil de identificar y, por lo tanto, más difícil de investigar.

Octavio, Charles y Carlos están cerca de la mesa con cara de agobiados. Le llega al grupo un mensaje de Octavio en el que solo pone: «¿Todo bien Tony?». Calvin no puede evitar caminar hacia la mesa cuando ve que Tony también lo hace. Pero el chico se detiene. Octavio, Charles y Carlos lo ven pararse, lo ven quedarse allí plantado, con esa manera de botar. A Calvin le da un vuelco el estómago. Tony retrocede sin dejar de mirarlos, da media vuelta y se va en sentido contrario.

Octavio no tarda mucho en hacer el siguiente movimiento. Calvin nunca ha empuñado una pistola. Tiene gravedad, un peso que lo arrastra hacia Octavio, que está ahora apuntando a Edwin y Blue con su pistola. Señala la caja con el arma.

Se le ve tranquilo. Calvin tiene la pistola cogida por debajo de la camisa. Edwin se agacha para abrir la caja fuerte.

Octavio mira a ambos lados, con la bolsa de tarjetas de regalo en la mano, cuando de pronto el subnormal de Carlos vuelve su pistola contra él. Calvin lo ve antes que Octavio. Su hermano también lo apunta con la suya y se pone a gritarle que deje el arma en el suelo y le dé la bolsa. Carlos le grita lo mismo. Putos Charlos.

Octavio le lanza la bolsa con las tarjetas a Charles y aprovecha para pegarle un par de tiros. Su hermano se tambalea hacia atrás y empieza a disparar. Le da a Octavio, que vuelve a tirar. Calvin ve que un crío vestido con traje ceremonial cae al suelo a unos tres metros por detrás de su hermano. La han jodido bien, pero Calvin no tiene tiempo ni de pensarlo porque Carlos le encaja a Octavio otros tres o cuatro tiros en la espalda. Podría haber seguido disparando, pero aparece el dron de Daniel, que se estrella contra la cabeza de Carlos y lo tira al suelo. Calvin no está apuntando a nadie, solo tiene el dedo en el gatillo, preparado, cuando siente la primera bala, que le da en la cadera, en el hueso. Agachado sobre una rodilla, recibe otro tiro en la barriga y siente un peso nauseabundo, como si hubiera tragado demasiada agua de una vez. ¿Cómo es posible que un agujero te haga sentirte tan lleno? Al caer, ve que Carlos recibe varios tiros que vienen de donde está Tony.

Desde el suelo ve que su hermano le dispara al chico. Siente cada pequeña punta de brizna de hierba clavándosele en la cara. Es lo único que siente, las briznas de hierba. Y luego ya no oye más tiros. No oye nada.

Thomas Frank

Cuando oye los tiros que están pegando no cree que sea que están pegando tiros. Espera que sea cualquier otra cosa. Pero entonces empieza a ver que la gente sale corriendo, se tropieza, se cae, grita y, por lo general, se cagan encima porque al poco, muy poco después, lo que al principio ha creído que debía de ser cualquier otra cosa menos tiros se materializa en su mente y ante sus ojos como claramente tiros. Thomas se agacha sin entender nada. Se tira al suelo y contempla entumecido la escena. No ve al tirador, o tiradores. Hace la tontería de incorporarse para ver mejor qué está pasando. Oye un silbido agudo muy cerca y, justo cuando comprende que es el sonido de las balas que no están alcanzándole, le impacta una en la garganta. Tendría que haberse agachado todo lo posible, tendría que haberse tirado al suelo, haberse hecho el muerto, pero no, y ahora sí que está tirado en el suelo, pero agarrándose el cuello por donde le ha entrado la bala. No logra ver de dónde ha venido, pero no importa porque le está saliendo sangre a borbotones entre los dedos de la mano con la que se agarra el cuello desgarrado.

Lo único que sabe es que las balas siguen volando y la gente está chillando y tiene alguien detrás que le ha levantado la cabeza sobre su regazo, pero él no logra abrir los ojos, y quema horrores por donde sabe o siente que sabe que ha salido la bala. Es posible que la persona en cuyo regazo está apoyado esté envolviéndole el cuello con algo y apretándolo, puede que una camisa o un chal, intentando parar la hemorragia. No sabe si tiene los ojos cerrados o si todo ese jaleo lo ha dejado de pronto ciego. Sabe que no ve nada y que dormir le parece la mejor idea que ha tenido en su vida, y como que le da igual lo que signifique ese sueño, aunque signifique solo dormir, un descanso sin sueños de aquí en adelante. Pero una mano está abofeteándole la cara y abre los ojos y nunca ha creído en Dios hasta ese momento, siente que Dios está en la sensación de su cara al ser abofeteada. Alguien o algo está intentando que se quede. Thomas intenta levantar todo su cuerpo, pero no puede. El sueño está flotando a sus pies, en alguna parte, se le filtra por la piel, y se le está descompasando la respiración, respira menos veces, el corazón, que lleva todo ese tiempo tocando para él, toda la vida, sin esfuerzo alguno, ahora no puede, realmente no puede hacer nada más que esperar a que llegue el siguiente aliento... y desear que así sea. Nunca se ha sentido tan pesado como en este momento, y le quema, la nuca, como ninguna otra quemadura que haya sentido antes. Le vuelve ahora el miedo que tenía en su infancia a la eternidad en el infierno y está ahí, en la quemadura y el frescor del agujero en el cuello. Pero tal como viene ese miedo se va, y llega él... en el Estado. No importa cómo ha llegado. O por qué está allí. Y no importa cuánto tiempo va a estar. El Estado es perfecto y no puede pedir más, por un segundo, un minuto o un momento, sentirse allí como en su casa es morir y vivir para siempre. Así que no alarga la mano, y tampoco está hundiéndose, y no le preocupa lo que está por llegar. Está aquí, y está muriendo, y no pasa nada.

Bill Davis

Bill oye un tiroteo atenuado por las gruesas paredes de hormigón que separan al resto de la gente de los empleados del estadio. Piensa en Edwin antes incluso de procesar qué pueden ser esas detonaciones atenuadas. Sin embargo, lo que le pasa automáticamente es que se levanta y va hacia el sonido. Atraviesa corriendo la puerta que da a la zona de los bares. Huele a pólvora, hierba y tierra. Una mezcla de miedo y de un valor largo tiempo inactivo repta por la superficie de su piel como un sudor nervioso. Echa a correr. Siente los latidos del corazón en las sienes. Está saltando escalones para bajar al campo. Conforme se acerca al muro del *infield,* le vibra el teléfono en el bolsillo. Baja el ritmo. Podría ser Karen, a lo mejor Edwin la ha llamado. A lo mejor es Edwin llamándolo. Se arrodilla y se agacha entre la segunda y la primera filas. Mira el móvil. Es Karen.

—Karen.

—Ya he salido, cariño.

—No, Karen, para, date media vuelta.

—¿Por qué? ¿Qué es lo...?

—Hay un tiroteo. Llama a la policía. Para en el arcén y llama.

Bill se pone el móvil contra la barriga y levanta la cabeza para mirar. Al instante siente una explosión punzante y ardiente en la parte derecha de la cabeza. Se lleva la mano a la oreja. Está liso. Húmedo. Caliente. Sin pensar en llevárselo a la otra oreja, Bill se pone el teléfono a la altura de donde tenía antes la oreja.

—Kar... —empieza a decir, pero no puede terminar.

Otra bala. Esta le alcanza encima del ojo derecho, le hace un agujero limpio. El mundo se vuelca a un lado.

Su cabeza impacta contra el cemento. Tiene el teléfono en el suelo delante de él y ve cómo va subiendo la cuenta, el tiempo de la llamada. Le palpita la cabeza, pero no es dolor, solo un fuerte zumbido que se convierte en una hinchazón absoluta. Su cabeza es un globo en expansión. Le viene la palabra «punción». Todo le pita. Oye un intenso runrún que le llega de algún punto por debajo, olas o un ruido blanco..., una vibración que siente en los dientes. Ve que le sale sangre en un semicírculo bajo la cabeza. No puede moverse. Se pregunta qué usarán para limpiarla. Con el peróxido de sodio en polvo es con lo que mejor salen las manchas en el cemento. «No, por favor, esto no», piensa Bill. Karen sigue allí, la cuenta de los segundos sigue subiendo. Cierra los ojos. Ve verde, lo único que ve es un borrón verde, y le parece estar viendo otra vez el campo. Pero tiene los ojos cerrados. Recuerda haber visto ese borrón verde en otra ocasión. Una granada había aterrizado no muy lejos. Alguien le gritó que se pusiera a cubierto, pero se quedó paralizado. También esa vez acabó en el suelo. Con el mismo pitido en la cabeza. La misma vibración en los dientes. Se pregunta si alguna vez salió de allí. No importa. Se está apagando. Está yéndose. Bill se muere.

Opal Viola Victoria Bear Shield

Los disparos retumban por todo el estadio. Los gritos lo acaparan todo. Opal ya está bajando todo lo rápido que puede los escalones hasta el primer piso. Están empujándola por detrás. Se deja llevar por la marea de gente. No sabe cómo no se le ha ocurrido antes, pero, en cuanto se acuerda, saca el móvil. Llama primero a Orvil y da señal, pero nada. Al siguiente que llama es a Loother; lo coge, pero la llamada se entrecorta, solo se oyen trozos de palabras. Un sonido roto. Lo escucha decir: «Abuela». Se tapa la boca y la nariz con la mano, solloza. Sigue escuchando para ver si la señal mejora. Se pregunta, le viene a la cabeza: «¿De verdad alguien ha venido aquí a por nosotros? ¿Ahora?». No sabe bien a qué se refiere.

Ve a los chicos en cuanto sale por la puerta principal. Pero solo están los dos pequeños. Corre a su encuentro. Loother sigue con el teléfono en la mano. Está señalándolo. No lo oye, pero lo lee en sus labios: «Hemos estado intentando llamarlo».

Jacquie Red Feather

Jacquie siente la mano de Harvey en el hombro, tirando de ella hacia abajo. Está intentando que se agache con él. Lo mira. Tiene las cejas muy arrugadas, señal de lo serio que es ese tirón. Pero ella va hacia el sonido y la mano pierde el agarre.

—Jacquie —oye que le medio grita, le medio susurra él.

Oye las balas, el estruendo y los silbidos. Está cerca. Se agacha un poco, pero sigue caminando. Hay un montón de gente por el suelo. Parecen muertos. Está pensando en Orvil, acababa de verlo pasar para el Grand Entry.

Por un segundo se le ocurre que pueda ser una especie de *performance* artística. Toda esa gente en traje tirada por el suelo como si fuera una matanza. Recuerda lo que les contó su madre sobre Alcatraz, que un pequeño grupo de indios fueron los primeros que conquistaron la isla, apenas cinco o seis, la conquistaron en una especie de *performance* cinco años antes de que la ocuparan de verdad. Siempre la había fascinado eso, que hubiera empezado así.

Ve a los tiradores y luego repasa el campo de cuerpos y se encuentra con los colores del traje de Orvil en el suelo. Sus colores destacan porque, entre otros, tiene un naranja fuerte, un naranja muy particular que es casi rosa y que no suele verse en los trajes ceremoniales. No le gusta ese color, por eso le resulta más fácil distinguirlo.

Antes de reconocerse a sí misma que es él, antes de poder sentir, pensar o decidir nada, ya está avanzando hacia su nieto. Conoce los riesgos de adentrarse ahí. Está adentrándose en el tiroteo. Da igual. No pierde el paso. No pierde de vista a Orvil.

El chico tiene los ojos cerrados cuando llega a su altura. Le pone dos dedos en el cuello. Hay pulso. Pide ayuda a gritos. El sonido que le sale no es una palabra. El sonido que le sale viene de debajo de sus pies, del suelo, y con el sonido levanta el cuerpo de su nieto. Oye los tiros a su espalda mientras lo acarrea entre la muchedumbre y hasta la salida.

—Perdón —va diciendo mientras se abre paso entre la gente—. Por favor. ¡Que alguien me ayude! —se oye gritar mientras sale por la entrada.

Y entonces los ve allí. Justo al salir. Loother y Lony.

—¿Dónde está Opal? —les pregunta.

El pequeño está llorando. Le señala hacia el aparcamiento. Jacquie mira a Orvil, ve que le tiemblan las manos. Loother se acerca y le pasa un brazo por encima a Jacquie y luego mira a su hermano.

—Está blanco —dice.

Cuando Opal llega con el coche, Jacquie ve a Harvey corriendo hacia ellos. No sabe por qué él debería acompañarlos o por qué ella grita su nombre, por qué lo llama con la mano. Se suben todos en la parte de atrás de la Ford Bronco de Opal, que pisa el acelerador.

Blue

Blue y Edwin consiguen llegar hasta el coche sin tener que parar. Edwin jadea pesadamente y empieza a estar demasiado blanco. Le pone el cinturón de seguridad, arranca el coche y sale pitando hacia el hospital. Se va porque todavía no ha oído sirenas. Se va porque Edwin está literalmente desplomado en el asiento, con los párpados medio cerrados. Se va porque sabe el camino y puede llegar antes que alguien que ni siquiera ha llegado aún al estadio.

Cuando paró el tiroteo, Blue apenas entendía lo que estaba gritándole Edwin desde el suelo.

—Tenemos que irnos —le decía.

Estaba hablando del hospital, de que quería que lo llevase. Tenía razón. No iban a llegar ambulancias suficientes a tiempo. A saber cuánta gente estaba herida. Edwin solo tenía un disparo: en la barriga.

—Vale —dijo Blue.

Intentó ayudarlo a incorporarse, se echó su brazo sobre el hombro y tiró hacia arriba. Él arrugó un poco el gesto, pero, por lo demás, siguió bastante entero.

—Aplica presión para que no sangre tanto —le dijo ella.

Edwin se puso tres o cuatro camisetas del gran powwow de Oakland contra la barriga. Cuando se palpó la espalda con la mano, se le fue el color de la cara.

—Me ha atravesado. Ha salido por la espalda.

—Mierda. ¿O bien? Joder, no lo sé.

Blue le rodeó la cintura y dejó que él le pasara el brazo por los hombros. Así salieron renqueando del estadio, hasta conseguir llegar al coche.

Cuando detiene el coche delante del Highland, Edwin está inconsciente. Ha estado diciéndoselo, gritándole, chillándole que se mantuviera despierto. Seguramente había un hospital más cerca, pero ella conocía el Highland. Se pone a darle al claxon sin parar, para intentar despertarlo y para que acuda alguien en su ayuda. Alarga la mano y le da varias bofetadas en la mejilla. Edwin menea ligeramente la cabeza.

—Tienes que despertarte, Ed —le dice—. Ya estamos aquí.

No responde.

Blue corre al interior para buscar a alguien que pueda ir a ayudarla con una camilla.

En cuanto sale por las puertas automáticas de las urgencias, ve parar una Ford Bronco. Se abren todas las puertas a la vez. Ve a Harvey. Y a Jacquie. Está agarrando a un chico, a un adolescente con traje ceremonial. Cuando Jacquie pasa delante de ella, salen dos enfermeras con la camilla para Edwin. Blue sabe en el acto que habrá confusión. ¿Debería dejar que Jacquie y el chico entren en lugar de Edwin? Da igual lo que haya o no decidido. Ve cómo las enfermeras cargan al chico y se lo llevan en la camilla. Harvey se acerca a Blue y ve a Edwin en el coche. Inclina la cabeza hacia él en plan: «Vamos a por él».

Harvey lo abofetea un par de veces en la mejilla y Edwin se remueve un poco, pero no consigue levantar la cabeza. El padre grita algo incomprensible sobre que venga alguien a ayudar y luego entresaca a Edwin del coche y se echa el brazo de su hijo por encima. Blue se cuela entre el coche y su amigo, le coge el otro brazo y se lo pasa por el hombro.

Dos celadores colocan a Edwin en la camilla. Blue y Harvey corren a ambos lados mientras lo llevan rodando por los pasillos, hasta que atraviesa las puertas batientes.

Va a sentarse al lado de Jacquie, que está con la vista clavada en ese ángulo, en el suelo, con los codos en las rodillas en esa postura que adoptas cuando estás esperando a que la muerte se vaya del edificio, a que tu ser querido salga en una silla de ruedas con una sonrisa partida, a que se te acerque un médico con paso firme y buenas noticias. Blue quiere decirle algo. Pero ¿el qué? Mira a Harvey. Sí que se parece a Edwin. Y si Harvey y Jacquie están juntos, ¿significa eso que...? No, no se permite terminar el pensamiento. Mira al frente. Hay dos chicos más jóvenes y una mujer que se parece un poco a Jacquie, pero más corpulenta. La mujer la mira y ella aparta la vista. Le gustaría preguntarle por qué está allí ella; sabe que es por el powwow, por el tiroteo. Pero no hay nada que decir. No hay nada que hacer salvo esperar.

Opal Viola Victoria Bear Shield

Sabe que Orvil lo conseguirá. Es lo que está diciéndose para sus adentros. Lo gritaría si los pensamientos pudieran gritarse. A lo mejor sí que se puede. A lo mejor eso es lo que está haciendo para hacerse creer que hay razones para la esperanza, a pesar de que tal vez no haya ninguna razón para la esperanza. También quiere que Jacquie y los chicos se lo vean en la cara, esa certeza pese a todo, lo que quizá sea eso que llaman fe. Jacquie no tiene buena cara; se diría que si Orvil no consigue sobrevivir, ella tampoco lo conseguirá. Opal cree que tiene razón: ninguno conseguirá volver si el chico no lo consigue. Todo se irá al traste.

Mira alrededor de la sala y ve que todas las personas que están en la sala de espera, hasta la última, tienen la cabeza gacha. Loother y Lony ni siquiera están con los móviles. Es triste. Casi le gustaría que estuvieran con los móviles.

Pero sabe que es el momento, ahora o nunca, de pedir ayuda, a pesar de haber abandonado toda esperanza de ayuda externa en una cárcel de una isla cuando tenía once años. Hace lo que puede por mantener la calma y cierra los ojos. Oye algo que viene de un lugar que creía haber clausurado para siempre hace mucho tiempo; el sitio desde el que su viejo osito de peluche, Dos Papes, le hablaba. El sitio desde el que pensaba e imaginaba cuando aún era demasiado pequeña para creer que no debía. Era su voz y a la vez no lo era. Pero suya, al fin y al cabo. No puede venir de otra parte. Solo está Opal. Tiene que pedirlo ella. Antes siquiera de plantearse rezar, tiene que creer que es capaz de creer. Lo está haciendo venir, pero también dejando que venga por su cuenta. La voz se abre paso a empujones y piensa: «Por favor. Levanta», y en realidad lo dice en voz alta. Está hablándole a Orvil. Está intentando que sus pensamientos, su voz, lleguen a ese quirófano con él.

—Quédate —dice Opal—. Por favor. —Lo dice todo en voz alta—. Quédate. —Reconoce que decir la plegaria en voz alta tiene más fuerza. Llora con los ojos apretados—. No mueras. No lo hagas.

Sale un médico. Solo uno. Piensa que podría ser buena señal, que cuando tienen que comunicar una muerte lo hacen en pareja, como apoyo moral. Pero no quiere alzar los ojos hasta la cara del médico. Quiere y no quiere saber. Quiere detener el tiempo, tener más tiempo para rezar, para prepararse. Pero el tiempo no ha hecho otra cosa en su vida que seguir adelante. Sin importarle nada. Antes incluso de pensarlo, está contando las batidas de las puertas dobles. Cuenta uno cada vez que se baten hacia dentro. El médico está diciendo algo. Pero todavía no puede levantar la vista, ni escuchar. Tiene que esperar a ver qué dice el número de batidas. Las puertas se paran en el número ocho, y Opal respira hondo, y luego suelta un suspiro y levanta la vista para ver qué tiene que decir el médico.

Tony Loneman

Tony se vuelve al oír los tiros pensando que es posible que estén disparándole a él. Ve cómo un chico con traje ceremonial recibe un tiro detrás de Charles, lo ve desplomarse en el suelo. Levanta la pistola y va hacia ellos, sin tener muy claro a quién apuntar. Ve entonces que Carlos le dispara a Octavio por la espalda y luego de pronto un dron aterriza en la cabeza de Carlos. La pistola le funciona el tiempo justo para dispararle dos o tres veces a Carlos, lo justo para que deje de moverse. Sabe que Charles ha abierto fuego contra él, pero todavía no ha sentido nada. Se le atasca el gatillo. La pistola quema demasiado en la mano, la suelta. En ese momento le impacta la primera bala. La siente rápida y caliente en la pierna, aunque sabe que la bala ya no puede estar moviéndose. Charles sigue disparándole y fallando, y Tony sabe que eso significa que debe de estar dándole a otra gente por detrás, y se le acalora la cara. Una especie de endurecimiento se va apoderando de todo su cuerpo. Conoce esa sensación. Ve negro por los bordes. Parte de él está intentando irse, adentrarse en la nube negra de la que solo saldrá más tarde. Pero se propone quedarse, y lo consigue. Se le ilumina la visión. Tras unos pasos está corriendo. Tiene a Charles a unos diez metros. Nota los flecos y las cintas aleteando tras él. Sabe dónde está metiéndose con esa carrera, sin pistola, pero se siente más fuerte que cualquier cosa que vaya a ir a por él, la velocidad, el calor, el metal, la distancia, incluso el tiempo.

Cuando le impacta una segunda bala en la pierna, se tambalea, pero no pierde velocidad. Está a seis metros, luego a tres. Le da otra en el brazo. Un par más lo alcanzan en la barriga. Las siente y a la vez no las siente. Se prepara para cargar, agacha la cabeza para la embestida. El calor, el peso, la velocidad de las balas hacen todo lo posible por retenerlo, por abatirlo, pero nada puede pararlo, ahora no.

Cuando está a apenas unos metros de Charles, nota algo tan sereno en su interior que parece como si estuviera brotando al mundo y serenándolo todo a su paso hasta convertirlo en nada, silencio fundido. Se propone hundirse en todo lo que se le interponga. Está haciendo un sonido. Parte de su barriga y le va saliendo por la nariz y la boca. Es un rugir de sangre. Se agacha un poco, justo antes de llegar a la altura de Charles, y lo embiste.

Aterriza encima de él con lo que le queda de fuerza. El otro le echa las manos al cuello y consigue agarrarlo. Tony ve más oscuridad intentando cernirse sobre su visión, estrecharla. Está empujando contra la cara de Charles. Logra meterle un pulgar en el ojo, aprieta. Ve una pistola en el suelo junto a su cabeza. Con lo que le queda de fuerza, cambia el peso a la otra pierna y se vuelca hacia un lado para coger la pistola. Antes de que Charles pueda levantar la vista o volver a cogerle del cuello, Tony le pega un tiro en una sien y luego ve caer la cabeza y el cuerpo vaciándose de vida.

Se gira, se queda bocarriba en el suelo y al instante está hundiéndose. Lentamente, como en arenas movedizas. El cielo se oscurece, o quizá sea su visión, o puede que simplemente esté hundiéndose cada vez más, rumbo al centro de la tierra, donde quizá se reúna con el magma, el agua, el metal o lo que quiera que haya allí para contenerlo, para abrazarlo, para retenerlo allí abajo para siempre.

Pero el hundimiento se detiene. No ve. Oye algo que parecen olas, y luego la voz de Maxine en algún punto en la distancia. Le llega con eco, como cuando ella estaba en la cocina y él al lado, bajo la mesa o estampando los imanes contra la nevera. Tony se pregunta si estará muerto. Si la cocina de Maxine es adonde ha ido a parar. Pero ella ni siquiera está muerta. Es claramente su voz. Está cantando un viejo himno cheyene que solía tararear mientras lavaba los platos.

Tony se da cuenta de que podría volver a abrir los ojos, pero los deja cerrados. Sabe que está lleno de agujeros. Siente cómo tiran de él hacia abajo cada una de las balas. Se ve a sí mismo elevándose, saliendo de él, y luego se contempla desde arriba, se mira el cuerpo y recuerda que en realidad nunca fue él. Nunca ha sido Tony igual que nunca ha sido el Sindro. Ambas cosas eran caretas.

Vuelve a oír cantar a Maxine en la cocina y entonces está allí. Está allí y tiene cuatro años, en el verano de antes de empezar la guardería. Está en la cocina de Maxine. No es el Tony de veintiún años pensando en su yo de cuatro..., recordando. Simplemente está allí de nuevo, de vuelta a ser el Tony de cuatro años. Está subido a una silla ayudando a lavar los platos mientras hunde las manos en el fregadero y va soplando burbujas hacia Maxine desde la palma de la mano. A ella no le hace gracia, pero no le dice que pare ni deja de quitarle las burbujas que se le quedan en la cabeza a Tony. Él no para de preguntarle: «¿Qué somos? Abuela, ¿qué somos?». Ella no le responde.

Tony hunde otra vez la mano en el fregadero de burbujas y platos y vuelve a soplarlas hacia Maxine. Le deja un poco de jabón a un lado de la cara, pero ella no se lo quita, sigue lavando con cara seria. A Tony le parece que es lo más divertido que ha visto en su vida, y no sabe si ella sabe lo que está pasando o si en realidad no están ahí. No sabe que no está allí, porque está justo allí, en ese momento que no puede recordar como pasado porque está sucediéndole en ese momento. Está ahí en la cocina con ella soplando burbujas de jabón.

Por fin, cuando consigue recobrar el aliento y contener la risa, Tony le dice:

—Abuela, tú lo sabes, sabes que están ahí.

—¿De qué me hablas?

—Abuela, estás jugando.

—¿Jugando a qué?

—Están justo ahí, abuela, las veo con mis propios ojos.

—Anda, vete a jugar tú y déjame terminar en paz —dice Maxine, y esboza una sonrisa que deja claro que sabe lo de las burbujas.

Tony juega con sus *transformers* en el suelo del cuarto. Hace peleas a cámara lenta. Se pierde en la historia que se inventa. Es siempre igual: hay una batalla, luego una traición y un sacrificio. Los buenos acaban ganando, pero uno muere, como Optimus Prime en *Transformers,* que Maxine le dejó ver en aquel viejo VHS, aunque le dijo que creía que era demasiado pequeño. Cuando la vieron juntos, en el momento en que comprendieron que Optimus había muerto, se miraron y vieron que estaban los dos llorando, y eso les hizo reírse por unos segundos, solo en ese momento especial, ambos en la oscuridad del cuarto de Maxine, riendo y llorando justo en el mismo instante.

Cuando Tony los aleja de la batalla, van hablando de que les gustaría que no hubiera sido así, que todos hubiesen sobrevivido. Hace que Optimus Prime diga: «Estamos hechos de metal, somos duros, capaces de soportarlo. Nos hicieron para transformarnos. Así que si tienes oportunidad de morir, de salvar a otro, la aprovechas. Siempre. Para eso vinimos al mundo los *autobots*».

Tony vuelve al campo. Cada agujero es una quemadura y un tirón. Ahora no siente que vaya a salir flotando hacia arriba, sino a caer dentro de algo bajo él. Hay un ancla, algo a lo que ha estado enraizado todo este tiempo, como si en cada agujero hubiera un gancho atado a un cable que tira de él hacia abajo. Sopla por el estadio una brisa que llega desde la bahía y se le cuela por el cuerpo. Oye un pájaro. No de fuera, de donde está anclado, en el fondo del fondo, en mitad de su mitad. El centro del centro. Hay un pájaro por cada uno de sus agujeros. Cantando, manteniéndolo despierto, impidiendo que se vaya. Tony recuerda algo que le dijo su abuela cuando le enseñaba a bailar: «Tienes que bailar como cantan los pájaros por la mañana», le había dicho, y le había enseñado lo ágil que podía ser. Pegó un brinco y los pies apuntaron justo en el sentido correcto. Pies de bailarina. Gravedad de bailarina. Ahora necesita ser ágil y ligero. Dejar que el viento cante a través de sus agujeros, escuchar el canto de los pájaros. No piensa ir a ninguna parte. Y en algún punto allí, dentro de él, donde está, donde siempre estará, incluso ahora, es por la mañana, y los pájaros, los pájaros están cantando.

Agradecimientos

A mi mujer Kateri, mi primera y mi mejor lectora/oyente, que creyó en mí y en el libro desde el primer momento, y a mi hijo Felix, por todas las formas en que me ayudas y me inspiras para ser mejor persona y escritor; a los dos, por vosotros daría la sangre de mi corazón. Sin vosotros no lo habría conseguido.

Ha habido mucha gente e instituciones que han ayudado a que este libro vea la luz. Me gustaría agradecer desde lo más profundo de mi corazón a los siguientes: a la MacDowell Colony, por apoyar mi trabajo mucho antes de que se convirtiera en lo que es ahora. A Denise Pate, del Fondo para las Artes y la Cultura de Oakland, por financiar un proyecto de narración de relatos que nunca llegó a materializarse salvo en la ficción (en un capítulo de esta novela). A Pam Housten, por todo lo que me ha enseñado, y por ser la primera persona en creer en este libro, tanto que incluso se encargó de hacer circular el manuscrito. A Jon Davis, por haberme ayudado de todas las maneras posibles, y al programa del Instituto de Artes Indias Americanas que terminé en 2016, por toda la ayuda con la revisión y edición del libro, y por creer en mí desde el minuto uno. A Sherman Alexie, por cómo con su ayuda ha mejorado esta novela, y por el increíble apoyo que me ha dado desde que conseguí que me ofrecieran un contrato por el libro. A Terese Mailhot, por todo lo que ha hecho por conseguir su sueño, de modo que nuestras vidas como escritores han ido en paralelo, y por todo el apoyo y el ánimo que siempre me ha dado, por ser la escritora tan increíblemente extraordinaria que es. A la Yaddo Corporation, por darme el tiempo y el espacio para terminar este libro antes de mandar el manuscrito. A Writing By Writers y la beca que me concedieron en 2016. A Claire Vaye Watkins, por escucharme leer y creer en el libro y enviárselo a su agente. A Derek Palacio, por ayudarme a orientar el manuscrito, y por todos los consejos y el apoyo que me ha dado desde que me licencié. A todos los muchos escritores y profesores del IAIA, por la cantidad de cosas que me han enseñado. A mi hermano Mario y su mujer Jenny, por dejarme dormir en su sofá cada vez que iba a la ciudad, y por su amor y apoyo. A mis padres, por creer siempre en mí, sin importarles lo que me diera por hacer. A Carrie y Ladonna, a Christina, por todo lo que hemos pasado juntos y por cómo nos hemos ayudado siempre. A Mamie y Lou, Teresa, Bella y Sequoia, por ayudarme a hacer de nuestra familia lo que es; por ayudarme dándome el tiempo que necesitaba para escribir; por ser tiernas, atentas y cariñosas con mi hijo en las épocas en que me ausentaba para escribir. A mis tíos Tom y Barb, por todas las formas en que nos han ayudado y querido a todos los miembros de nuestra familia. A Soob y Casey. A mi tío Jonathan. A Martha, Geri y Jeffrey, por estar ahí para mi familia cuando más los necesitábamos. Jordan, por amar y creer en el libro, y ayudarme a hacerlo lo mejor posible. A mi agente Nicole Aragi, por leer el manuscrito a altas horas de la noche o primeras de la mañana, cuando parecía que el mundo se iba a derrumbar, por todo lo que ha hecho por mí y el libro desde entonces. A todo el personal de Knopf por su apoyo incondicional. A la comunidad nativa de Oakland. A mis parientes cheyenes vivos y a mis antepasados que sobrevivieron a penurias inimaginables, que rezaron con todas sus fuerzas por los siguientes, los que estamos aquí ahora, haciendo lo posible por rezar y trabajar con todas nuestras fuerzas por los que están por venir.

Algunas pocas palabras claves
y algunas claves en pocas palabras

Lejos de poder sintetizar en unas páginas siglos de Historias y tradiciones, esta relación de términos pretende ayudar a los lectores a contextualizar mejor los relatos de esta novela. Dentro de algunas entradas se encontrarán en cursiva otros términos que se han dejado sin explicar en el texto, bien porque el contexto era lo suficientemente sugerente para no necesitar aclaración, o porque no eran lo suficientemente relevantes en la trama[1].

Ceremonia

El término *ceremony,* ceremonia en inglés, entre los nativos americanos se refiere a cualquier tipo de ritual, tanto social como religioso. Las ceremonias nativas son principalmente celebraciones religiosas con implicaciones espirituales.

---

[1] Agradezco la generosa colaboración de Isis Herrero López para la elaboración de estas páginas en particular y, en general, por la inspiración que ha supuesto para esta traducción la lectura de su fascinante tesis doctoral, *La traducción al español de la prosa nativo-americana: estudio crítico de la (re)construcción transcultural de la identidad indígena estadounidense* (2013).

Tómense como ejemplo las ceremonias de curación a las que hace referencia Orange a lo largo del libro, pero también el ritual de nombramiento para Blue. A veces, las ceremonias ocurren junto a otros eventos sociales, por ejemplo, festivales de cosecha como la Green Corn Ceremony, la Ceremonia del Maíz Verde, típica entre las tribus del sureste de Estados Unidos.

Existen muchas clases de ceremonias entre las distintas tribus de Estados Unidos y de Canadá, con diferentes patrones y prácticas. Algunos de estos rituales han desaparecido y otros han evolucionado debido a la mezcla intercultural de las tribus con la cultura europea, así como de las propias tribus entre sí. Sin embargo, son una parte tan esencial de las culturas nativas que muchas ceremonias, normalmente modificadas, han sido incorporadas a los rituales de la Iglesia Nativa Americana y al culto peyotista.

Indios
En el interludio, Orange hace referencia a todas las posibles denominaciones que existen para la comunidad nativa en su conjunto. Sirva esta entrada para señalar que el término 'indio' no es considerado como negativo entre los individuos nativos: más bien, se lo han apropiado para subvertirlo en su propio favor. Sin embargo, algunos de los términos ofrecidos por Orange suponen una realidad social y política muy específica. Este es el caso de *enrolled Indians,* indios registrados, cuya pertenencia a una tribu en concreto supone unos derechos concretos que los miembros de otras tribus pueden no tener a su alcance. Uno de los criterios más comunes para la membresía en una tribu es el porcentaje de sangre (ver entrada más adelante).

Medicina

El concepto de «medicina» para los nativos americanos va mucho más allá de la práctica de la curación. Los «hombres» o «mujeres-medicina» utilizan diversos métodos para sanar tanto cuerpos como espíritus. Pero también todo objeto y toda persona pueden tener buena o mala medicina, según con qué fin utilicen su influencia sobre el mundo. Del mismo modo, hablamos de que algo tiene *big medicine* (o 'gran medicina') cuando tiene un gran poder.

Ley de Recolocación de Indios

La *Indian Relocation Act,* o Ley de Recolocación de Indios, fue una ley aprobada en 1952 como parte de la Política de Terminación de Indios (ver entrada más abajo). El gobierno pretendía que los indios abandonaran las reservas existentes y se integraran en la sociedad estadounidense mediante la adquisición de una formación profesional. La creación de estos programas de formación profesional atrajo a un gran número de nativos a las ciudades. El traslado, sin embargo, supuso discriminación tanto social como económica debido a que los puestos de trabajo no estaban adecuadamente remunerados y los indios se encontraban aislados de sus comunidades de origen.

Narración de relatos

Esta práctica *(storytelling* en inglés) es habitual entre los nativos e incluye tanto la narración oral de cuentos o leyendas tradicionales como la de relatos vitales. La figura del *storyteller* (cuentacuentos o relatador) es también muy importante en la cultura nativa y goza de gran reconocimiento. En la novela, el proyecto de Dene consiste en aplicar esa práctica al audiovisual para crear un documental narrado por los propios personajes, no dirigido.

Hay que tener en cuenta, además, que los nativos americanos asocian un gran poder a la narración de relatos: los relatos no solo sirven para transmitir conocimientos culturales (normas sociales, por ejemplo), sino que también sirven para crear sentido de pertenencia y de comunidad. Por ello, la práctica de la narración es tan respetada entre las comunidades nativas, y especialmente como actividad curativa tanto individual como comunitaria.

Política de Terminación de Indios

El término *Indian Termination Policy*, o Política de Terminación de Indios, hace referencia a una serie de leyes y prácticas gubernamentales que, entre 1940 y 1960, tenían como objetivo la desaparición de las comunidades nativas americanas mediante la integración en la sociedad estadounidense. A fin de dar por concluidas sus relaciones con las tribus, el Gobierno estadounidense eliminó el reconocimiento federal de la soberanía tribal, así como los derechos especiales que poseían los indios respecto a las reservas y a las leyes estatales. Esta política de terminación supuso un gran retraso para las tribus en términos económicos, así como en los servicios educativos y de salud, pero también impulsó la presencia de los indios en los centros urbanos. Otra consecuencia de esta política gubernamental fue el surgimiento del activismo indígena, con movimientos como el American Indian Movement o, más recientemente, Idle No More.

Porcentaje de sangre

Distintas tribus nativas han utilizado el porcentaje de sangre como método para determinar qué individuos pueden registrarse como miembros. Este sistema consiste en definir qué porcentaje de los antepasados de dicho individuo eran o no miembros tribales. El problema con este sistema radica en que cada tribu ha establecido su propio porcentaje mínimo y que, en ocasiones, el porcentaje mínimo debe derivarse de una única tribu. Hay mucha controversia al respecto porque se establece una relación directa entre la sangre y la pertenencia cultural o política. De ahí que Orange comente en el interludio las distintas categorías existentes [«*full-bloods* (cien por cien sangre india), *half-breeds* (1/2 de sangre india), *quadroons* (1/4), *eighths* (1/8), *sixteenths* (1/16), *thirty-seconds* (1/32)»].

Powwow

Reunión social intertribal de nativos americanos que comenzó a celebrarse a finales de la década de 1880. En la actualidad, tal y como se describe en la novela, es una celebración de la identidad nativa a través de la danza, el canto, la percusión y otras actividades. Ha cobrado una mayor relevancia desde que la Ley de Recolocación de Indios llevó a muchos nativos a las ciudades: los powwows les permiten no perder el contacto con su comunidad y sus costumbres. Las danzas tradicionales son especialmente importantes en los powwows, como la *jingle dance* (o «danza cascabelera», por los cascabeles que se cosen los bailarines a sus trajes). El Grand Entry es el desfile inicial.

Trickster

Personaje arquetípico del folclore nativo-americano, se trata de un espíritu travieso y creativo que puede adoptar diversas formas animales (coyote, araña, cuervo...) y que tiene una gran influencia en la adopción de normas sociales en las tribus.